思想觀念的帶動者

文化現象的觀察者

本土經驗的整理者

生命故事的關懷者

Holistic

探索身體，追求智性，呼喊靈性
攀向更高遠的意義與價值
是幸福，是恩典，更是內在心靈的基本需求
企求穿越回歸眞我的旅程

源氏物語與日本人

源氏物語と日本人

女性覺醒的故事

紫マンダラ

河合隼雄——著
林暉鈞——譯

目錄

第二章　「女性故事」的深層　059

第三章　內在的分身　103

第四章 光的衰芒 155

第五章　做為「個體」生存　225

【導讀】

心理學家獨特眼光所見的《源氏物語》

林水福／南台科技大學應用日語系教授

釋名

首先關於書名，我想需要解釋。

本作品最初的書名是《紫曼陀羅》，收入講談社文庫本時改為《源氏物語與日本人》。如〈後記〉所說：「過去一般的『研究書』，多半以直線式的議論作為主軸；相對於此，本書則以『曼陀羅』式的思考撰寫。」。

曼陀羅是什麼？依中村元《佛教語大辭典》，一義是壇，一義是一種聖壇上描繪了佛、菩薩的圖像，表示宇宙的真理。廣義地說就是：表現任何個人的世界觀、人生觀的圖像，都可以視為曼陀羅。

一

《源氏物語》，日本人視為代表性作品，研究者以日本文學者居絕對多數，而日本文學者也易受先行研究的觀點影響，不易跳脫傳統看法。本書作者河合隼雄，大學念數學系，一九六二年赴瑞士蘇黎世榮格學院學習，為第一位取得榮格分析師的日本人，意即專長轉為心理學。

簡言之，這本《源氏物語與日本人》從心理學的觀點，以「女人之眼」看《源氏物語》，自有一番不同的「風景」。

一般評論者評論文學作品，主要針對作品內容討論登場人物的關係，角色的安排、作用等。至於作者，通常只是做為了解作品之前的「前置作業」而稍加介紹、甚至不介紹，例如有些評論認為作品就是一切。

但河合隼雄把《源氏物語》的作者紫式部放在跟被創造者——光源氏——同等位置，透過心理學探究紫式部如何創造不同面向的女性，以及其扮演的角色、作用等。

二

紫式部的外界——換言之，就是在現實社會裡扮演的角色，是父親藤原為時的女兒。為時是越後國的地方官，為「清貧學者‧文人」；她繼承了父親文人的才能與知識，與母親似乎較為緣薄，無相關記述。二十六歲時與藤原宣孝結婚。宣孝的年紀依推定約四十五，可能與紫式部的父親相差無幾。

紫式部有一女名叫賢子，一般稱大貳三位。

對照紫式部外界、內向的「圖」，紫式部身為女兒、母親、妻子的部分，如上述不難了解；但是「娼」的部分，須稍加留意。

河合為何將紫式部的外界分出「娼」的部分呢？

其根據的是《尊卑分脈》在紫式部項目下註記「御堂關白道長妾」，而關白道長指的是藤原道長；又，紫式部日記末尾記載，紫式部與道長之間的贈答歌，道長言：「這梅子是出了名的酸，見到的人無不折它一枝」，紫式部答歌：「這梅子還沒人折過呢！什麼人又知道它的酸了？」原文「酸」與「好色」同音。之後，記述當天晚上紫式部就寢時，聽聞有人敲門，極為驚恐，噤聲至天明。贈歌：「水雞徹夜啄木門，無人應聲苦咚咚」，答歌：「啄門水雞非常鳥，蓬門若開迎淒涼」。就上述贈答歌內容而言，道長的挑逗，紫式部始終未接受。或許因此，河合隼雄強調，這裡所謂的「娼」，指的是「心理」層面的體驗，非現實的體驗。

而紫式部將上述經驗轉化為內在的現實，以「光源氏」為中心，在「物語」裡登場，借他之口，將個人經驗的事物，轉化為普遍性的存在。

三

其中，與光源氏相關的「母性」，河合將它分為四大類。

第一類是生母：光源氏的生母桐壺更衣，紅顏薄命，光源氏三歲時即過世，因此有生母之實，而無生母之情。然而他的正室葵姬的母親大宮，視光源氏如子；源氏失勢、謫居須磨之前，拜訪了大宮，委託照顧他的兒子夕霧。二人經常以和歌唱和，顯見心意相通。大宮扮演著慈母的角色，這是第二類。

又，源氏的父親桐壺帝的女御弘徽殿，因擔心光源氏會威脅到當時東宮（自己）的兒子，對源氏一直採取敵對態度。源氏還是中將時，表演雅樂之一、青海波的舞曲，眾人驚嘆，覺得非世間所有；只有弘徽殿女御說：「這容貌，連天上的神都要為他傾倒，真叫人毛骨悚然！」聽者無不感到刺耳。後來得知源氏密會她的妹妹朧月夜，大怒，籌畫各種計謀要陷源氏入罪，源氏不得已避居須磨。弘徽殿女御，扮演的就是「惡母」的角色。這是第三類。

桐壺早逝，天皇難以忘懷，尋尋覓覓找到神似桐壺的藤壺。源氏對生母形象雖無記憶，但面對人說神似生母的藤壺，自然生親近之心，且二人歲數相差僅五歲。二人在侍女的穿針引線下，見面二次，藤壺因而懷孕，生下的孩子即後來的冷泉帝。

藤壺長相如何？紫式部並未特別著墨，讓讀者發會想像力。源氏後來屢次想接近藤壺、再續前緣，但藤壺躲開了。苦思之餘，藤壺認為唯有捨棄塵世的身軀，才能讓源氏死心，選擇於桐壺院一周年忌出家。就「戶籍」而言，藤壺是源氏的母親，然而兩人卻有男女關係，因此，河合將藤壺歸類為第四種——母性的「娼」。

四

紫式部內在的分身，其次是「妻」的角色。不過，「妻」與「娼」的概念，在當時並不明確。因為，當時的婚姻制度是「一夫多妻」，且男女縱使已婚，也可結交異性朋友。

談到源氏之妻，首推葵姬，應無疑義。源氏十二歲元服之夜（成年禮），與時年十六的左大臣之女葵姬結婚。葵姬的母親是當時天皇的妹妹。年長的葵姬自覺配不上源氏，兩人的感情並不和睦。葵姬既非醜女，性情也不刁鑽，只是藤壺的影子占滿源氏腦海，容不下其他女性，葵姬自然難以接受。

源氏十七歲的夏季邂逅空蟬、秋季認識夕顏；十八歲於北山山中發現美少女紫之上，將其帶回二条院。《源氏物語》裡找不到源氏與葵姬兩人之間的和歌贈答，似乎意味著感情淡薄。

結婚十年後，葵姬好不容易懷孕了，當時她二十六歲，源氏二十二歲。

懷孕中的葵姬參觀祓禊（編按：在河川邊舉行的除穢儀式）的行列，不巧遇到也來看熱鬧的六条夫人（亦稱六条御息所）一行人。六条夫人在丈夫前東宮逝世之後，與源氏交往，但源氏對她的態度冷淡，此時她本來準備和女兒離開京城，到伊勢之國。或許是對源氏的舊情難忘，想一睹源氏風采，於是微行，將牛車停在一條大路上。不料葵姬的隨從與六条夫人的隨從起衝突，打了起來，六条夫人這邊寡不敵眾，被迫退到人牆之外，最後只能以充滿屈辱、怨恨的眼光注視著源氏。此處，河合把六条夫人歸類到「娼」的位置。

後來葵姬遭不明物體附身，為之所苦。一日源氏探望葵姬，靠近床邊，看葵姬的樣子楚楚可憐，深感痛惜時，哪知聲音與模樣遽然改變成六条夫人，說出心中的怨恨。一般論者的看法是，六条夫人占有慾強烈，在現實生活中得不到源氏，遂轉為對葵姬的怨恨；加上祓褉爭道事件，終於轉化為「生靈」（靈魂出竅），就葵姬之口說出心中怨恨。然而，這部分河合從心理學所作的解釋頗饒趣味，大意是：葵姬對源氏的怨恨，其實深藏心中，但她壓抑住這份強烈的情感，又認為六条夫人具有這種強烈的情感，所以化為六条夫人生靈的模樣、攻擊她自己。主動權在於葵姬，而非六条夫人。其次，是葵姬欲說出心中對源氏的怨恨，而非六条夫人對葵姬的報復與攻擊。

五

末摘花屬於「妻」與「娼」難於劃分的人物。

末摘花的父親是故常陸宮親王，父親逝世後，家道中落，獨守破舊家園，而容貌醜陋。在女房巧妙安排下，與源氏度過一夜。然而，天亮一看，鼻子像大象鼻，且又紅紅的。源氏倒盡胃口，但仍不得不維持應有的禮貌，雖然時間較晚，形式上還是去信，述說懷念之意。

河合剖析紫式部書寫的心理：紫式部描寫末摘花的時候，說不定感到某種自虐的快感；而事後才覺得，自己未免過於惡毒。或許因此讓源氏在〈蓬生〉中和末摘花恢復關係。

主婦型的花散里——夫妻的型態不只一種，其中之一，是讓丈夫精神上感到放心、舒暢，卻少了激情。花散里屬於此類。源氏謫居須磨之前，造訪了花散里。從須磨回來、重返政界後，建了二条東院，花散里也遷住其中，源氏有時會去看她，但是不過夜，意思是沒了男女關係。雖如此，花散里並不埋怨，令源氏更是信任有加，後來甚至將兒子夕霧的養育重責大任，委於花散里。六条院完成後，花散里也搬進去住；而末摘花仍留在二条東院，由此顯見二人地位不同。

妻子的另一形態，則是「父親的女兒」。

源氏謫居須磨，認識了明石君，與之結婚。明石君的父親明石入道，早就把榮華富貴的美夢寄託在女兒身上。兩人雖結婚，明石君卻有著深深的自卑，覺得身分過於懸殊。

後來天皇赦免源氏。離開須磨前，源氏建議明石君生的女孩給紫之上當養女，由紫之上撫養。明石君自是萬般不捨，但考慮到女兒將來的前途，只得忍痛答應。後來明石姬成了中宮，達成父親的願望。

因此，河合將明石君歸類為「父親的女兒」。

源氏交往的女性中，明顯身分懸殊，雖短暫交往，但深具個性、讓源氏始終忘不了的女性，河合將她們歸類為「娼」。這裡所謂的「娼」並非妓女之意，如果以時下流行語「小三」、「不倫」稱之，或許更貼切、易懂。

而歸類為「娼」的還有空蟬、夕顏、源典侍與朧月夜。

六

〈帚木〉篇中，某個夏天雨夜，源氏與頭中將等人在宮中值夜時，一群男人聊起女性的話題，對世上的女性做了一番品頭論足，結論是出身為「中品」的女性最為可愛，是為「雨夜的品定」。次日，源氏從宮中欲往左大臣家，因方位不對，臨時決定改往紀伊守家。不意紀伊守父親的年輕後妻空蟬也留宿於此。受前一夜「雨夜的品定」誘發、而對「中品女性」深感興趣的源氏，自然不會輕易放過。空蟬面對源氏，無法抗拒，演出一夜情。之後，源氏透過空蟬的弟弟小君，希望能與空蟬再會，空蟬礙於身分懸殊，不想繼續下去，於是脫下身上薄紗、遁走。這也就是空蟬名稱的由來。蟬，蟄伏土中多年，脫殼蛻化成蟲，其生命其實相當短暫；再加上一空字，不能不對紫式部命名之高明，感到嘆服！

源氏邂逅空蟬是十七歲那年的夏季，迷戀同屬中品女性的夕顏，則是同年的夏秋之際。源氏探望生病的乳母，看到西鄰有一女性也往這邊瞧。樹垣上，鮮綠蔓草中點點白花，在薄暮時分尤其顯眼，這種花就叫做夕顏。夕顏個性內向，性情溫柔，源氏與之交往，身心皆感到舒暢愉快。後來源氏帶夕顏到一廢宅，想要共度美好夜晚；半夜，妖靈出現，夕顏因而死去。

歸類為娼的女性中，河合以六条夫人為中心，一邊是個性較憂鬱、陰暗的空蟬、夕顏；另一邊是個性開朗、明亮的源典侍與朧月夜。

《源氏物語》裡登場、與源氏有關係的女性之中，源典侍應該是年紀最大的。源氏知道源典侍雖已五十六、七歲，老大不小（以現代人來說，感覺上應幾近七、八十歲吧！），又風流好色，不免心癢癢的，出言試探。源典侍喜出望外，即作和歌回應。這事不巧走漏風聲，頭中將也來參一腳，於二人幽會時，偷偷潛入……。或許紫式部認為，戀愛不是年輕人的專利，年紀大的也有不同韻味吧！才會安排這麼一個特例。

朧月夜，就是讓源氏不得不避居須磨的那位女性。她是右大臣的第六個女兒，也是弘徽殿女御的妹妹。兩人第一次邂逅是源氏二十歲那年春天、二月下旬紫宸殿櫻花宴的夜晚。源氏著魔似地要往藤壺住處走去，但那裡所有的門戶皆緊閉，只有弘徽殿從北邊算來第三間開著。源氏摸黑進去，伸手抓住一位女性的袖子——演變成一夜情。源氏連對方是何許人都不知。因對方歌詠「沒有像春夜的朧月夜，既不明亮，亦非陰暗」，命名為朧月夜。

朧月夜後來成為源氏同父異母的兄長朱雀帝所寵愛的女人，但私下和源氏依然往來。朱雀帝儘管知道卻默許；紫式部可說寫盡人間愛戀百態！

七

河合認為，紫式部開始撰寫《源氏物語》時，最關心的是她的內在世界，想寫的並不是源氏這個人物，只是以一個「男的」為主角來說故事，猶如更早出現的《伊勢物語》和《平中物語》；換言之，將源氏更改為「從前有一個男的」也無妨。

「須磨」之前的源氏，不具有人的深度和厚度，所作所為可以以一句話概括之，那就是「不知恐懼為何物」。

對空蟬硬上弓、和夕顏熱戀期間不忘去找六条夫人、心裡惦念著空蟬⋯⋯。最典型的是在弘徽殿的房間，抓住朧月夜的衣袖，將她抱入房間、關上門。朧月夜嚇得發抖，源氏對她說：

> 我啊，不管做什麼，大家都容許的，你叫人來也沒用。還是安靜些吧！（「花宴」）

傲慢到極點！

然而，「須磨」之後被創造的人物源氏，擁有自由意志，開始自主行動。有趣的是源氏動念、想染指的女性，如秋好中宮、朝顏、玉鬘等，全都沒有讓他得逞。

源氏三十九歲時位居準太上天皇，地位達到極點，並娶了朱雀帝當時才十三歲的女兒女三宮（實為源氏姪女）。以那時的感覺像是祖孫結婚。這是源氏光芒消失的起點。

紫之上正室地位不保，遭受巨大的打擊，導致死亡；女三宮與柏木私通，產下男孩薰。最後女三宮出家，柏木事跡敗露，嚇得病死。

八

《源氏物語》時代的婚姻制度是「一夫多妻」，且當時男女交往風氣自由開放，即使已婚之人，仍與異性往來者，不乏其人。源氏仗著俊美容貌與高貴身世，對眾多女性出手。以往，日本國文學者總是盡量加以辯護，拿時代不同等的理由，以「維護」源氏。猶記得有一次一位韓國女學者發表論文時，對源氏的行為有所指責，馬上惹來日本《源氏物語》研究大老的嚴詞斥責，讓那位女學者相當尷尬，幾乎下不了台。

河合以心理學的觀點，從女性角度了解深入紫式部當時的外在與內心世界，探索創作的心理。讓我們看到她一開始寫《源氏物語》時或許不是以源氏為中心創作的，因此主人公源氏的形象並不具體，直到後來脫離作者的掌控，自主行動，才變得有血有肉。當然，對於源氏的好色，亦有斥其非之處。至於源氏第二代、第三代（薰、匂宮）的愛戀，不論形式、觀念、想法，都與源氏不同。這就進入了「宇治十帖」的世界，紫式部進一步創造了在經歷戀愛風波、自殺又獲救之後個性幡然轉變、決定掌握自己命運的女主角浮舟。河合認為這反映出紫式部內心境界的成長，確實是身為心理學家才會有的獨到看法。

前言

一個既不是日本文學、也不是日本史專家，而且沒有太多相關知識的人，怎麼會跑來撰寫這樣一本有關《源氏物語》的書呢？這件事必須先做說明。

說來難為情，我有很長一段時間，沒有好好認真地讀《源氏物語》。雖然年輕時也像很多人那樣試著挑戰——只不過是現代日文的譯本——但到了〈須磨〉這一章就讀不下去了。青年時期我嚮往浪漫的愛情，無法理解與浪漫愛情迥然不同的男女關係。講得直白一點，我覺得愚蠢至極。對於一個接一個、不斷和女性發生關係的光源氏，我甚至感到憤怒。

我一度以為，這一生大概與《源氏物語》無緣了。但是後來為了研究日本人的生存方式，我開始閱讀王朝物語[1]，因為深深被其趣味所吸引，終於讀起《源氏物語》來。

這需要相當的心理準備與時間。一九九四年的春天，我從國際日本文化研究中心退休，成為完全自由之身，以客席研究員的身分滯留普林斯頓大學兩個月。這段期間，我一頭栽入《源氏物語》的世界。這實在是難得的經驗。

在這之前，我讀了許多王朝物語，甚至出版了一本關於《換身物語》[2]的書（《とりかへば

や、男と女》新潮社，一九九一年）。但是，終究還是《源氏物語》最為出類拔萃。有些部分與其當做「物語」來閱讀，更可以當成小說來閱讀。那個時代竟然可以寫出如此的作品，實在令人讚嘆。

不過，在閱讀的過程中，我發現自己無法掌握小說主角光源氏（編按：主角名為「源氏」，但因容貌才華光輝耀眼，美稱「光源氏」）的輪廓。我甚至覺得他的「存在感薄弱」。這是怎麼一回事？我抱著疑惑繼續讀下去，最後產生了一個想法——這本書講的不是光源氏的故事，而是作者紫式部她自己的故事。

讀到「宇治十帖」，我更加確信自己的想法。閱畢全卷，我想到在一千年前，竟然有一位女性，如此奮力追求、希望成為一個「個體」，這樣的事實讓我興奮不已，久久不能成眠。

我的專業是心理治療。我的工作，和一個人如何活出自己的人生，有直接的關係。對我來說，要想在現代的日本，活出自己的人生，是一個重大的課題。

對現代人來說，近代的西方，是絕對不能忽視的。誕生在近代西方的科學，以及與科學結合的科技，其強大的力量眨眼間席捲了全世界。喜歡也好，不喜歡也罷，現代人都受到近代西方的影響。但是，我不是西方人。我在不知不覺中學會的，是日本式的生活方式。

如果說近代西方的思考方式與生存方式絕對正確，那麼我們一定要努力學習。有一段時期，我的想法非常接近這個思維，但現在我不再這麼想。現在我認為，就算近代西方有許多應該學習的地方，我們仍然必須努力超越它。

現今的西方世界，也可以見到試圖超越近代的努力。或許因為自己是日本人，我覺得在這種時候，日本的「物語」中述說的古老智慧，說不定能夠提供幫助。懷著這樣的期待閱讀，很幸運地，日本的「物語」的確回應了我的期待。過去我曾經在瑞士發表關於《換身物語》的演說，有一位聽眾反應：「這是『後近代』的故事啊！」「前近代」擁有「去近代」的智慧。

對於懷著這般問題意識的我來說，《源氏物語》正是一部難能可貴的作品。我認為，如果將它視為紫式部這位女性自我實現的故事來閱讀，對現代人來說，將會有很大的幫助。這部物語全體的構圖，可以理解為從女性立場探索「世界」的結果。以這一點來說，它確實了不起。

我用了「從女性立場對世界的探索」這種說法，但也可以換個方式說是「女性眼中的世界觀」。近代西方，是「男性眼中的世界觀」占絕對優勢的時代。因此，現代所謂的「學問」，都是以「男人之眼」為基礎而建立的。當然，女性也可以用「男人之眼」看待事物。長期以來，不論男女，人們都以這樣的態度從事學問。

先不談鑑賞，一般所謂對《源氏物語》的「研究」，我們可以說，都是透過「男人之眼」進行的。當然，這樣的做法帶來了可觀的成果。而與此相對地，本書則可說是透過「女人之眼」觀看《源氏物語》的成果。

或許有人會因為本書是新手的「研究」，而不願認同。雖然得到認同與否，並不是什麼大不了的事，但我的確希望人們覺得本書所採取的觀點是有用的。男性的眼光，使結構分明；而女性的眼光，看的是全體的構圖。

重要的，是不只以「男人之眼」，也要以「女人之眼」觀看世界——我們可以在那些試圖超越近代的歐美學者中，看到這樣的主張。這些主張，本書中也會引用，特別是榮格派女性分析師所寫的，有關現代女性生存方式的論述，對我的《源氏物語》觀點，提供了很大的支持。

雖然我的想法逐漸成形，卻覺得相當不安。首先，會擔心我的看法是不是過度偏離其他的研究，而失去了意義？還有另一個擔憂是，是否有其他的研究者已經指出這個觀點，所以我沒有發表的必要了？

我不是《源氏物語》的專家，對於既有的研究成果缺乏知識，就算想要從現在開始補足，時間上也不可能。過去撰寫有關《換身物語》與明惠《夢記》的書之前，我花了很長的時間讀遍既有的研究，但那是因為關於這兩本書的文獻不多，所以才做得到。如果是《源氏物語》，這事絕不可能——任誰都有同感吧！

於是，我想到一個取巧的方法——就是透過對談的方式，敘述自己的想法，再聽取對方的意見與建議。當然我也讀了一些文獻，但文獻的選擇是完全隨興的。

滯留在普林斯頓大學期間，我讀了艾琳・賈登的英文論文〈《源氏物語》中的死亡與救贖〉[3]，趣味盎然，於是把握了一個很好的機會，和她進行了一場對談（〈源氏物語（I）紫式部

の女人マンダラ〉《続・物語をものがたる　河合隼雄対談集》小学館所収）。

回國之後，讀了瀨戶內寂聽[4]的《女人源氏物語》[5]，覺得她想法的基礎，和我對《源氏物語》的解讀有相通之處，所以也和她進行了一場對談（〈源氏物語（II）愛と苦悩の果ての出家物語〉前揭書所収）。透過和這些人的對談，我感覺自己的想法得到了支持。

接下來，我又有了一個難得的機會。雜誌《源氏研究》（第四号，翰林書房）邀請我參加一場座談會，我得以和源氏研究的三位專家——三田村雅子、河添房江、松井健兒對話[6]。不只在對談當中，我也在會後聚餐的時間裡，談到了自己對《源氏物語》的解讀。他們鼓勵我，認為這些想法值得寫下來，並且承諾在前人已有的研究方面，給予我援助。這為我帶來莫大的勇氣，我決心將它寫成一本書。

於是，我先將想法的大綱寫成〈試論紫曼陀羅〉一文發表（《創造の世界》一〇九号），並以此為素材，和前述的河添房江女士進行了一場對談（《創造の世界》一一一号），聽到了許多寶貴的意見。經由這些經驗，我感受到寫這本書的意義，也獲得了勇氣。當然，我列舉這些事實，並不是為了防衛自己的錯誤或知識的不足，而是希望專家們讀了之後能夠不吝指出問題，讓我在未來能夠持續訂正應當訂正的地方。自由的批判與意見，是我所歡迎的。

透過對談所得到的真知灼見，都寫在本書中。我要在這裡，正式向前述的各位先進表達我的感謝（同時也要請他們諒解，書中沒有使用敬稱）。

在普林斯頓大學讀畢《源氏物語》的翌年，一九九五年五月，我就任國際日本文化研究中心的所長。現在我結束了四年的第一個任期，接下來還要續任第二期兩年所長的職務。希望本書的出版，可以做為我擔任這個「日本文化」研究機構的主管，第一階段的研究成果。

一個專業研究深層心理的學者，所做的日本研究，應該也有它存在的價值吧！如果它能夠被視為有關「日本文化」的研究之一而得到認同，如果它能夠對生活在現代的日本人有些許的幫助，那真的是再好不過了。

註釋

1 譯註：日本天皇實質統治的奈良時代、平安時代，通稱為「王朝時代」，與後來武士握有政權的「武家時代」相對。「王朝物語」則是指日本平安時代後期到室町時代前期（約為十二～十四世紀）所創作的小說、物語中，以日本原生語言（非漢語）及平假名寫作，以王朝時代之風俗、美的意識、文學觀念為依據所產生的作品。

2 譯註：《換身物語》原文書名是《とりかへばや物語》，寫作於平安時代後期，作者不詳。「とりかへばや」是古代日本語，意思是「想要互換啊！」。內容敍述關白左大臣（官名）的一對子女，內向而女性化的兒子假扮女性進入後宮服侍，活潑又像男生的女兒則以男性的身分出仕朝廷，兩人發生了許多離奇曲折的故事，最後在周遭人毫不知情的狀況下，互換身分。

3 原註：Aileen Gatten, "Death and Salvation in Genji Monogatari", *Michigan monograph series in Japan studies, No.11*, Center for Japanese Studies, Univ. Michigan 1993.

4 譯註：瀨戸內寂聽（せとうちじゃくちょう，一九二二～）日本小說家，天台宗尼僧，天台寺名譽住持。曾獲文學獎無數。一九八八年以降，有許多關於《源氏物語》的著作。

5 原註：瀨戸內寂聽『女人源氏物語』第一～五巻　集英社文庫　一九九二年

6 原註：河合隼雄・三田村雅子・河添房江・松井健児「源氏物語　こころからのアプローチ」『源氏研究』第四号　翰林書房　一九九九年

| 第一章 |

人為什麼會想要「說故事」？

《源氏物語》不是光源氏的故事，而是紫式部這位女性作者的故事。這是筆者通讀《源氏物語》之後的感想。

當我順著故事讀下去時，注意到一件事——「光源氏」這個人物，無法讓我感受到他做為一個「人」的存在感。在我的心裡，無法形成一個「真實存在的個人」的樣貌。這是怎麼回事？我甚至為此感到焦慮。但不久之後，我開始有了這樣的想法——原來，這是紫式部的故事！當我讀畢全書時，光源氏的形貌消失了；留下來的，是一位確確實實存在的個人——「紫式部」的身影。這實在讓我深深地受到感動。

這份感受非常強烈。故事裡登場的女性群像，並不是為了襯托光源氏這位主人翁，而是以做為紫式部的分身而存在。我認為紫式部這位女性是以這樣的方式描寫她的「世界」。

這是筆者開始撰寫本書的動機。接下來，就讓我更仔細地說明，我是以什麼方式閱讀這個故事的。

1 玉虫色[1]的光源氏

我閱讀《源氏物語》時首先感受到的，是通常被視為主人翁的光源氏這位男性，無法給我具有真實生命的印象。他實在是個奇妙的存在。在看過其他相關研究、和其他人討論之後，我發現，有些人覺得光源氏是「理想的男性」；也有些人被他激怒，覺得他是個「徹頭徹尾的混蛋」。

總之，他散發著「玉虫色的光芒」。

像「便利屋」[2]一樣的存在

光源氏的樣貌，很難一語道盡。因此，讀者對他的情感也複雜多樣。對談的時候，我從瀨戶內寂聽那兒聽到，谷崎潤一郎十分討厭源氏，曾經說他是「專騙女人的混蛋」。相反地，円地文子則認為「男人要是沒有色心，就沒有魅力」，非常喜歡源氏。將《源氏物語》翻譯成現代日文的兩位作家，表現出如此完全相反的情感反應，實在是饒富趣味。

說到相反的形象，美國的日本文學研究者艾琳．賈登，在和我對談的時候表示：「作者（紫式部）對於年輕時期的光源氏，特別是他十七、十八歲的時候，可是充滿讚美呢。經常說『這是個優秀的人』。我倒是覺得這個人『非常差勁』。」也就是說，光源氏既優秀，又差勁。

故事中的源氏的確很「優秀」。不論容貌、地位、品味、財產，可以說任何方面都是頂尖的。書裡面隨處描述他的書、畫、音樂是如何傑出，學識又是如何淵博。這應該可以稱為「理想的男性」吧。

那麼，他又為什麼「差勁」呢？主要是因為他和女性的關係。就像谷崎潤一郎所說的，他是個「專騙女人的混蛋」。現在回想起來，筆者年輕的時候，也曾受到書商的廣告行銷用語「浪漫的愛情」吸引，而開始閱讀《源氏物語》，但是很快就感覺到一股嫌惡。

才開始閱讀不久，我就覺得懷疑。〈帚木〉、〈空蟬〉中所描述的，源氏對待女性的態度，有哪一點是「浪漫的」？不要說是西洋浪漫小說所描寫的、對單一女性貫徹永遠的愛了；就算喜歡有夫之婦可以被容許，但源氏明知道空蟬逃開了他的求愛，眼前的人是軒端荻而不是空蟬，卻還是跟軒端荻發生了關係。

不僅如此，源氏和空蟬的弟弟小君，似乎也有同性的肉體關係。然後，當讀者正在想像源氏對脫逃的空蟬，思慕之情到底有多強烈的時候，故事突然轉到〈夕顏〉去了。對於青年期的筆者來說，除了覺得愚蠢至極之外，沒有任何其他感覺，甚至無法繼續讀下去。我感受不到光源氏散發任何光芒。

源氏對待已逝情人的女兒玉鬘的態度，也使很多人感到厭惡。前述的艾琳．賈登在對談的時候表示：「怎麼看，就是個猥褻的、四十多歲的男人，處心積慮要把可憐的、二十歲的女性弄到手」、「西方的讀者特別厭惡這個時期的源氏」。

的確，即使在喜歡《源氏物語》的美國人當中，討厭光源氏的人也是居多。而這些人似乎都喜歡紫之上。根據賈登的說法，美國的日本文學研究者海倫．麥卡勒（Helen McCullough）翻譯《源氏物語》的時候，只翻譯了紫之上的部分。

然而，真的要譴責光源氏是個「沒心沒肺」的男人，卻也教人遲疑。比方，以〈蓬生〉中所描寫的光源氏為例，在他謫居須磨期間，當他發現被他遺忘的末摘花住在荒蕪破敗的屋子時，不但寫歌贈她，還給予豐厚的援助。而且，兩年後他將末摘花接到二条東院居住，繼續和她來往。對花散里和明石君也是如此，最後安排她們住在六条院，終生保持關係。說到誠心待人，這是真的誠心待人。

當然，如果說一個男人和眾多女性發生關係，是胡作非為，他的確是如此。對於這點，也有人替他辯解，說那是因為當時是一夫多妻制。不過，這一類的爭辯似乎沒有太大意義。

閱讀《源氏物語》的過程中，筆者感覺到，出現在源氏身邊的女性們，全部都是作者紫式部的分身。當她回顧自己的人生經驗、凝視內心時，發現了居住於自己內在世界、多樣多變的女性群像。有的女性是誠懇而堅忍的妻子，有的則柔媚多情，即使年華老去，仍然像飛蛾撲火般，投身男人的甜言蜜語。還有的女性燃燒著嫉妒的烈焰，即使死去，妒火仍無法熄滅。「這些，全部都是我」，她心裡想著。

為了描寫這多樣豐富的「世界」，她需要一位男性。只有透過與這位男性的關係，她才能描繪出她內在世界女性們栩栩如生的樣貌。內在世界的女性數量接近無限，但是，如果要她們全部屬於紫式部這一位女性，就必須在某種意義下，將她們聚集在一起。為此，必須有一位男性擔任她們所有人的對象。那就是光源氏。

紫式部不是以自己為中心，而是以光源氏為中心，這樣反而更加能描繪出自己的「世界」。

因為上述的理由，也就能理解，光源氏很難成為在一個尋常世界中，真實存在的男性形象。可以說，他是像「便利屋」一樣的存在。這是筆者的想法。面對夕顏、朧月夜，以及其他充滿魅力的女性們，他扮演了最適切的對應角色。在各自的情境中，他確實發揮了功能，但是以故事整體而言，幾乎不可能將他當做一個人格前後一致的人來看待。

瀨戶內寂聽在與我對談的時候所說的話，最能簡明扼要地指出這一點：「雖然說是《源氏物語》（源氏的故事），源氏本身的輪廓卻非常模糊。讀再多次，也無法浮現光源氏具體的形象。（中略）結果源氏這個角色，到頭來只是個關鍵性的配角。」

不過，當我反覆重讀這個故事，又覺得不能就這樣一概而論。常有人說，作品中的人物會違反作者的意圖而自由行動；光源氏有些舉動就給人這種感覺。光源氏超出、甚至是違反紫式部的意圖，擅自動了起來。這使得這部書比起「物語」[3]來，更接近小說。

關於這一點我們之後再詳述。不過就因為這樣，光源氏的「光」像玉虫色那樣難以捉摸，無法單純地將它分色。說不定，這也是《源氏物語》富有魅力的原因之一吧。

是人？是神？

討厭光源氏的人，把他當做一個「人」，以現代的倫理觀來看待他。持這種看法的人之中，有人覺得他像唐璜（Don Juan）。但我覺得這個看法是錯的。

唐璜是誕生在基督教文化圈的反英雄（antihero）。在信奉一神論的世界中，一夫一妻制受到尊崇，對於戀愛的觀念也是如此，認為那只能發生在一個男人和一個女人之間。而唐璜在這樣的世界裡，一個接一個、以花言巧語欺騙不同的女性。他是「惡」的體現者，最後自食惡果。然而，源氏並不是反英雄。話雖如此，他也不是西洋故事中的英雄。他是個奇妙的存在。

如果硬要在西方世界中找出相應於光源氏的形象，最接近的，或許是宙斯。當然，宙斯是希臘神話中的神，不是基督教的故事。但眾所周知，歐洲文化源自希伯來文化與希臘文化的混合。比較宙斯與源氏，對於活在西方文明影響下的現代日本人來說，是很有意義的一件事。

根據《希臘羅馬事典》[4]，宙斯名字的語源來自「天」、「白晝」、「光」，與光源氏的「光」相互呼應，這一點很有趣。宙斯和多得不可勝數的女神以及人類女性發生關係，也生下各式各樣的孩子。

這樣的故事背後的想法，或許是將宙斯視為眾多存在的根源。宙斯有一位名叫赫拉（Hera）的妻子。赫拉為自己正室的身分感到驕傲，但因為宙斯實在和太多女性有所牽扯，她經常因嫉妒而發狂。

宙斯以及他的愛人、孩子們因為赫拉的嫉妒而吃盡苦頭的故事，不勝枚舉。宙斯躲避妻子的監視、到處偷吃的樣子，以及被妻子追逼得走投無路的身影，彷彿光源氏故事的神話版。

舉例來說，宙斯畏懼赫拉的憤怒，將他愛人之一的伊俄（Io）變成一頭小母牛，但他的計謀隨即為赫拉所識破。赫拉向宙斯索取這頭小母牛，並且令百眼怪物阿耳戈斯（Argus）看守。但是，宙斯並沒有因此就放棄，他命令赫密士（Hermes）擊退阿耳戈斯。赫拉也不甘示弱，派了牛虻去折磨變成小母牛的伊俄。

逃避赫拉的伊俄四處流浪，徘徊在歐洲與亞洲各地，終於在埃及變回人類，與宙斯結合。

赫拉仍然繼續迫害伊俄的子女，這裡就略過不談。不過，宙斯和赫拉虛虛實實的鬥爭，真是令人瞠目結舌。

這只是一個例子。雖然赫拉嫉妒心之強烈，非同小可，但即使苦不堪言，仍然到處拈花惹草的宙斯，也不是等閒之輩。話說回來，會有人因為讀到這樣的希臘神話，而討厭宙斯這個「好色之徒」嗎？應該不多吧。大多數人會因為那是「神」的世界，而感到認同。

名字冠著「光」的光源氏，總令人覺得和宙斯相似。宙斯為了提供這世界眾多存在的根源，和眾多女性發生關係、生下子女。源氏所扮演的角色也是如此，讓居住在紫式部內在世界的眾多女性，有了立足的根源。換句話說，宙斯與源氏，都是超越這個尋常世界層次的存在。源氏涉入的不是紫式部的日常生活而已；他住在紫式部的深層世界。

紫式部描述源氏在書、畫、和歌、音樂方面，具有超越人類的才能。而且他最後成為準太上天皇一事，其實是作者巧妙的安排。紫式部想要清楚地表示，源氏不是普通的人類。

那麼，或許有人會問，為什麼不讓源氏成為天皇？因為成為天皇，代表著登上俗世的頂點，和尋常世界的牽扯太深了。因此，作者讓源氏具有與天子同格的地位，卻不讓他與俗世有太多的瓜葛。

話雖如此，先前我們也說過，源氏也會擅自行動，表現出充滿「人味」的一面。這一點非常有趣，不過容我們稍後再述。這裡我想指出的是，以日常層次的角度——特別是以現代人的感覺——來看待源氏，沒有太大意義。

「男人之眼」與「女人之眼」

雖然我說，不要用一般意義下的「主人翁」來看待光源氏，但也不是要把他純粹當成「便利屋」的角色，而是要以整體的角度來觀看這部物語，這樣我們便可以讀到紫式部這位女性自我主張的故事。而究竟是以什麼樣的立場、以什麼樣的閱讀方式，可以看到這一點？

從事心理治療的工作，使我不得不重視人們的主觀想法。比方在大多數的情況下，如果我告訴一位憎恨母親的人：「你的母親其實是位了不起而善良的人」，不論我再怎麼客觀地解釋說明，也沒有任何意義。

在判斷一個人憎恨其母親是對是錯、是善是惡之前，必須先慎重地接受這個人的主觀世界，否則我們一步也踏不出去。不過這並非指同意他的看法。一旦同意他的看法，只會兩個人一起陷入迷宮，找不到出口。保持敏銳的平衡感，不固執任何一方，這樣的態度才能讓我們看到之前看不到的、事物全體的樣貌。

將對象與自己分離、視之為客觀的對象，將它分解為眾多單一意義的要素，釐清各要素間的關係以掌握全體的結構——這是目前學術界中最占優勢的研究方法。近代自然科學成功地運用這樣的方法，獲得了偉大的成果。

因為自然科學的成效過於宏大，使得社會科學與人文科學的領域，也竭盡所能模仿這樣的方法。這個方法確實可以帶來成果，但也因此失落了一些東西。如何把握住這些失落的東西，就成為我們的課題。

於是，剛剛提到的心理治療的場合中所說的「觀看事物的方式」，就變得很重要。也就是說，我們不將對方視為客觀的對象，而是注重兩者之間（治療師與患者）主觀的關聯。比起要素的分解，我們試著以全體原本的樣貌，去理解、掌握全體。

過去，佛洛伊德曾經稱這樣的態度為「均勻懸浮的注意力」（evenly-suspended attention）。不是將焦點集中在某些事物上，而是讓注意力平等地漂游在所有的事物之上。這樣的方法乍看之下，好像是一種渙散的態度，但事實並非如此。

在〈前言〉中提到過，為了區辨觀看對象的兩種方法，我們暫且稱呼它們為「男人之眼」與「女人之眼」。或許有人會反對這樣的名稱，所以我想先略做說明。

我在這裡對男女所做的區別，來自這樣的考量——從歷史上來看，大致上男性擅長分析的、客觀的觀點；而女性則擅長以主觀的角度觀看全體。特別是在近代的歐洲，客觀分析的傾向和男性的優勢地位結合，掌握強大的力量。社會性的場合，幾乎都由男性獨占；連思考與世界觀，也都處於男性優勢的狀態。因此，女性要進入這樣的世界，就必須具有「男人之眼」。

現代歐美的女性，嘗試以「男人之眼」觀看世界，意外地發現這是可能的。不論男女，都可以同等地擁有「男人之眼」。女性解放的主張，就是以這樣的事實為立論基礎。

這樣的情況，更強化了普遍以「男人之眼」觀看事物的傾向。一直到最近，才有人開始主張，以「女人之眼」觀看事物，和以「男人之眼」觀看事物，具有同等的意義。同時也產生了這樣的看法——就傳統上來說，女性比男性更擅長以「女人之眼」觀看事物。我們不妨把這些主張，看做是超越近代的一種努力。

簡單來說，我們可以用「男人之眼」與「女人之眼」，來為觀看事物的兩種方法命名。近代是「男人之眼」占優勢的時代。雖然大家一向將這一點和男性連結在一起，但事實上，男性與女性都可以擁有這樣的觀點。

還有一點，不管是從「男人之眼」或是從「女人之眼」觀看事物，兩者皆很重要。生活在現代的我們，有必要透過「女人之眼」重新認識事物。雖然後者是女性的長處，但是對男性來說，當然也是可能的。過去在「研究」的領域中，「男人之眼」占據了優勢，但今後我們應該也透過「女人之眼」來從事「研究」才好。

既然男女皆可能，那麼，不要冠上男女之名，而是稱為第一機能、第二機能，不是很好嗎？不過，我覺得人類有男女之別，是一件奇妙的事情；這件事和我們要探討的問題，有某種微妙的關聯。而且這樣的說法，能讓我們較容易感受到觀點的差異。因此，我刻意不避諱地使用「男人之眼、女人之眼」的說法。

雖然筆者自身是男性，但這本書是以「女性眼光」優先的立場撰寫的。以這樣的觀點閱讀《源氏物語》，之前所謂的「全體的樣貌與結構」，將浮現我們眼前。

雖然說是以「女人之眼」來觀看，但若是要用文章表達我們的觀察，並且整理成冊，「男人之眼」當然也是必要的。這是兩者之間平衡的問題。不過和從前的研究比較起來，本書應該是較偏向「女人之眼」吧。

2 人創造出「故事」的時候

《源氏物語》的作者是一位女性，名叫紫式部，根據推斷，創作的時代大約是平安時代中期，十一世紀初。這在世界精神史中，是一件稀有的事。

當然，所有的民族都有其固有的神話；像神話那樣的「故事」，對人類來說，是必要的。關於這一點，容後再述。不過，相對於民族共通的、無法確定作者的神話，日本在那麼早的時代，就已經存在由明確的個人所創作的作品，是值得向全世界誇耀的事。

那麼，為什麼、又是如何會產生這樣的作品？讓我談談我個人的看法。

虛構中的真實

所有民族都有其固有的神話。法國神話學者杜梅吉爾（Georges Dumézil）明白主張，「失去神話的民族將失去其命脈」[5]。換句話說，神話是民族的命脈。關於神話的意義，匈牙利神話學者卡蘭尼（Karl Kerényi）這樣說：「神話的意義，在於為事物奠立基礎

（begründen）。」6

人類這種動物，總想要知道所有存在的根源。為事物找到根源，就覺得安心。神話告訴我們，日本這個國家是如何成立的？為什麼現在會在這裡？透過神話，國民覺得自己知道了日本這個國家的根源，因而感到安心。「人為什麼會死？」、「我的眼前為什麼會有山的存在？」人一旦開始思考這些問題，就永無止境了。而神話扮演的角色，就在於告訴我們這些事的根源，為它們奠定基礎。

人類的群體只要能共有某種神話，全體成員都生活在這個神話裡，那麼這個群體就會是安穩的。成員若能夠安心生活，也就沒有必要特別去問「我為什麼會在這裡？」之類的根本性問題。所謂古代，大概就是這樣的時代吧。

但是，無法和他人共有這種集體神話的個人，該怎麼辦？這是現代的問題，我們稍後再討論。總之，這樣的個人必須自己為自己的存在「奠定基礎」。

讓我們來看看身邊普通的例子。在居酒屋喝得酒酣耳熱之際，很多人會開始熱烈地、陶醉地講述「自己的故事」。有人說，因為自己做了正確的判斷，而化解了公司的危機；有人說，自己的一句話，就讓平日耀武揚威的上司啞口無言。也就是說，每個人都在透過這些「故事」，確認自己的存在。

這對生存來說，是必要的。如果對這些人下達一整年都不許去居酒屋的禁令，會發生什麼事？這些人要不是開始有異常的言行，就是會另外尋找能夠講述自己「故事」的場所吧。

將現實區分為外在事實和內在事實，雖然過於簡化，但是在思考上述的事情時，卻不失為便利的方法。那個宣稱自己的判斷化解了公司危機的人，如果我們冷靜地將他的故事分為外在現實與內在現實記述下來，或許會發現他所說的「判斷」，並非來自他一個人的力量，而是他所屬的課裡面，好幾個人一起想出來的；上司之中，可能也有人有相同的想法。而且，雖然他們的想法真的為公司帶來了好處，但卻還談不上會攸關到公司的存亡。

但是，在他的內在現實中，他是個一夫當關的「英雄」。一個人面對集團的危機、打倒外敵、拯救全員的英雄形像，在他心中活躍著。為了將外在現實與內在現實連結起來，確認自己的存在意義，他必須「說故事」。

這種情況下，要是這個人分不清他的「故事」與外在的事實，想必會和周遭的人發生摩擦。但他如果只活在外在現實中，他的人生將變得乏味，漸漸會失去活下去的動力。在他這個人的「裡面」，「外在事實」和「內在事實」要如何連結？故事，是他解決這個課題所產生的結果。故事，讓這個人，確實存在。

如果我說紫式部非常了解上述這種故事的意義，應該不算言過其實。在〈螢〉這篇中，源氏對玉鬘和紫之上談論他對於「故事」的看法。眾所周知，紫式部其實是用這個方式，在闡述她自己的「故事論」。

在〈螢〉這一篇中，源氏看到玉鬘沉迷於閱讀故事，說道：「女人還真是不怕麻煩，天生要來受騙的。」他說，故事所說的內容，明明很少是真的，女人卻讀得津津有味、甘願受騙。源氏把故事和女性連在一起，嚴厲地批判了一番。但之後，他卻指出很重要的一點——往往就在這樣的虛構中，反而道出了真實。

源氏說：「若一概斥為虛言，亦不符事實。」我們可以從這段故事論中，源氏所說的「《日本紀》等，也不過道出其一二而已」這句話裡，感受到紫式部決心致力於故事寫作的自信與氣概。

值得受到矚目的王朝物語

介紹了紫式部對於故事的卓越見解，想到她懷抱著如此清楚的自覺寫作故事，不禁令人讚嘆她的偉大。紫式部的《源氏物語》並不是突然誕生的作品，它可以說是在平安時代，「物語」像繁花一般盛開，在眾多王朝物語中，位居頂點的作品。

至於歐洲的情形，又是如何呢？在那個時代的歐洲，大概誰也沒想過以個人的身分來寫作故事吧。薄伽丘的《十日談》，可以看做是歐洲最早由個人創作的作品，但它的時間相當晚，直到十四世紀才出現。這樣一比就可以明白，日本王朝物語的出現，是多麼難能可貴的事。

《源氏物語》的〈繪合〉一篇中，稱《竹取物語》為「物語始祖」。《竹取物語》據說寫作於十世紀初，甚至有可能早在九世紀末就成書了。同樣值得注意的是，從《竹取物語》到《源氏物語》這中間的大約一百年間，接連出現了《伊勢物語》、《平中物語》等歌物語[7]，以及《宇津保物語》、《落窪物語》等物語文學的大作。

那麼，為什麼在其他的文化圈尚未誕生個人創作的故事時，日本卻已有個人創作故事的出現？讓我們來思考這一點。

如前所述，人需要「故事」。因此，不論什麼樣的文化都有神話。在範圍較小的地區，有各式各樣的「傳說」。如果是與特定場所、人物無關，沒有特定型態的故事，則稱為「昔話」[8]。古代有許多像這樣的故事。雖然今日的我們，認為這些只是「故事」（有虛構的意思），但古代人顯然遠比我們更接受它們為現實（reality）。

鄰近的中國，因為「不語怪力亂神」的思想，有意地避免說「故事」，但其實「故事」被吸納到他們的「歷史」裡。雖然中國人為了強調其現實性而稱之為「歷史」，但是以今日的眼光來看，中國的歷史大多含有「故事」性。「故事」一旦成為官方的歷史，就更容易為一般人所共有，於是，個人創作的故事也就很難產生。即使有，也是以「外史」的型態出現。

在基督教文化圈裡，「故事」存在於《聖經》之中。基督教對於正統與異端，抱持極為嚴厲的態度，所有的「故事」皆由《聖經》敘述，人類創作「故事」，甚至會被視為對神的冒瀆。所有的人都應該活在神所賦予的「故事」之中；個人創作「故事」，對他們來說是無法想像的。

後來，基督教文化圈稍微掙脫了神的長期控制，個人得以開始創作故事，人們也能夠享受、欣賞。以這一點來說，薄伽丘的貢獻很大。因此也不難理解，其故事內容必然帶有反基督教的意味。

反抗唯一神的長期統制、開始創作故事的西方文化，逐漸轉變成以人類為中心的文化。像薄伽丘《十日談》這樣的故事，最後發展成為現代小說的型態。

然而，思考日本的情況，我們最先想到的特性，是沒有一神教的控制。雖然當時佛教的勢力已經十分強大，《源氏物語》中也可以相當地感受到佛教的影響，但是佛教並不像基督教那樣，給予人們標準化的故事。而且，當時的日本，還強烈地留有自古以來的、泛靈論的世界觀。

關於「故事」，還有一點必須思考的，那就是不要忘了，一個時代或是一個社會，都有其「普遍的故事」。到目前為止，我們談的都是與人類存在的根源有關的，但是在更為日常的層次中，其實也存在著這種「普遍的故事」。

舉例來說，從一流大學畢業、進入一流企業工作，從基層職員到課長、主任、部長，一路升遷，最後進入公司的管理階層——現在的日本有相當多的人，共有這種出人頭地的「故事」。遵循著這個故事生活的人，大概想都沒想過要創造自己的故事吧。他們甚至不會去閱讀他人創作的故事或小說。

考慮到上述這些事實就不難明白，日本的平安時代，為「故事」的誕生準備了非常良好的環境。換句話說，當時的環境提供了足夠的條件，讓不打算倚賴別人提供的故事、自己創造自己故事的人，得以出現。而且，這和「女性」有深刻的關聯。

撰寫「自己的故事」

平安時代的貴族，他們普遍的「故事」是什麼?首先，身分是當時決定性的重要因素。就算一樣是貴族，出身自地位不同的家族，際遇也大不相同。其中對於上級貴族來說，從右大臣、左大臣，到太政大臣，地位逐漸往上爬，雖然也很重要，但他們最盼望的，是自己的女兒能夠入宮；而女兒入宮後生下來的兒子，能夠變成天皇。

當時，實質上握有權力的，是天皇的外祖父。天皇的母親是國母，而國母的父親，則是權力最大的人。

除了讓自己的地位步步攀升這樣的「故事」以外，貴族的男性左思右想的，是如何能夠生下優秀的女兒，如何讓她入宮嫁給天皇、生下男孩，讓自己成為天皇的外祖父——大家拚了命地要活在這長長的、一連串的「故事」裡。

女性這方面，也是活在同樣的故事裡——如何進入後宮、得到天皇的寵幸、生下男孩成為東宮[9]，然後等待他成為天皇。話雖如此，當時的女性在婚姻方面處於被動的狀態，只能聽從父母的安排。不過一旦入宮，也就和父母同心協力，努力步入上述的路途。

然而像紫式部這樣的女性，因為身分的關係，打從一開始就不可能照著這樣的「故事」生活。而正如先前所述，在「故事」這方面，她們不需要接受神的控制，因此她們在相較之下是自由的，經濟上也相對穩定。侍奉中宮[10]的女性，可以充分發揮才能——或者說，人們也期待她們發揮才能。

在後宮中，眾多后妃們使出渾身解數，爭相向天皇一個人展現各自的特殊魅力。因此圍繞在這場競爭四周，侍奉后妃們的女性，譬如紫式部或清少納言[11]等，就被期待發揮出最大極限的才能。

如果一個人具有相當堅定的「個人」立場，而且沒有人從外在賦予他一個既成的、做為他生命指導原則的「故事」，那這個人必然會開始撰寫「自己的故事」。不過，這樣的故事要讓一般人願意閱讀，還需要文學上的才能。

在這些條件之外，還有一件事實，豐潤了「故事」的創作土壤，那就是日本「假名」的發明。「假名」對於「故事」的創作，扮演了重要的角色。有很長的時間，歐洲的《聖經》與官方文書一直是以拉丁文書寫的。這個為了維繫社會秩序所需的語言，與日常語言區隔開來，被賦予較「高」的地位。

同樣地，日本的官方文書是以漢文書寫的。文學作品方面也是如此，寫作漢詩是「男性」的專屬技能。故事則是全然不同的領域，它存在於既定秩序的、官方社會的背面。因此，如果故事的力量變得強大，官方秩序就可能受到威脅。

除了基督教文化圈，過去蘇聯的情形也是如此。蘇聯在嚴格統制的時期，對於轄下諸國（現在已脫離俄羅斯獨立）的傳說或小話[12]之類，進行了強硬的管制。

相對於官方文書的漢文，可以忠實記錄日常語言的「假名」，正是書寫「故事」最好的工具。官衙以漢文記錄事實，相對地，故事則透過假名表現。當然，漢文也可以書寫故事，只要觀察中國的情形，就可以明白。

總之對於當時的日本人來說，假名的發明促進了故事的創作，這是可以想像的。相對於「真名」（漢字的別稱），「假名」這個名稱取得十分貼切。就如字面意義所示，它拿來表現虛構故事（fiction），再合適不過。

上述的各種因素加在一起，讓平安時代的故事有如雨後春筍。當男人們幾乎無意識地，在建構好的體制中，遵循攀爬地位的「故事」活著的時候，體制外正不斷進行個人故事的創作。最適合從事這個工作的，應該就是紫式部這種身分的女性吧。因此筆者認為，《源氏物語》之外，許多作者不詳的故事，大多數應該也是由女性所撰寫的。

但是，這個推測是無法斷定的。若是有身處體制之外，懷有才能、能夠以「女人之眼」觀看世界的男性，一定也可以有同樣的作為。儘管如此，《源氏物語》的作者證實是（雖然還是有人持反對意見）紫式部這位女性，是令人高興的事。

3 「如何生存」的觀點

《源氏物語》是一部偉大的作品，可以從各式各樣的角度閱讀、研究。正如先前所述，筆者閱讀時所採取的，可以說是「如何在現代生存」這個觀點。雖然前文已陸續提及，不過我仍然想在這裡簡單整理一下我的觀點。

為什麼為了生存，人需要「故事」？

首先我想談的是，故事在現在這個時代的重要性。所有民族都有神話；神話讓人們在這個世界上找到自己的根。但是，神話不一定能「說明」所有的事物。日常生活中，經常發生難以理解的事。這時，人總是傾向，想要「了解」這些事情、想要擁有盡可能統一的世界觀。對於這方面，神話並非總是有用的。

而這方面，我們都知道，誕生在近代歐洲的「近代科學」，確實高明優秀，非常有用。當科學和技術結合起來，能夠為人類帶來多麼便利有效的工具，先進國家的人都實際體驗過，通通都很清楚。但是，由於近代科學將做為其對象的現象和人完全切斷，以單一的方式定義、重新建構，因此當我們需要考慮對象和自己的關係時，或者當對象具有多重意義的面貌時，近代科學就無法適用。

關於這件事，我經常在其他地方詳細論述[13]，所以就不再重複。在這裡，只舉我常引用的一個淺顯易懂的例子。

當最愛的人在自己面前車禍身亡時，人忍不住要問：「為什麼他（她）會死？」這時候，自然科學的答覆很明確：「出血過多。」但是，這個人想要知道的，不是這種普遍的答案，而是以與這個人有關的方式，能讓她（他）接受這件事的答案。這時候需要的，就是故事。

有時候，這個能讓她（他）接受事實的故事，可能來自這個人所屬團體的共同信仰，比方「前世因緣」這種前世的故事。

過去大多數的人，在某種意義下與他人共有這一類的故事，活在其中。即使是現在，也還有相當多的人，在這種故事的支持下生活。但也有很多人，無法擁有這樣的共同故事。

就算不是和「人類的死亡」這種本質性的事有關，在日常的層次中，也經常產生問題。如前所述，活在「一流大學→一流企業→管理階層→社長」這種一般故事下的人，或許不太會感受到迷惘或痛苦；但是，在這個流程中被淘汰而脫隊的人該怎麼辦？或者，即使真的成為管理階層，相信自己已經「完成」了故事，但到了年老退休之後，卻還有將近二十年的人生，感覺自己什麼都不能做；這樣的人，要抱著什麼樣的「故事」活下去？

我們都認為，藉著科學與技術的力量，人類的可能性可以無限擴大。但是，當年老而所有能力都衰退，當死亡清晰可預見的時候，科學與技術能夠提供我們什麼？

只有冷冰冰的「無能為力」一句話吧。這時候，擁有「自己和世界有何關係」的故事的人，和沒有故事的人，人生會有很大的不同吧。

意識型態是以知識的面貌武裝起來的故事。過去有一些單純的人，相信意識型態能夠為他說明一切（雖然這些人自認為那並不是「相信」，而是正確的判斷）。這些人在某種意義下是幸福的。但是他們沒有看到，為了支持自己的幸福，造成了許多他人的不幸。或者，他們假裝沒看到。從前這樣的人很多。

這個時代，現成的故事與意識型態已經行不通了。這是人類努力追求個人自由的結果。每個人都可以自由地創造「自己的故事」。這實在是值得珍惜、意義深遠的事。

五十幾年前，日本全體國民被強制灌輸單一劃一的故事。像筆者這種實際經歷過那個年代的人，非常清楚可以創造自己的故事，是多麼難能可貴的事。對我們來說，從來沒有過像現在這麼有趣的時代。然而其代價，就是失去可以單純地依賴的故事，因而惴惴不安。

那些不願意創造自己個人故事的人，大概會試著找尋可以依賴的故事吧！但要找到，並不容易。或者，即使順著尋常一般被認可的故事活著，也會為內在深處的不安而煩惱。

日本人的苦惱

要談論現代日本人的意識，是極不容易的一件事。想到平時我在臨床治療中遇見的人們，更是實際感受到這件事的困難。一般而言，大家都同意日本人已經相當歐美化，許多人覺得自己的意識和歐美人沒有什麼不同。但是，在心理治療的現場中，聽著陷入苦境的人種種的心聲，使我無法簡單地下結論。

第一線的科學家令人難以置信地「迷信」、宗教人物完全地市儈——這些事都已經不能讓我驚訝。如果真要提出某種程度的一般論點，我會說，日本人的表層意識雖然已經歐美化了，但只要稍微深入一點點，就會發現其實仍然保持著日本古來的傳統。

這裡所說的「表層」，指的是當事人在日常生活中意識到的事物。但是出乎意料地，人經常在自己沒有意識到的狀況下行動；面對非日常的場面，發揮作用的是與平常的意識完全不同的意識。我認為這些意識，是深層意識。

舉例來說，日本人在意識中認為自己過著民主的生活方式，這一點和美國人沒有不同。但是在美國人的眼裡看來，日本人的民主和他們的想法不同，是「日本式的民主主義」。換句話說，就算日本人認為自己和美國人一樣奉行民主，但由於構成動機的深層意識作用不同，而形成了完全不同的樣貌。

日本人藉著明治維新的機會，大幅引進西方的思想，一時志得意滿，發動第二次世界大戰，嚐到了戰敗的苦果。因此日本人更加努力地模仿歐美，特別是模仿美國，進行意識改革。雖然立志效法美國的民主主義與理性主義等等，但事情沒有那麼簡單。

日本人還在歐美的影響下，逐漸變得個人主義化。個人主義雖然重視個人，但是對個人主義來說，如何處理個人與他人的關係，是一個重要的課題。如果不管這件事，就會變成單純的利己主義。雖然個人主義本來就是基督教文化圈的產物，但是為了不要陷入利己主義，歐美的個人主義，受到基督教嚴格的倫理觀約束。

在日本傳統的想法裡，「家」[14]與「世間」是最重要的，個人是次要的。戰後以蠻幹的方式，硬是破壞了「家」，但日本人找到「公司」做為其替代品。或者也可以說，找到以國家全體做為「家」的存在方式。在這樣的模式運作良好的時期，日本成就了快速的經濟成長；卻在後來長期的不景氣中，體驗到「第二次的戰敗」，喪失了自信。而現在，日本正遭受著以「全球化」為名的「美國化」衝擊，為了不知如何應對而苦惱不已。

日本人雖然服膺歐美式的個人主義，但是因為撤除基督教，輕率地實行，反而流於利己主義，其弊害已經四處浮現。不過，個人主義大本營的歐美，似乎也可以見到這樣的傾向。

近代科學的力量，削弱了基督教的信仰。比方以美國來說，缺乏基督教信仰的個人主義，呈現了極端的病態。青少年犯罪與毒品等問題，其嚴重程度是日本無法相比的。看到這樣的現象，不禁令人覺得，這個時候日本人還在模仿歐美，還在努力地以他們為典範，實在沒有意義。

我認為，如何看待個人主義的「個人」，是一個世界性的問題。就算我們可以認同，發揮個人能力或欲望，是第一重要的事，但，還有兩件事必須要考慮：第一，如何看待個人與他人的關係？第二，如何接受自己的死亡？

基督教透過「對鄰人的愛」與「復活的信仰」，來解決這兩個問題。那麼，把基督教信仰摒除在外的個人主義，會變成什麼樣子？

即使有人主張無法相信基督教，只相信近代科學，但光是從前述的事實也可以明白，關於「自己與他人的關係」以及「自己的死亡」，近代科學是沒有答案的。為了回答這些問題，「故事」是必要的。

如果要奉行個人主義，那麼每一個個人，都有責任創造自己的故事。話雖如此，每個人既然都是人類，既然都屬於某個文化或社會，就必定和他人具有相當的共通點。在這些共通點上，被世人稱為藝術天才、宗教天才的人們，留下了優秀的故事。就算每個人都照著自己的故事生活，也會和過去的人創造出來的某些故事相近，或甚至完全相同。

以這一點來說，生活在現代的人以上述的觀點來研究過去的故事，是具有意義的事。因為，古代擁有超越近代的智慧。在這個意義下，《源氏物語》實在是極為豐富而十分值得探討的素材。

註釋

1 譯註：「玉虫」（タマムシ）是日文，台灣稱為「彩虹吉丁蟲」或「彩艷吉丁蟲」，學名「Chrysochroa fulgidissima」。是一種長約四公分，色彩艷麗繽紛而帶有金屬光澤的甲蟲，其顏色會隨著光照的角度或強弱而千變萬化。這裡以「玉虫色」比喻光源氏，是形容他華麗耀眼，卻形容多變、沒有實體。

2 譯註：「便利屋」是日本因應人口老化而興起的一種新式服務業，為客戶代行修繕、換燈泡、接送小孩等各式各樣生活瑣事，沒有特定的營業項目。

3 譯註：「物語」在日文的原意是「說話、敍述」，後引伸為相當於中文裡「故事」的意思，一般生活中多屬於這樣的用法。但在日本文學研究者之間，「物語」指的是一種文學形式，作者以所見所聞或想像為基礎，以散文的方式描述人物或事件。日本「物語文學」的鼎盛期，在西元十～十一世紀，作品數不勝數。事實上「物語」並不容易定義。但它和近代小說的不同之處，作者在本書的第四章中有詳細的論述，請讀者參照。「物語」的另外一個意義，則是人形淨琉璃（偶戲）與歌舞伎中，主角敍述心情的場面。不過這個用法和本書沒有太大的關係。

4 原註：高津春繁『ギリシア・ローマ神話辞典』岩波書店　一九七二年

5 原註：出自大林太良・吉田敦彥『世界の神話をどう読むか』（《如何解讀世界的神話？》）（青土社　一九九八年）一書中，吉田敦彥引述他的老師杜梅吉爾的話。

6 原註：Karl Kerényi, Carl Gustav Jung, *"Introduction to a science of mythology"*, 1951.

7 譯註：「歌物語」是將圍繞著「和歌」（以日本原生語言寫作的古典詩，與「漢詩」相對）發展的創作故事集結成冊的「物語文學」。主要為虛構的，內容多樣，大半與戀愛、死別、不遇有關。「歌物語」經常含有讚頌「歌」的功用與美好之章節，稱為「歌德說話」。

8 譯註：在日本口述文學的分類中，「傳說」通常和特定的時代、地區、人物有關，敍述的時候強調真實性。「昔話」則沒有特定的時代、地區、人物，說故事與聽故事的人，都以虛構做為前提。《源氏物語》因為篇幅長大等因素，有些人將它排除在「歌物語」的範圍之外。

9 譯註：「東宮」是古時日本皇太子的宮殿，位於皇居東邊，故名。引為皇太子之意。

10 譯註：「中宮」是皇居、皇后、皇太后、太皇太后等之別稱。

11 譯註：「清少納言」是日本平安時代中期的女性作家、歌人。其隨筆《枕草子》是平安文學的代表作之一。

12 譯註：「小話」是一種簡短而滑稽的小故事，經常帶有尖銳的諷刺性。

13 原註：河合隼雄『物語と人間の科学』岩波書店　一九九三年（『こころの最終講義』新潮文庫　二〇一三年）

14 譯註：這裡所說的「家」，指的不只是狹義的家庭，而是泛指所有透過血緣、收養、通婚、師徒、主從關係所形成的封閉式共同體。

| 第二章 |

「女性故事」的深層

在前一章中，我們指出了「女人之眼」的重要性。「近代」可以說是一個貶低、甚至排斥「女人之眼」的時代。因此，我們也可以說，如何讓「女人之眼」復活，以建構「複眼」的故事，是現代的課題。在以這樣的觀點開始研讀《源氏物語》之前，有必要先就「歷史上，女性活在什麼樣的故事裡？」這一點做檢討。

王朝物語之中，有許多關於男女關係的描述。但如果因此就為它們加上「浪漫」或「男女之愛」的形容，將產生相當的誤解。男性強行侵入不知世事的女性住處，女性看不見對方的面孔，連對方是什麼人都不知道，就被迫發生了性關係。這種事情可以稱為浪漫嗎？可以稱為愛嗎？

比方《不問自答者的自白》[1]中的後深草院二条，難道不是只有憤怒與悲傷而已嗎？以「女人之眼」來看這種事情的時候，要怎麼稱呼它？該怎麼想它？對於這樣的事情，我們現代人要抱持什麼樣的共通情感，才能夠讀得下去？在閱讀《源氏物語》的本文之前，我們必須事先對有關「女性的故事」，具備相當的知識。

1 母權社會的男與女

日本原始時代的家族型態是什麼樣子，雖然無法斷言，但據推測，應該是母權制。這樣的制度，和全世界的農耕民族都一樣，其基礎大多是地母神信仰。地母神信仰把大地生育植物（食物的來源）和母親生育子女的現象聯想在一起，將大地視為偉大的母親來祀奉。出土的繩文陶偶[2]中，有許多顯然是地母神。可以想像在地母神的支持下，母權制持續了相當長的時間。

為了探討這個問題，筆者認為應該先思考①母權制、②母系制、③母性心理三者的區別。雖然這幾個概念微妙地重疊在一起，但，首先，母權制指的是母親握有權力的制度；母系制則是指家族由「母—女」的系統繼承。第三個概念需要特別說明。我們將人類的思考方式，區分為父性原理與母性原理，而母性原理占優勢的心理狀態，我們稱為母性心理。

過去我曾經在其他場合談論過這個想法[3]，讀者們可以參考。不過，只要繼續閱讀本書，應該也可以明白我的觀點。和基督教文化圈比起來，日本雖然從母權轉變為父權與父系制度，但直到今天，仍然保有著母性心理。筆者認為，這是日本的特色。

母女一體感的來源

完全母權的時代，母權、母系、母性心理是一體的，同時發揮功能。在那樣的時代裡，並沒有像今天所說的個人或人格的概念。當然，這並不表示所有的人都是一樣的，只不過首要的事情，是種族全體的生存。

當中最重要的是偉大的母親。母親是一切。它最初的顯現，是原始時代的地母神陶偶。神話時代蘇美的女神伊南娜（Inanna，閃米特語稱為伊絲塔〔Ishtar〕）就是偉大的母親。日本的伊邪那美產出了國土上的一切，以這一點來說，相當接近偉大的母親。但是在她死後，她的丈夫伊邪那岐產出三貴子，從這一點，讓我們看到了些許朝向父權的轉移。

就像偉大的大地一般，只要偉大的母親存在，就一切完滿——以這樣的想法來看人類實際的生存處境，將遇到母女分離的問題。身為生命有限的人類，母親必定會死亡。但是，之後女兒會長大成人，繼承她的角色。

雖然「偉大的母親」是不變的，但以人類來說，必須有母→女的傳承，「偉大的母親」才能永恆。母親與女兒雖然是分別的存在，同時卻也是一體的。一旦強調母女的一體感，就不會有所謂的「變化」。雖然世代不斷交替，只要有母親的存在就好，一切都將安定。

人是奇妙的生物。人並不是那麼喜歡安定，總希望有些什麼變化（近代透過「進步」的概念，給予「變化」極高的評價）。如果不打破母女的一體感，就不會產生變化。於是家族制度逐漸轉變，誕生了「文明」這種東西。「男性」這種存在，慢慢取得了重要的地位。人們為了發展「文明」制定各種制度，「秩序」隨之建立，破壞了母女一體感。

以這一點來說，自古以來就有些遠離「文明」、持續過著安定生活的部族。她們到現在仍然保持著母權或母系家族的傳統。這是十分耐人尋味的事。筆者最近曾經前往中國的雲南省，實際見到母系家族的家庭生活，印象非常深刻。

日本當然也朝著父權體制轉變，並且在第二次世界大戰前達到巔峰。這個強大的父權體制被美國破壞殆盡，以致於自古以來一直延續的母性心理，在一夕之間增強，母女結合的樣貌也浮上檯面。

父親在母女的強力結合之中，失去了容身之處，惶惶不可終日。有些情形過去在父權家族制度下是受到禁止的，但如今因為變得自由而產生，例如許多女性結婚後仍然整天待在娘家。實際上，雖然基督教文化圈因為具有穩固的父性心理，不太會發生這種事，但當今的歐美也讓我們確實感覺到，社會一旦呈現病態，人們會有多強烈地冀求母女一體感的世界。這樣的事情出乎意料地多。我認為現代人也應該好好認識到，人類存在的本質中確實有這樣的傾向。

有時候，母女互相意識到彼此的「個體」，也會引發強烈的衝突。因為做為基礎的一體感過於強大，為了主張自己的個體性，必須有相應的反抗力量。有許多所謂的獨立女性，對母親有負面的情感，也和這樣的情形有關。

有些母女一方面依賴著基礎的一體感，一方面卻為了瑣碎的事情爭吵不休。旁人才剛以為她們感情不好，她們卻能夠為了某些事（通常與男性有關），突然展現如銅牆鐵壁般的一體性。

平安時代的日本，受到中國相當程度的影響，建立起父權家族制度，因此在王朝物語中，幾乎看不到母女結合的情形，這是很顯著的特徵。不過，母女結合的世界原本就可以說是文學出現以前的狀態，所以很少被敘述出來吧。

聖娼

母女是必定要分離的。男性在這裡，做為母女結合的破壞者登場。希臘神話中的荻米特（Demeter）與波瑟芬妮（Persephone），就是典型的這種故事。讓我們簡要地看看這個非常耐人尋味的故事。

地母神荻米特的女兒波瑟芬妮在草原上摘花的時候，冥王黑帝斯突然從地底現身，將她擄走。荻米特因為女兒突如其來的失蹤而悲傷哀嘆，大地隨之枯萎荒蕪，人們也為之受苦。宙斯看到這樣的情形，命令黑帝斯將送還她母親的住處。但是，黑帝斯用計讓波瑟芬妮吃下四顆石榴籽。

眾神有一條不成文的法規，凡是吃下冥界食物的人，不得回到地面。波瑟芬妮陷入困境。在宙斯出面調停之後達成協議，波瑟芬妮一年之中有四個月必須和黑帝斯一起生活，剩下的八個月則回到地面與母親同住。因此，當波瑟芬妮留滯在地下，大地是冬天；她回來的時候，也就是春天來的時候。植物在那八個月期間，蓬勃生長。這是和春天的祭典結合在一起的神話。

在這個故事裡，出現了兩個男性的名字——打破母女結合的黑帝斯，以及出面調停的宙斯。我們可以看到，母權已經開始轉移到父權。但在更早以前，母權強大的時代中，曾經有過「聖娼」的制度（圖一）；那是一種女兒轉變為母親的儀式。在聖娼的制度中，男性不是以個人，而是以無名「男人」的角色登場。

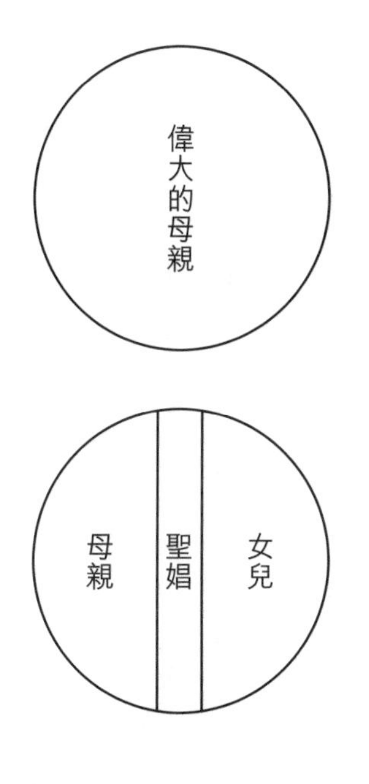

圖一　母權時代的女性

要談「聖娼」之前，必須先談「聖婚」。在母權社會的蘇美，從讚頌大女神伊南娜和她的丈夫杜木茲的結婚（也就是聖婚）開始，對人類來說，和大女神伊南娜的一體化，是極為重要的儀式。

這個儀式的細節，我們省略

不談，只談其核心的部分。女性們為了和伊南娜同一化，從女神那兒分受女性的靈力，必須到女神的神殿擔任女祭司，扮演聖娼的角色，以女神化身的身分，委身於造訪神殿的陌生男性。

這裡非常重要的一點，就是在蘇美文化裡，靈性（spirituality）和性（sexuality）是完全未分離的。做為聖娼的女性，覺醒到「自己」這個身體中的美與熱情，品嚐靈與性共存的歡喜。所以，男性必須是完全陌生的旅人；她們體驗到的男女關係，是超越個人愛戀結合之神祕。

美國榮格分析師閣爾茲．柯貝特（Nancy Qualls-Corbett）主張，聖娼的形象對現代人來說非常重要。關於聖娼的非個人性，她在著作《聖娼》中這樣說[4]：

「她們並不是為了從造訪她們的男性身上得到稱讚與獻身，而從事愛的行為。因為，聖娼經常是覆蓋著面紗，對方甚至不知道她們的名字。她們並不是為了尋求自我認同而需要男人。相反地，這個行為的根源，來自她們本身即為女性這個事實。」

因為這樣的理由，蘇美人明確地區別聖娼和神殿聖域外的賣春行為。聖娼被禁止經營酒館，犯禁的人將被處以死刑。或許是希望藉著這樣的嚴厲刑罰，嚴格地區隔聖娼與一般的賣春吧。

如果我們將這種聖娼的體驗，視為女兒轉變為母親的啟蒙（initiation），就可以了解其意義。女性經由這種神祕的經驗，實際體驗靈性與性的一致，而成為大人。這種時候，男性必須是非個人的、無名的存在，才有意義，因此之後並不會以丈夫或父親的名義介入女性的生活。女性是以她自身，體現女神的法則而生存。

我們或許可以說，這樣的社會是順應著「自然」而生存吧。在這裡不需要人類製造的「法律」或「秩序」這一類的東西。時間在「母—女」的反覆循環中流逝，無名的男人除了參與聖娼的儀式之外，沒有特定的角色。真要說起來，那就像是原始森林一樣的東西。樹木在其中枯萎，再從種子開始生長，萬物死亡又再生。即使森林的樣貌隨著時間改變，森林本身是永遠存在的。

「母親的兄長」之重要角色

如前所述，我在中國的雲南省看到了母系社會的家庭。屋子裡的正中央有祭壇，面對祭壇的左邊是祖母與母親的座位，右邊是祖母的哥哥、母親的哥哥，再往右邊則是客人的位子，前面的空間則屬於小孩子們。從這裡我們可以看到，在母系社會中也有了男人的角色。只不過，這角色是由母親的兄長來擔負。

我們說，在完全的母權社會中，男性被驅逐到社會的邊緣。不過，那只有在家族或社會都平安無事的時候。當自然環境變動、特別需要身體力量應對的時候，或者家族與家族、部族與部族之間產生爭鬥的時候，就變得需要男性的力氣，無法再順應「自然」而生活。

雖然在牽涉到人與人的鬥爭、折衝時，男性變得重要，但這樣的角色是由母親的兄長扮演。在母權、母系的社會中，母親的兄長，不但在家族中擔負了重要的功能，部族中強勢家族裡的這種男性，也成為全體部族裡的重要角色。

從上述的考量可以推測，從母權轉移到父權的過渡時期，應該有相當多兄妹、姊弟結婚的情形。在神話的世界裡，像伊邪那岐、伊邪那美這樣的例子非常多。

對高度重視血統的社會來說，和沒有血緣關係的人結婚，具有某種程度的危險性，因為那意味著不同份子的混入。手足結婚的想法就從這裡產生。但隨著時代的改變，人們從經驗中得知這樣做，在遺傳上所帶來的問題，手足婚姻才逐漸成為一種禁忌。原本在古代埃及王朝中，王都是和自己的姊妹結婚的。

即使是現在，雖然手足婚姻在現實中已成為禁忌，在人們的心理上卻仍然有一定的作用。不少人夢見自己和手足結婚。也有些女性即使在結婚以後，對兄弟的依賴仍然超過對先生的依賴。

《源氏物語》裡，並沒有手足結婚的故事。不過在〈總角〉一章中，匂宮愛上姊姊女一之宮的美貌，雖然因為是姊弟而沒有同床共枕的想法，卻寫歌相贈，表達自己苦惱的心境。

比《源氏物語》更早的《宇津保物語》中，則敘述了仲澄苦戀妹妹——絕世美人貴宮的故事。最後當貴宮嫁到東宮，仲澄熬不住心中痛苦而死去。《宇津保物語》將這個故事描寫為「無路可走的愛情」，可見手足結婚已經是禁忌。不過，從這樣的故事還是可以看出來，當時現實中仍然有手足之戀的發生。

從《常陸國風土記》中記載的一個故事，可以看到由母系社會移轉到父系社會的轉變。故事大綱如下：從前有一對名叫努賀毗古、努賀毗咩的兄妹。有一天，一個男人來向妹妹求婚。妹妹因而懷孕並生下小孩，是一條小蛇。

這條小蛇急速地長大。做母親的心想，這應該是神的孩子，就要孩子（蛇）「到父親那兒去」。孩子告訴母親，自己一個人沒法去，希望有人陪他一起。母親回答說，這裡除了她自己和小孩的舅舅（努賀毗古）之外沒有別人，沒有人可以陪他一起去。小孩聽了之後，生氣了，殺死舅舅，企圖升天（小孩的父親似乎是雷神）。母親拿了個盆子砸中小孩，於是這孩子升天不成，只能留在山頂。

很有趣的故事。其他部分暫且不論，這裡我想指出的，是母親的哥哥和兒子之間的衝突。兒子殺了舅舅之後，要到父親那兒去。這時候，雖然母親以她的力量阻止了兒子，但重點在，這兒子想要表明，對他來說，父親比母親的哥哥重要。這是一種從母系轉變到父系的表示。

男人在母權社會中，逐漸取得權力。但是這個權力，顯現為母親兄長（有時候是弟弟）的形式。而在《常陸國風土記》的故事中，權力轉移到父親的身上，這顯然是很大的變革。

這不只是家族關係的變化，還連接到世界觀、人生觀的改變。如果用先前的說法來表達，可以說人們開始用「男人之眼」，來觀看過去以「女人之眼」所看到的世界。話雖如此，這並不是在短期間內所發生的急速變化；可以想見，兩者的混同持續了相當的時間。

2 從母權轉變為父權的時候

從母權轉變為父權，並不是那麼簡單的事。先前我們也說過，即使在現代，還是存有保持母權社會型態的部族。

這個變化發生得最極端、激烈、徹底的，應該是猶太・基督教文化圈吧。誕生在猶太・基督教文化圈的文明，在現今的世界掌握支配性的力量，就連我們也無法對這件事視若不見。

但是，我們也不應該像看待過去曾經流行過的觀點一樣，將這種變化的過程，單純視為「進步」或「進化」來接受。事實上，現在的許多巨大的弊害，可以說就是強烈的父權意識所造成的。

讓我們記著這一點，繼續再討論下去。

「不把女人當人的社會」中的女人

母權社會維持了一段漫長的時間之後，父權社會出現了。從女性（母性）在各方面都占優勢的狀態中，男性緩緩崛起，逐漸展現力量。而不管怎麼說，只要是基於「自然」，母性的優勢就難以動搖，所以父權總是和反自然的舉動（在某種意義下）結合在一起。前述的《聖娼》一書之中，引用了下列這段美國社會學者威廉．湯普森（William Thompson）的文字。

「父權製作法律，母權創造習慣。父權帶來軍事力，母權產生宗教性的權威。而且，父權提高每個戰士的士氣，母權則提升受到團體因循舊習所束縛的向心力。」

父權社會之所以出現，戰爭是一大契機。在武力這方面，男性占優勢。為了有效地遂行武力，製作武器、強調團體的紀律等等，違反自然的事不斷發生。

相對於軍事，湯普森將母權和宗教連結在一起。但是，如果宗教也傾向父權，會變得如何？父權會變得極為強而有力。就像《舊約聖經》所說，女性變成是用男性的骨頭做成的。不是女性孕育出男性，而是最初的女性是男性的一部分！

這樣一來，像「大女神包容一切」那種母親是萬物根源的想法、男性存在於母女結合的周邊之構圖，全部解體。男性成為中心，女性的存在方式，則受到自己和男性的關係而定。也就是說，女性相對於做為中心的男性，被賦予母親、女兒、妻子、娼婦的任一種位置。

有趣的是，猶太教徹底破壞了聖娼的制度。父權社會不容許它的存在。在父權社會中，性被完全從靈性切割開來。精神與肉體也遭到分離。性的價值完全被貶低。不過，雖然聖娼的制度受到破壞，賣春卻繼續存在於社會的黑暗之處。

母權社會的成員，受到萬物之母神所包容，生活在一體感之中，根據傳統的習慣建立彼此的關係。父權社會則強調「力量」的價值，重要的是由有力的強者進行全面性的統制。因此需要制訂法律，需要政治上的、軍事上的職業，並且進行各種職業的分化。

這時候幾乎所有的職業都由男性擔任，男性的自我認同（identity）透過職業形成。而女性則透過和男性的不同關係，如圖二所示，被賦予母親、女兒、妻子、娼婦的身分（identity）。

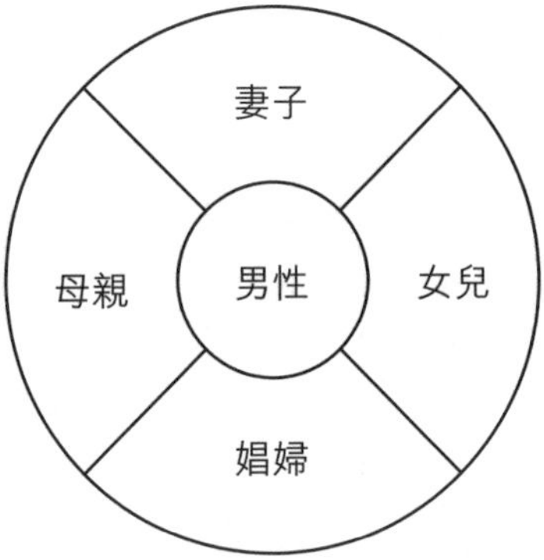

這種傾向一直持續到最近。舉例來說，直到一九七〇年代，不論是作文或畫畫，只要在小學

妻子
母親
男性
女兒
娼婦

圖二　父權社會的男女

裡指派有關父親或母親的課題，不管是哪個小學生所呈現的「我的媽媽」，形象都非常相似，沒有什麼變化。比較起來，父親們不但有各式各樣的職業，在家庭中的行動也比較有各自的個性。

雖然沒有最新的資訊而無法斷言，但現在情況應該有相當大的改變。這和現在的女性試圖活出自己的「個性」，對「母性」感到強烈反感有關。

母權社會的中心是母女的聯合，男性無個性地存在於周邊。同樣地，在父權社會裡，男人存在於中心，擔任社會與家族的主要部分，女性則被驅逐到周邊，成為不具個性的存在。在父系家譜中，通常不記載女性的名字，就是個很好的例子。

但是在這樣的情況下，簡單來說，因為不把女性「當做人看待」，有時候女性反而讓人感覺像是神一樣的存在，成為崇拜的對象。《竹取物語》中的輝耀姬就是個典型的例子。

雖然有許多貴族向她求婚，最後甚至天皇也向她求婚，但輝耀姬全部拒絕了他們，回到月亮的世界去了。也就是說，她是不屬於這個世界的存在。不論什麼樣的男性，也無法以人類對人類的立場，與她相處。這種屬於高貴種族的女性形象，在王朝物語中隨處可見。

這種無法將女性視為對等人類的傾向，反轉過來，就變成極度貶低女性、甚至將女性視為惡魔的態度。男性沒有能力處理自己強大的性欲，便將性欲的力量投影到女性身上，塑造出誘惑男人、讓男人墮落的女性形象，並且將這樣的女性形象強行推入「娼婦」的世界，視她們為低等的存在。然而同時，他們又無法抗拒其魅力。

基督教因為信仰「天父」神，對於「性」極端地貶抑。《聖經》中這樣記載保羅的話：「男不近女倒好。但要免淫亂的事，男人當各有自己的妻子」（《哥多林前書》第七章）。他主張保持獨身是最理想的狀況。

如果所有的男性都達成理想，人類會變成什麼樣子？保羅沒有說。但是對於無法戰勝肉欲的人，他這樣說：「倘若自己禁止不住，就可以嫁娶。與其欲火攻心，倒不如嫁娶為妙」。如果都照保羅所說的，那麼基督教文化圈兩千年以來所保存的基因，都來自意志薄弱的男人。

「母親與兒子」、「父親與女兒」的連結

從母權到父權的轉移，就算制度上可以確定發生的時間點，心情上卻沒有那麼單純。如果考慮到男與女的關係、地位等等，注意到心理的層面，事情就變得相當複雜。猶太．基督教文化圈，因為信奉天父為唯一的神，如同稍後我們將詳述的，這個轉變相當明確，但是在其他文化圈就不是那麼清楚。

比方，讓我們來思考一下日本戰前的狀態。當時的日本雖然也可說是父權社會，但是觀察心理的層面就會發現，母親力量的強大，是無可否認的。也就是說，在心理上，母性一直保持

優勢，母子間有強烈的一體感。兒子就算長大成人、在制度上已經成為一家之長，心理上仍然從屬於母親的意志。不管表面上看起來如何，實際上握有權力的人，是家長（男人）的母親。這絕不是純粹的父權。從心理方面看，或許更接近母權。

因為母女的結合最具有根源性、最強而有力，當我們的社會，人為地製造「文化」的時候，就形成了一股試圖破壞母女結合的強大力量。戰前的日本甚至產生一種偏執的思想──「嫁出去的女兒，已經不是我們家的孩子。」結婚的儀式之所以有許多和葬禮共通的要素（比方新娘從裡到外，全身穿著純白的衣裳），就是在宣告女兒已死，已經成為別人家的媳婦。

雖然母女的結合在制度上遭到破壞，母子的關係卻原狀保存下來，而且還有「孝」這種道德觀念在背後支撐。因此，即使在制度方面轉變為父系、父權，仍然很難打破母權的強勢。

現代日本的家庭中，仍然完整地保留了這樣的傾向。有時候因為母親和兒子之間，還潛在著一種「異性」的吸引力，使得母子的關係更顯示出複雜的樣貌。

《源氏物語》裡，源氏對藤壺的思慕之情中，就可以看到這樣的傾向，可見其根源之深遠。再加上源氏對亡母的感情，交疊在一起，那種強烈的情感不是簡單就可以斬斷的。

父與女的關係，也在父權與母權之間擺盪。若是在完全的父權社會，女兒是一定得離開父親，前往其他男性身邊的。但是，因為和母子的情況相同，父女之間，除了血緣的牽絆之外，同時還潛在著異性間的吸引力，所以父女關係也是牢固的。特別是當父親不能從其橫向的夫婦關係中得到滿足時，父女的關係就會增強；父親會有意識或無意識地，阻礙女兒和其他男性之間關係的發展。

在父權價值觀強大的地方，父女結合的力量，經常顯現為**希望女兒成為兒子**的心理，女兒也努力符合父親的這種願望。女兒因此在父權社會中獲得「成功」，有時卻必須付出情緒無法成熟的代價。或者在其他的情況下，像希臘神話的戰爭女神雅典娜或月亮女神阿蒂蜜斯那樣，成為強勢的女性，馴服男性成為自己的「侍從」。

父女的問題在現代的美國，成為嚴重的社會問題。首先是出現了許多父女發生性關係的案例。特別是因為美國的離婚率很高，有許多名義上的父女並沒有血緣的關係，父親侵犯女兒的事件經常發生。

可以想像，這是因為在強烈的父權社會中，對於「堅強男性」的要求令人難以承受。男性希望從感情的一體感中得到撫慰，但因為妻子也是父權社會的一員，這樣的願望很難達成，所以選擇了輕鬆容易的行為。這對女兒來說，可是極度恐怖的事情。

其次，在美國那樣的父權社會中，女性在追求活躍的生涯時，經常在無意識之中遵循著「父親的故事」生活。《墮為女神：女性的啟蒙》的作者佩蕾拉在書本的開頭這樣說：「我們這些在社會上獲得成功的女性，幾乎一律是『父親的女兒（daughters of the father）』——也就是說，非常適應男性本位社會的女性。長久以來，我們一直排斥過去我們所擁有的女性特質的本能，以及能量模式（energy pattern）」[5]。

那麼，要如何回復女性特質的根源？佩蕾拉在她的書中所進行的論述，是筆者這本書的許多重要參考來源。我們將在稍後觸及。

在平安這個特別的時代中

平安時代是母權社會，還是父權社會？恐怕無法有明確的答案。這個時代並沒有女性的帝王，王權以及圍繞著王權的政治與官僚世界，全部由男性獨占。以這一點來說，它是父權的。但是，它仍然殘留著「招贅婚」這種母系的制度。話雖如此，也不是所有的婚姻都遵循招贅婚的形式。

光源氏和第一個妻子葵姬的婚姻，就是招贅婚；他們的孩子夕霧，也是由母方扶養長大。但是從紫之上開始，甚至是女三宮[6]，都住在源氏的宅邸。也就是說，當時的婚姻並沒有固定的形式。

特別當我們注意心理的層面時，就可以明顯看到母性的力量。這和在當時的王權中，父權制的特徵之一「軍事」幾乎沒有受到重視有關。放眼望去那個時代的世界，這是非常特別的事情。

《源氏物語》也談論了許多政治的事。光源氏也曾一時失勢，謫居須磨，後來又返回中央得享榮華富貴。但是，這些故事和武力，甚至是暴力，完全無關。《宇津保物語》詳細描述了爭奪王權的故事，十分引人入勝，但其中也沒有任何武力的行使。沒有軍事力量的父權社會，幾乎是無法想像的；但這就是平安時代的特異性。

我幾乎讀遍了所有主要的王朝物語，帶給我最深刻的印象就是，其中沒有提到任何一個殺人的事件。而設計、構思故事的時候，殺人是一個很容易帶來戲劇性的要素。想像一下，莎士比亞的大多數劇作如果剔除了殺人，將會變成什麼樣的故事？而平安時代的日本人沒有運用任何殺人的情節，就創作了這麼多精彩的故事。這難道不是一種重視包容甚於割捨的母性心理居於優勢地位的表示嗎？

雖然沒有殺人事件，那「妖靈」又怎麼說？六条夫人的生靈[7]，難道不是殺了人嗎？確實，六条夫人的生靈具有可怕的破壞性、攻擊性。但是，那並不是六条夫人直接、有意造成的，這一點和殺人的故事有明顯的不同。關於妖靈，我們將在下一章進行研究。

那個時代的男女關係又是如何呢？家族制度史的研究家福尾猛市郎這樣說[8]：「雖然在女性的實際地位方面缺乏足夠的史料，但是從法制上看來，明顯地（當時的）女性並未受到輕視，並不像江戶時代那樣徹底地男尊女卑。」這個說法應該是可信的。我們現在仍然可以看到他所說的、日本自古以來「素樸的男女平等」的思想留存至今。

男女結婚是經由自由戀愛？還是聽從父母的安排？也沒有那麼明確的規定。這裡值得我們注意的是，日本文學研究家藤井貞和的觀點。他注意到當時的物語文學所描述的、女性在少女期的結婚，並且把這個現象和「聖婚」的概念聯結起來[9]。

藤井這樣說。與少女結婚是「彷彿侵入神聖少女時期，帶著一種違犯禁忌氣氛的結婚。這讓我們想起聖婚。所謂聖婚，就是神與人的通婚。這裡說不定有『神＝王權把持者』所被允許的、與聖域間的遊戲。如果說侵犯少女是一種罪，那是一種只有『神＝王權把持者』才能違犯的禁忌」。

確實，聖婚的肇始是王與女神的交媾。如前所述，當它成為「聖娼」的制度時，在女神的守護下，透過處女與旅人（stranger）的交合，也在王之外的一般人身上舉行。年輕女性在這裡，體驗為了加入社會的成人儀式。

透過這樣的模式來看，平安時代許多男性侵入女性世界的事情，也可以視為與聖娼制度有相當大的重疊之處。換句話說，和母權時代一樣，男人們以陌生人的身分，在女兒轉變為母親的儀式中，扮演無名存在的角色。

在混合了父權與母權的平安時代，這個現象其實呈現了微妙的樣貌。假使母權的要素強大，和平安時代鬆弛的父權結構形成平衡狀態的時候，陌生人（事實上是經過父母的允許，女兒自己也知道的準夫婿）侵入女兒的閨房，在看不見面孔的狀況下結合。經過這種聖婚的成人

禮，年輕女性轉變為大人的三天後，再舉行稱為「顯露」（ところあらわし）[10]的正式婚禮。

然而，一旦稍為偏向父權意識，男性就不再是無人格的陌生人，而是為了將女性「占為己有」而侵入。而且之後也沒有結婚儀式，甚至是遺棄女性而離去。同時，倘若女性本身也接受父權意識，那麼對於父母安排下的、男性的入侵，就只是滿懷憤怒與悲傷地承受。這和蘇美的聖娼儀式中歡愉的感情，是完全相反的。

平安時代男女關係的樣貌，恐怕是這諸多型態的混合吧。因此，它和下一個章節所要敘述的、西洋的浪漫愛情（romantic love），可以說是完全不同的。可以想像作者不但親身體驗，也親眼目睹這種種男女關係的型態；《源氏物語》這樣的故事，就從中而生。

平安時代的性，並非像基督教文化圈那樣受到貶抑。那時靈性與性並非分裂的。為了提升男女關係的價值而重視美的感覺，是日本的特色。或許我們可以說在當時的日本，美的（esthetic）評價優先於倫理的（ethic）評價。因此，男女之間互贈和歌的時候，對於其筆跡、所用的紙、送信的信差，一切都需要在美感上下工夫。那些美感遲鈍的人，將在這條路上得到低下的評價。

話雖如此，在某些極端的情況下，男女關係卻是從男性強行入侵、而且是在黑暗中的性關係開始的。因此可以想像，當時看待男女關係的方式，和現在相當不同。筆者推測，當時的人很可能將男女關係，視為某種「死亡」的經驗。

男女的交合，原本是和偉大女神的一體化，同時也連結到「回歸塵土」的體驗。「ecstasy」（狂喜、性高潮）這個字原本的意思是「在外面」。或許對過去的人來說，男女交合是一種脫離此世的經驗。實際上，做為女性成人禮的聖娼體驗，就是女孩死去、再生為成人女性，是死與再生的經驗。在這個意義下，參與這個儀式的人的「好色」也會得到高評價。

總而言之，以今日的常識來觀看平安時代的男女關係，會產生許多誤解。我們需要相當的想像力。

3 自我危機

接下來我們將跳開原先的話題，思考一下近代西方的「自我確立」。提出這個問題，是因為我認為在母權轉移到父權後的今天，可以說已經見證到父權意識的頂點。這個強烈的意識支配了整個地球，我們都無法避開這個問題。

男性英雄故事的背後

歐洲近代所確立的父權意識極度強烈，並且以科學技術為武裝，席捲了全世界。站在這種意識頂點的美國，以全球化（globalization）為名，將自己的想法強加於全世界。

從「自我確立」這個口號，也可以看到父權意識的確立。獨立在他人之外，具備主體性與統合性的自我，透過與他人的競爭、接受鍛鍊而日益強大，目的是讓世界在自己的控制之下行動。

如果要將近代西方的自我和「故事」結合起來思考，就必須介紹榮格分析師紐曼（Erich

Neumann）的英雄故事論。雖然我在其他著述也經常談到[11]，但因為它實在很重要，這裡再一次簡約地敘述其概要。

紐曼指出，近代西方自我的發生，即使在整個世界精神史之中，也是非常特別的事件。他認為，「英雄神話」最能夠適切地闡述西方自我確立的過程。英雄神話的根本骨架，由英雄的誕生、消滅怪物（龍）、獲得女性（寶物）所構成。紐曼認為這樣的三個階段，描述出自我確立的過程。

英雄的誕生，就是自我的誕生。英雄誕生的特異性，象徵了自我誕生的特異。舉例來說，希臘神話的諸多英雄，都是希臘主神宙斯與人類的女性所生下的孩子。

日本也有像桃太郎那樣，從非人類中誕生的故事。在另外一些故事中，小孩一生下來就透過特異的言行顯示其能力。釋迦的誕生就屬於這一類。

英雄誕生後，接著就要消滅怪物。在西方，這個怪物經常以龍的樣貌出現。佛洛伊德學派的分析師們認為這象徵了兒子的弒父，將它還原、解釋為眾所周知的伊底帕斯情結。

榮格反對將神話用在這種個人與血親間的心理關係的解釋上。他認為，怪物應該理解為超越個人存在的象徵，稱之為母性因素或父性因素都可以。紐曼也循著這樣的途徑思考。在他的解釋裡，消滅怪物象徵的，不是殺害個人的父母，而是殺害存於自己內在的、母性與父性的原型。

紐曼認為這些神話中的「弒母」，其戰鬥的對象是試圖吞噬自我的母性。「弒母」是自我抵抗無意識的力量以獲得獨立性的行為。透過這種象徵性的弒母，自我才得以確立相當的獨立性。而所謂「弒父」，則是與文化、社會規範的戰鬥。自我若是要真正的獨立，就不能只是擺脫無意識的控制，還要脫離文化上的一般概念與規範，得到自由。

正因為是在如此危險的戰鬥中獲得勝利，所以雖然自我獲得確立，它的身影卻是完全孤獨的。但是，英雄消滅怪物後，得以救出被怪物俘虜的女性，最後因為和這位女性結婚，恢復了英雄與世界的「關係」。透過英雄神話呈現的、自我確立的故事，就在這裡完結。

我們可以看到，自我首先透過弒母、弒父，將自己與世界分離而獲得獨立性，再經由一位女性的媒介，重新與世界建立關係。這是這個過程的特徵。

這樣的故事，和近代自我確立的過程完美吻合。因此，近代不知流行過多少與此異曲同工的故事、小說、電影和戲劇。接下來我們要討論的浪漫愛情，和這樣的故事有深刻的關係。但是，這是「男性的故事」。

雖然在這樣的故事中登場的女性無限美麗、充滿魅力，但是換一個角度看，她們和「人偶」是一樣的。這真的可以說是具有生命的女性嗎？

紐曼表示，自我的確立「不論男女」都很重要。而自我的形象，不管對男人，或是對女人來說，都呈現為「男性的英雄像」。如果我們談的是「近代自我」，那的確是如此。不過，近代自我的確立，真的是適合所有人的理想嗎？有更多種不同的自我存在，難道不好嗎？

過去有一位為了確立像這種故事所呈現的自我而努力不懈的女性，曾經說過這樣一句話：「我最想要的，是一位太太」。當然，這樣的人如果夠幸運的話，或許可以找到男性的太太做為結婚的對象，那也未嘗不是好事。然而，這絕不能說是適合所有人的理想。

恐怕，世上並沒有可以適用於所有人的故事；上述的故事是否真的束縛住大多數的人，也令人保留。再加上，女性遵循著這樣的故事而生活時，總覺得有勉強扞格之處。為了超越近代，我們或許應該挖掘、發現更多其他不同的故事。

浪漫愛情的困難

和聖保羅「男不近女倒好」的想法比起來，紐曼對男女關係的評價是完全不同的。早期基督教的時代中，個別的人與神的關係是最重要的，男女關係受到很低的評價。特別因為對性（sex）的否定如此強烈，更使得男女關係受到蔑視。

然而，一旦人類在對神關係中逐漸變得有力，比起和神的連結，人開始更重視自己與實際存活的他人，特別是與異性的關係。話雖如此，在這樣的轉變中，還是可以看到基督教殘留的影響。浪漫愛情（romantic love）的觀念在十二世紀左右萌芽的時候，人們是這樣理解浪漫愛情的：①相戀的騎士與貴婦人之間，不可以發生性關係。②兩個人的結婚，當然也是被禁止的。③戀人們總是燃燒熱情的烈焰，永遠要為了追尋對方而受苦。換句話說，精神上的愛和性是分離的；讓精神上的愛昇華，就是浪漫的愛情。

隨著時代的改變，浪漫愛情也產生了變化。它變得更現實化，或者說更世俗化，它開始和結婚聯結在一起。這一方面和基督教的世俗化軌跡是一致的，另一方面則可以說是對基督教極端父權傾向的一種補償作用。人們開始重新思考女性的價值。也就是說，在女性完全隸屬於男性的父權社會中，人們開始認為，女性的愛可以使男性的精神昇華。

換個角度看，就像紐曼所指出的，透過女性的力量，可以使男性英雄回復與世界的關係，療癒其孤獨。在這裡很重要的一點是，神並沒有出場。換句話說，浪漫愛情雖然和宗教性有關，但是神的樣貌並沒有直接出現，而是顯現為人與人的關係。

進入這樣的狀態後，基督教文化圈中人與神的關係減弱，浪漫愛情開始具有重要的功能，在社會中占有重要的位置。榮格分析師強生表示：「在我們西方的文化中，浪漫愛情如今已成為宗教的替代品。不論男性或女性，都在浪漫愛情中尋找意義、追求超越、尋求完整與歡喜。」[12]浪漫愛情做為「宗教的替代品」，做為一種意識型態，具有極大的力量。

對日本來說，其影響也非常強大。所有的年輕人，不論男女都嚮往愛情。戀愛直接通向結婚。當然，婚姻中產生性關係，生育子女、建立幸福家庭。大家都遵循著這樣的路徑。這不只堂皇、值得稱羨，而且甘美。浪漫愛情的重要因素——痛苦，逐漸被人們遺忘，而變得甜美。

可是一旦付諸實行，就會知道這件事有多麼困難。若是單純地遵循浪漫愛情的公式，女性必須是像人偶一樣存在。女性透過扮演被拯救、接受幫助的角色，而發揮「救贖者」的功能，因此必須一直保持被動。

無論何時都必須保持美麗、保持被動，是令人難以忍受的事。但女性要是依照自己的意志行動，很可能會打破與男性之間的關係。從另一方面看，男性則必須永遠堅強，永遠戰勝，永遠守護女性。長期處於這種狀態，將使人疲憊不堪。

支持夫婦關係的，如果只有浪漫愛情，最後只有走上離婚一途。或者是自棄認命，維持外在的關係。若是極端的情況，就是變成所謂的家庭內離婚。

在美國，可以說前者的狀況較為常見，日本則以後者為多。當然，很難說哪一種狀況比較好。不過，從這裡我們可以看出來，婚姻不能只依循浪漫愛情的故事，也需要其他的故事。夫婦的愛，應該可以是更廣、更深的。

當浪漫愛情成為一種意識型態，年輕人在還不知道懷疑的時候，會順著這個意識型態戀愛、結婚。但是，一旦他們瞭解了實際上的諸多困難，就會對婚姻感到抗拒。或者因為理想難以達成，在戀愛的途中開始覺得厭倦。於是未婚人口逐漸增加。

這樣的情形在女性特別明顯。她們找不到適當的故事。或許這是現在日本少子化的重要原因之一吧。

孤獨病的蔓延

近代自我最大的病，就是孤獨。當人覺得已經獨立，就會瞭解到那意味著孤獨。獨立與孤獨有什麼不同？前者在保持自主性與主體性的同時，也能和其他的人保持聯繫。當然，這不是一件單純的事。「主體性」與「和他人之間的聯繫」，有時候會產生矛盾，甚至對立。但是，只有確實地接受這個課題、遂行自己的責任，才能夠嘗到人生的真滋味。

不過，如果按照前述紐曼所說的模式，幫助男性在弒父、弒母之後，與世界重新「建立關係」是女性的任務，那麼女性的自主性在哪裡？如果放棄了浪漫愛情，還有什麼樣的故事可以選擇？這是相當值得深究的問題。

孤立化的自我，試圖回復「關係」的時候，「性」（sex）很容易就浮上心頭。性是身體與身體的「關係」。它是本質性的、「毫無遮掩的關係」。但是無法跳脫基督教影響的近代自我，卻只能將它視為違反「精神」的東西，給予低下的評價。因此這種試圖回復關係的行動，總是伴隨著自我鄙視與後悔，反而帶來反效果。

還有，因為近代自我不論在男性或女性身上，都強制加上「男性英雄」的形象，所以男性與女性的關係中，也加入了過多鬥爭的因素。因此，有時候在能清楚地意識到男性角色與女性角色的同性戀之中，反而能夠感覺到親密的關係。一般認為對建立關係來說很重要的「溫柔」，在同性戀之中比較容易感受得到。照理來說，只要是安定的關係，同性戀沒有什麼不好；但如果同性戀過於普遍，則會造成種族存續的問題。

逃避孤獨的方法，還有嗑藥。總是和他人處於分離狀態、自立的自我，藉著藥物的力量，可以消融自己與他人的界線，體驗到奇妙的聯繫與一體感。這看起來雖然像是一種撫慰與療癒，但終究只是暫時的現象，無法真的與自己融合。因此，嗑藥的行為會一再地反覆，用藥的量也會不斷增加。到了一定的程度，連自我也會一併消融，再也談不上什麼「自立」。美國正深受其害。

近代自我的背後，是唯一的真神，因此對「一」有所偏好。近代自我相信「我」這個人是有史以來唯一的存在，絲毫沒有懷疑（不相信輪迴轉生），而且固守一夫一妻的原則。這確實是了不起的事情，但它令人感到窒息，卻也是事實。

當人無法承受這極端的「一」的時候，會發生多重人格的症狀，也是可以想像的。「我」這個存在，變得不再是單一的。所謂多重人格，是指一個人變化為各式各樣的人，這些人甚至連名字都不一樣。和一般俗稱的雙重人格、多重人格不同，在真正的多重人格中，每一個「人格」都明確地主張自己，和其他的人格是各自獨立的。這是多重人格症狀的特徵。

多重人格的案例，最近在美國急速增加，甚至有十六重人格的案例發表，也翻譯成日文出版。大多數的多重人格來自這樣的心理機制——幼年時期所遭受的嚴重創傷，如果原封不動地接受，將會危及生命，因此製造出其他的人格，以迴避創傷帶來的痛苦。因為無法在一個人之中，容納過於強烈的衝突與對立，所以透過人格的分離來延續生命。

筆者認為，如果不要過度堅持「一」，讓「多」能夠在「一」之中共存，以較為鬆散的方式整合自己，反而能夠以一個個人的身分存活下去。因為過於堅持嚴格的「一」，以致分散為多數的「一」，這就是多重人格。

或許來自文化的差異吧！多重人格案例的報告，在美國呈現壓倒性的多數。最近日本雖然也開始增加，但當然和美國比起來數量還算稀少。若要談論文化上的差異，我認為還需要更進一步觀察狀況的發展與演變。只不過，這樣的現象是近代自我的產物，這一點應該是可以斷言的。

4 活在當下不可缺少的東西

現代的女性，要生活在什麼樣的故事裡？這是不容易回答的問題。在這個自我得到確立，以科學技術為武器來面對世界的近代，事實上有許多的可能性。

生活變得非常便利而豐裕。人們相信即使沒有神，人類也可以充分享受此世的樂趣。然而現實卻不如人願。為了維持便利而豐裕的生活，人們變得極端忙碌，不知為什麼總覺得煩躁不安。一直想找個人或找件事情來爆發怒氣——事實上，有些人真的這麼做。

以女性來說，特別是在歐美，長期處於父權體制之下、努力生活在現代的女性們，不但取得了「父權的意識」，主張自己有能力和男性擔任同等的工作，而且身體力行。然而，特別就是在這一點上獲得「成功」的女性們，開始更進一步深入思考。

榮格分析師佩蕾拉這樣說：「我們這些在社會上獲得成功的女性，幾乎一律是『父親的女兒（daughters of the father）』——也就是說，非常適應男性本位社會的女性。長久以來，我們一直排斥過去我們所擁有的女性特質的本能，以及能量模式。同樣地，文化也以趕盡殺絕的方式強奪、傷害我們的本能。」[13]

若是如此，那麼現代的女性就非得找出「女性的故事」不可。透過「女性故事」的發現，或許可以為現代無情冷漠的生活，帶來一些潤澤。想到這裡，不禁讓人覺得，就像紐曼所提示的男性英雄神話，不論對近代的男性或女性來說都具有意義，女性的故事對於企圖超越近代的女性或男性，也一定同樣具有意義。

以生命實踐「父親的女兒」的人

佩蕾拉指出了現代女性成為「父親的女兒」之危險性。然而，這所謂「父親的女兒」究竟是什麼意思？如果說那是受到父親強烈影響、特別受到父親寵愛的女兒，紫式部說不定是其中的典型。根據《紫式部日記》記載，小時候父親教導她的哥哥漢文典籍，她只是在一旁聽著，卻比哥哥更能理解。父親因而感嘆：「可惜！妳不能生為男兒之身，真是何等不幸！」這是相當有名的故事。現代的日本還是有這樣的事情。

但是，佩蕾拉所說的「父親的女兒」，指的是超越個人親子關係的「父權制的女兒」。也就是說，在美國那樣的父權社會中獲得成功的女性。她所說的「父親的女兒」雖然是社會上的成功人士，但並非像瑪麗蓮．夢露那樣，受到父權社會男性喜愛而成功的女性，而是與男人們競爭而獲得成功的女性。

佩蕾拉表示：「父權制的女兒，與母親的關係淡薄」。她們對母親或母性，感到嫌惡與排斥。因為她們覺得，要是不自覺地接近母性，就會被套入侍奉男人的角色，自己的「個性」會遭到破壞，因此她們有意地脫離母親獨立生存。但是突然回過神來，卻發現自己完全被父親與丈夫的價值觀所綑綁，被迫以自己的生命實踐「父權」，已經搞不清楚「原來的我」究竟是什麼，而受到強烈的不安侵襲。

當然，不是所有的「父親的女兒」都走著同樣的這條路。人有各式各樣的路，哪一條路比較好，很難說。即使在現代，也有人活在母女結合的故事中。假設有人扮演「父親的女兒」而過著幸福的一生，也並不奇怪。但是如果對於自己活在什麼樣的故事之中，和其他人的故事有什麼不同，能夠有所自覺，那麼人生不但會變得有趣，也比較不會為他人帶來麻煩吧。

在眾多的故事中，自己遵循著哪一個故事活著？對於這一點沒有自覺的人，經常相信只有自己所活的故事才是「正確」的。如此一來，這個人的幸福程度愈高，身旁的人就愈辛苦。

回到原來的話題。佩蕾拉主張的是，雖然女性認為自己在現代獨立行動、獲得成功，卻在無意中察覺到自己其實隸屬於「父親」，與身為女性的本質性存在處於斷絕的狀態，因而為不安與焦慮所苦。

就像希臘神話中的雅典娜，雖然光輝耀眼，卻都是照著父親宙斯的意思行動。雅典娜是十足的「父親的女兒」。因為，她是父親生下來的女兒。在希臘神話裡，她是從宙斯的頭部，穿著一身盔甲、嘶吼著誕生的。

如果將「父親」視為社會規範的體現者，那麼「父親的女兒」可以說是順應著社會的規範與期待而生活的女性。以佛洛伊德的話來說，就是具有極度強大的超自我（super ego）的人。

對這樣的女性來說，生存態度隨隨便便的男性，令她們生氣。有時候她們發現自己的父親也是這樣的人，父親就會成為她們攻擊的對象。所謂「父親的女兒」的「父親」對她們來說，並不是生物上的父親，而是精神上的父親。

現代日本的社會規範與期待，本身就不斷變化，加上「做給人看的門面」和「內心的本意」分裂的文化習慣，「父親的女兒」也很難掌握「父親」的樣貌，吃盡苦頭。舉例來說，有一位很會唸書的女性，符合父親期待進入一流大學就讀，本人也非常高興。然而就在她想要繼續就讀研究所、成為研究工作者的時候，卻遭到父親的強烈反對，因而大惑不解。

從過往的經驗來看，這位女性理所當然地以為父親會滿心歡喜地支持她。然而父親的反應，卻和她所預期的相反，表示「唸了研究所，就沒辦法嫁人了」而激烈反對。她不知所措。

如果「嫁人」是最重要的規範，父親為什麼要鼓勵自己致力於學問？為什麼要告訴自己，一流大學是人生的目標？如果知道父親首要的規範是「嫁人」，自己就不會像傻瓜一樣唸書了——這是她的不平與不滿。

以舞台劇來比喻的話，就好像她做好了充足的準備，正要上場扮演消滅怪物的英雄時，突然被告知「你的角色是被怪物俘虜、等著被英雄拯救的美女」。「原先講好的不是這樣！」她忍不住怒吼。就算是「父親的女兒」，要是父親的方針搖擺不定，也是無法忍受的。

父權與母權能否兩立？

到目前為止，我們看到世界的傾向，是從母權轉向父權。現實上，強力實行父權的歐美文化，主導了全世界。但是我們也可以感覺到，現在的父權意識已經走入死巷，逐漸暴露出它的負面影響。關於這種「近代自我的病」，我們已經討論過。筆者認為，我們已經來到一個臨界點，必須試著轉換方向，開始思考「父權與母權兩立」這個困難的課題。

看看這個世界的現狀就不得不承認，占有「強力」地位的仍然是父權的意識。不過這也是理所當然。父權意識以機械化、政治化、軍事化做為武器，而這些力量對人類來說，具有壓倒性的強勢。那些一頭栽入這條路線而獲得成功、出人頭地的人，當然認為這樣很好，覺得幸福。只不過，他沒有注意到自己的成功與幸福，是建立在多麼大的犧牲之上。

獲得成功的男性，或許什麼也沒有注意到。但就像佩蕾拉所說的，「成功的女性」無法不開始意識到，這件事有問題。她們的存在本身，開始對父權意識的片面性產生反應。於是她們看到，讓在古代即已被抹除的、母權的因素，重新在現代甦醒的重要性。

要怎麼看待父權與母權的兩立？如前所述，為了探究這個問題，美國的女性分析師開始關心巴比倫、蘇美等古代文明的神話與聖娼的意象。還有，美國社會中急速升高的、對佛教的關心，也可以看做是相關的動向之一。

對於這件事，日本該怎麼思考才好？首先我們必須知道，日本的情況並不單純，無法依循歐美的模式來討論。日本不像歐美那樣具有明確的父權意識，而是父權與母權複雜地交纏在一起。對這一點若沒有充分的瞭解，將會導致錯誤的結論。占據社會重要職位的，幾乎都是男性，以這一點來說，日本的確是「男性社會」；但是這些男性所依循的生命態度，卻不是歐美那種嚴格的父性原理，而是母性原理。因此，問題變得非常複雜。

對日本人來說，「場」[14]遠比個人優先。以這個意義來說，日本仍然是母權意識強大的社會。舉例來說，自然科學的學者們從事研究的時候，當然是在父權意識底下進行，但是在處理學者團體的人際關係時，卻大多依循母權意識。因此，形成能力好的個人無法充分發揮才能的特殊現象，歐美的學者經常批評日本的學者創造性低，這是主要的原因。最近日本學界突然開始強調要尊重個性，但實際上沒有什麼改變。

在背後支持這種男性社會中的母性團體的，是女性所扮演的角色。這其實非常辛苦。不過，因為在這個體系中，「母親」幾乎占有絕對的優勢地位，男女之間保持著一定的平衡。男人在家庭中，雖然也以「家長」的身分虛張聲勢、作威作福，但其實在所有的事務上，他都必須對母親讓步。實際的權限在母親身上，母親經常考慮到家中女性們的立場。因為不了解這樣的實情，美國人常常誤解，以為日本是徹底男性優勢的國家。

不過，就算說在日本的傳統體系下，男女之間保持著某種平衡，但是從基於西方父權意識的「個人之確立」這一點來說，女性是完全受到歧視的。

日本女性當中，具有「父親的女兒」性格的人，因為擁有比男性更強烈的「父權意識」，所以在社會中明白地主張「父權意識」。試圖推行邏輯上「正確」的事物，卻始終遭遇母權式男性團體的抵抗。她感覺「正確」的事物受到扭曲，於是變得更加熱血。這樣一來，男性的抵抗也就更加頑強。最終，她要不是開始厭惡「正確的事物行不通」的日本社會，就是不得不在某種程度上學習母權意識，以便與男性為伍而獲得成功。

父權意識與母權意識各有長短，實際上並沒有對錯可言。問題在於如何讓難以兩立的二者，在一個人的內在並存。

當每個人都找到「自己的故事」時

為了讓難以兩立的事物並存，我們需要「故事」。具有邏輯整合性的事物不需要故事，只要忠實地記述下來就好；數學的記述應該是最典型的例子。或者用單一的意識型態說明一切的時候，也不需要故事；在這種情況下，故事反而會遭到敵視。

近代是近代科學與意識型態蓬勃發展的時代，因此故事的價值受到極端的貶抑。當人們說「XX神話」，意思是指這件事是虛偽的。相信神話的人，被視為缺乏智能或知識。

當一個人的父權意識強烈時，以自己的力量操作世界、利用世界的能力會增強，但是做為「處於世界之中」、和世界有關係的存在，他（她）的生存將變得困難重重。如果不是把世界對象化，如果是考慮到自己與世界的關係，無論如何，都是需要故事的。

在各個方面，故事都擔負「聯繫」的功能。即使是自相矛盾的事情，也能透過故事，以能被接受的方式收場。因此筆者認為，在意識到「關係」的場合，科學也需要故事。不過，這一點我們暫且不論。

就像我們已經介紹過的，紐曼之所以運用故事來描述父權意識確立的過程，是因為他主張，強大的父權若是沒有母權的幫助，是無法存續的；這兩個互相矛盾的意識，同時存在。因此，「科學的」心理學在思考自我的確立時，並不把紐曼的故事論納入考量。以這一點來說，不管是採取紐曼的故事論觀點，或是像筆者在本書中所嘗試的，以女性為中心來思考，「科學的」心理學都是不完備的。

在這裡我們可以看到「女性的故事」在現代的必要性。《源氏物語》做為女性所撰寫的女性的故事，可以給予活在現代的我們許多啟示。筆者認為，這可以當做閱讀《源氏物語》的一種觀點。雖然就如前章所述，它是相當遠古的作品，但是紫式部所生活的年代的特性，提供了這樣的可能性。

在那個時代的日本，父權與母權在許多方面交錯、並存。而一部分像紫式部一樣的女性，不但在經濟上可以獨立，也能夠與時代的潮流保持距離。

從這個角度看，《源氏物語》可以給予現代人珍貴的啟示，這一點我想大家都可以認同。當然，現在這個時代要求每個人各自去發現自己的故事，但是既有的故事能夠對這個尋找的過程提供助益。《源氏物語》就具有這樣的價值。

在美國，嘗試創造女性故事的女性榮格派學者，強調「做為個體的女性」（one-in-herself）之重要性。或許有人會懷疑，這樣的強調將會造成「關係」的斷絕。一方面主張故事「連結」的功能，一方面強調個體，難免陷入矛盾。

但是，西方的故事大多出自「男人之眼」。故事中登場女性的身分認同，取決於她與男性的關係。很明顯地，即使是乍看之下像是追求對等的男性與女性、相互愛戀的浪漫愛情，也無法避開這一點。於是為了創造女性的故事，「做為個體的女性」形象應運而生。

這個女性形象，不是像男性的屠龍英雄那種孤立的形象。這個女性形象雖然是個人，卻是內含著關係性的存在。她不再需要透過與男性的關係，來決定自己的身分。她的存在本身，就擁有自我認同，而且擁有關係性——在必要的時候，和必要的對象，以同伴的身分一起生存的關係性。

註釋

1 譯註：《不問自答者的自白》原文是《とはずがたり》，鎌倉時代中後期，侍奉後深草天皇的侍女二条所撰寫的日記與紀行文，描述她從十四歲（一二七一年）到四十九歲（一三〇六年）為止的境遇，與後深草天皇以及戀人的關係、宮中發生的事件，還有她出家為尼後的旅行紀錄。雖然是以作者自白的形式寫成，但有些研究者認為其中也含有虛構的成分。

2 譯註：日本史上的「繩文時代」約開始於一萬五千年前，到兩千三百年前左右結束，相當於世界史上的中石器時代到新石器時代。這個時代的出土陶器與陶偶，大多有繩索壓出來的花紋，故名。

3 原註：河合隼雄『母性社会日本の病理』中央公論社　一九七六年（講談社＋α文庫　一九九七年）

4 原註：Nancy Qualls-Corbett, "*The Sacred Prostitute: Eternal Aspect of the Feminine*", 1988.

5 原註：Perera, Sylvia Brinton. *Descent to the Goddess: A Way of Initiation for Women*. Inner City Books, 1989.

6 譯註：作者說「甚至」，因為女三宮是天皇的女兒。

7 譯註：六条夫人是光源氏的愛人之一，其強烈的嫉妒心化為生靈（活人的靈魂出竅所變成的怨靈），殺死了兩位情敵。

8 原註：福尾猛市郎『日本家族制度史概説』吉川弘文館　一九七二年

9 原註：藤井貞和『物語の結婚』創樹社　一九八五年

10 譯註：「ところあらわし」漢字註記為「所顯」、「露顯」或「伉儷」，是平安時代公開的婚禮。新婚二至三日後，由女方宴請新郎及其侍從，岳婿首次正式交杯。

11 原註：這是筆者經常討論的一個問題。請詳閱『母性社会日本の病理』中央公論社，一九七六年（講談社＋α文庫，一九九七年）。

12 原註：Johnson, Robert. *We: Understanding the Psychology of Romantic Love*. Harper & Row, 1983.

13 原註：Perera, Sylvia Brinton. *Descent to the Goddess: A Way of Initiation for Women*. Inner City Books, 1989.

14 譯註：日文中「場」的概念很難精確地翻譯成中文，包含了空間、場所、時機、局面、環境、氣氛等等意思。

| 第三章 |

內在的分身

我們在第一章討論過，由於各種條件巧妙地匯聚在一起，平安時代有許多女性得以確立自己的「個體」，表達自己的內在。其中，紫式部因為其天賦的才能，以及一生多采多姿的經驗，創造出足以傲視全世界誇耀的傑作。

在我們用前述的方式，把《源氏物語》當做一位女性的「世界」的故事，開始閱讀、解釋它之前，有必要先談論一下作者紫式部這個人。其實直到現在，我們對紫式部的所知，並不多。

紫式部的生歿年份，沒有定論。她留下了親筆的《紫式部日記》，但那和今日我們常識裡所認知的日記完全不同，記錄的期間也甚短。

雖說如此，但想到這是一位生活在一千年前、身分地位沒有那麼高的一位女性，若多少能瞭解她的一些事蹟，也是件令人高興的事。

1 「內向的人」紫式部

《源氏物語》描述了紫式部這位女性，透過探究自己的世界自我實現的過程。這一點將透過分析《源氏物語》全體的構圖來闡明；不過在這之前，讓我們簡單地敘述她的生平。

紫式部的外界的現實世界，以什麼樣的方式和《源氏物語》的哪些部分相對應？思考這種事情是沒有意義的。然而做為背景，知道她的實際生活也是必要的。我們將以日本文學研究者的解說[1]為依據，並與本書的意圖聯結，來看看紫式部這個人。

想法放在心裡

若知道了紫式部的生平，會先有一個感覺，就是——她是個「父親的女兒」，也是個「內向的人」。前面我們已經稍稍談論過「父親的女兒」了；想要理解紫式部，必須先認識她的父親。紫式部的父親藤原為時，官拜越後守正五位下[2]，是中央派遣的行政官，不是高位的貴族，而是一板一眼的「清貧學者．文人」。紫式部從父親那裡繼承了文人的才能與知識，從這一點，可以說是「父親的女兒」。另外值得注意的是，她與母親的緣份似乎甚薄。

紫式部的家集[3]（《紫式部集》）與日記裡，都沒有隻字片語提到母親的事情。據推測，很可能在她幼年時母親就離世了。和母親緣份淡薄的女性，比較容易獨立。但要是稍微有點偏差，性格變得孤僻的例子也時有所聞，不過她似乎沒有這個問題。或許是父親給了她充分的愛，足以彌補她喪母的孤單吧。

父親教導她的兄長漢文典籍，結果總是她先學會，這件事先前已經提過。學會漢字與漢文，對紫式部自立心的培養，有很大的幫助吧。可以想像，她學會了男性的思考方式與看待事物的觀點。

紫式部的婚姻非常特別。她在二十六歲（推定）的時候，和與父親年齡差不多的男性藤原宣孝（推定四十五歲左右）結婚。當時女性的結婚年齡一般都在十四、五歲左右，因此她可以算是相當晚婚。

雖然我們不知道這是不是她的第一次婚姻，但是一般「父親的女兒」總是遲遲不婚；若是結婚，對象也經常是像父親替身般的男性。她和宣孝之間育有一女，後來被稱為大貳三位。

紫式部雖然晚婚，但似乎在婚前，並非完全沒有與男性的關係——雖然我們不清楚那是什麼樣程度的關係。比方家集的和歌中，就有這樣的贈答的歌：

那人來住了一宿。總覺得若有似無。離去的早晨，寄予牽牛花。

心如懸絲無所適。是牽牛？非牽牛？朦朧破曉朦朧花。

答：這字跡可看得明白？

字跡未明花已謝。是牽牛？非牽牛？引我心緒亂如麻。

「若有似無」這句話，到底指的是什麼？真的是若有似無，難以捉摸。這個住了一宿的人，和紫式部是什麼關係？當然，那也有可能是女性。總之，結婚前的紫式部，應該不是對男性一無所知吧。

和藤原宣孝的婚姻生活就算沒有轟轟烈烈的愛情，也是平平穩穩。兩人還生了一個女兒，宣孝卻在結婚三年後死去。帶著年幼的孩子成為寡婦，可以想像紫式部經歷了一段辛苦的日子。但是這段不幸的經驗，對於她撰寫「故事」，應該產生了很大的幫助。事實上根據學者推定，她就是從這個時候開始撰寫《源氏物語》的。

過不久，紫式部的生活發生了很大的變化。她進入宮中，服侍藤原道長的女兒中宮彰子。

雖然她一夕之間進入了繁華的世界，卻沒有因此漂浮搖蕩。這首歌描述了她入宮服務的心境：

身之憂祕於我心，今入宮心如纏絲

對她來說，「身之憂」不是那麼簡單可以消除的吧。因為她是個「內向的人」。在婚姻生活中也是如此。不是向外綻放，而總是把想法放在心裡。

入宮侍奉所經驗到的事物

據說紫式部入宮侍奉，是藤原道長的意思。為了讓自己的女兒中宮彰子的宮院更有魅力，親自挑選她入宮服侍。但紫式部冷靜地觀察宮廷的生活，凡事依據自己的思考與判斷，構築了自己的「世界」。

然而根據《尊卑分脈》[4]，在紫式部的項目下註記著「御堂關白道長妾」。這個記載的可信度，不曉得有多少。還有，《紫式部日記》的結尾記載著她與道長之間的贈答歌。道長以《源氏物語》為引子，於鋪在梅枝上的紙上，寫下這樣的調侃：

這梅子是出了名的酸，見到的人無不折它一枝。

紫式部則這樣回答：

這梅子還沒人折過呢！什麼人又知道它的酸了？

利用梅子的「酸」與「風流好色」的諧音[5]，兩個人相互調戲。紫式部用「這梅子還沒人折過呢」來堅定地表達她自己的立場。然而這件事還有後續。那天晚上，道長來找她。

在渡殿就寢的夜裡，聽聞有人敲門，萬分驚恐，噤聲直至天明。

水雞[6]徹夜啄木門，無人應聲苦咚咚

答：啄門水雞非常鳥，蓬門若開迎淒涼

從這些插曲看起來，藤原道長和紫式部**實際上**是什麼關係？關於這一點，有許多不同的看法。不過，至少以心理上來看，對她來說，這可以說是「娼」的體驗。她應該是體驗到從非妻子的身分與男性的關係裡，同時嚐到甘甜、華美與危險，這種難以察覺、細膩入微的情感吧。不過我要再重申一次：這終究只是心理上的「娼」的體驗，絕不是說她真的如字面的意義，在現實中成為娼婦。

讓我們回想一下第二章的圖二。這張圖所呈現的女兒、母親、妻子、娼婦這些身分，紫式部可以說全都體驗過了。只有一點稍稍不足，那就是，她雖然有女兒，但沒有兒子，所以欠缺一種身為兒子母親的經驗。

紫式部的女兒賢子，被稱為大貳三位[7]。官拜「三位」，可以說比母親還要飛黃騰達。或許從這裡，紫式部也稍稍體驗到母親希望兒子出人頭地的心情。加上之前丈夫死後帶著幼女生活，經歷過經濟上的困苦，之後得到中宮彰子的信任與喜愛，又體驗到宮廷的繁華世界，可以說她經驗過許多各式各樣的生活方式。

不過，紫式部是個「內向的人」。可以想像這些經驗對她來說，並不是與外界人們的實際關係，而是自己內在的多樣性。而且，與其說她感覺到自己有各式各樣的性格與面相，還不如說她意識到自己的內在，住著各種不同的**人物**。任何人只要向內深度探索，應該都會有這樣的感受吧。

生活上始終合乎禮儀、品行端正女性，意外地感覺到自己也有淫猥之處，和察覺自己的內在住著娼婦，這兩者的現實感是完全不同的。

女性要感受、確認這種內在的真實（reality），需要以一個住在自己內在的男性為對象，觀察自己內在的眾多分身和這名男性的關係。以這樣的男性形象為核心，讓自己多樣的內在，逐漸整合、結晶為一個整體。

做為藤原為時女兒的體驗、做為藤原宣孝妻子的體驗、做為賢子母親的體驗，以及做為藤原道長娼婦的體驗，對紫式部來說，是外在的事件。當她要將這些經驗轉化為內在的現實、成為自己的一部分，除了當做「故事」來敘述，別無他法。於是，光源氏這個男性，就在這「故事」的中心登場。

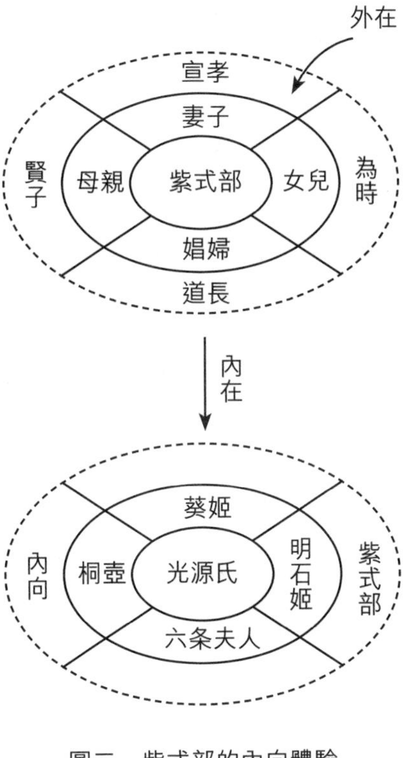

圖三　紫式部的內向體驗

當藤原為時與紫式部的個人事實，被化為**故事**中光源氏與明石姬（明石君之女）的父女關係時，它超越了個人經驗，而向著女性普遍的經驗接近。其他所有的關係也都是如此。透過光源氏這個成為內向核心的男性形象，紫式部的個人經驗，開始和許許多多其他的人（包括現代人），有了連結。

我認為，普遍來說，當女性感覺到自己內在有眾多女性群像的存在時，不會想像與多數的男性，而是傾向以與一位男性的關係，來體驗自己的諸多分身。因此，雖然說《源氏物語》是紫式部的故事，但這並不代表那是她的個人史。歷史的無聊與無趣，她在〈螢〉這個篇章中借用光源氏之口，說得很清楚。而「故事」這種東西，則相反地，讓個人所經驗到的事物，向著普遍性接近。

從前述的觀點來閱讀《源氏物語》，就可以把故事裡出現的眾多女性，看做是住在紫式部內在的居民（圖三）。一開始，紫式部透過她們與光源氏這位男性的關係，來描繪這些內在的居民；但是隨著故事的進展，她逐漸不再需要藉由與男性的關係，來敘述自己的存在。我們可以在《源氏物語》中，讀到這個變化的過程。接下來，就讓我們依序討論。

2 母性

要談論女性的內在，從「母親」開始應該是恰當的吧。就像第二章所說的，母親的形象是人類共通的東西，對人類的影響鮮明而強烈。但是，紫式部和她親生母親的緣份淺薄，而且這一點可以說是她成為作家，並且留下這麼偉大作品的重要原因之一。女性要是徹底和母親同一化，就會變得十足地安定，大概也不會想要從事寫作的工作吧。

和親生母親關係淡薄，自己身為母親也不曾有過兒子，紫式部的母親體驗並不是那麼多樣。但毫無疑問地，她在凝視內

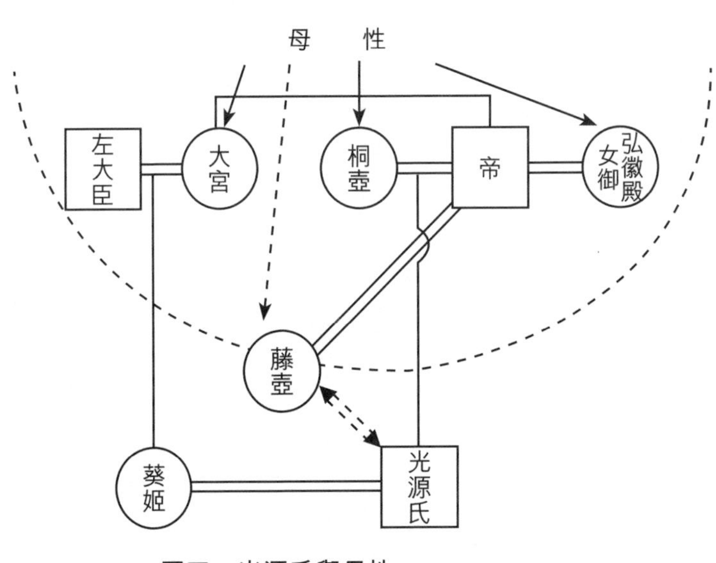

圖四　光源氏與母性

在深處的時候，看到了母性的各種樣貌。她不需要實際扮演具有血緣關係的親生母親。母性會透過各種樣貌顯現。

對於光源氏來說，「母性」以什麼樣貌顯現？具備「母性」性格的女性們，在故事一開始的〈桐壺〉篇之中，就已經全數登場。這裡的布局實在是非常精彩。以圖表來表示，大概會是上頁圖四的樣子。這些人物的名字，全部都出現在〈桐壺〉篇裡。

桐壺是源氏的母親，毫無疑問地可以視為母性的顯現。但是，她在第一篇就已經死去。雖然親生母親很早就過世，在《源氏物語》通篇之中，有一位女性一直像溫柔的母親那樣對待源氏，那就是他的岳母大宮。相反地，弘徽殿女御（編按：女御是僅次於皇后的妃子），則是可以稱為「可怕的母親」。

弘徽殿女御雖然是天皇（也就是源氏的父親）的妻子，但對源氏來說，或許並不感覺她是「母親」。然而縱觀故事全體就可以明白，弘徽殿女御一直對源氏扮演了「惡母」的角色，試圖吞噬他，使他窒息。我們可以說在源氏身邊，除了親生母親，還有慈母與惡母兩個極端的存在。

另一個微妙的角色，是藤壺。她是光源氏父親的妃子，也就是天皇的女人，在這個意義下，似乎是屬於母性的世界，但是對源氏來說，她卻代表了難以忘懷的戀人形象。因此她的位置，有一半偏離了母性的世界。

讓我們透過上述的想法，來仔細思考「母性」的樣貌。

從桐壺到藤壺

桐壺是光源氏的母親。但她的人生可以說幾乎沒有扮演過「母親」的角色。故事中的她，只是個備受帝王寵愛的更衣[8]，為其他眾多嬪妃的嫉妒所苦；至於她做為母親的樣貌，故事中幾乎沒有任何描述。

桐壺在光源氏三歲的時候過世。她在死去的時候，沒有留下隻字片語，或是擔憂孩子將來的感歎。書中僅描述在她死後，那些懷念她的人回想起她的身形與容貌的美麗，以及氣質的高雅與溫柔。透過這些描述，我們可以某種程度知道桐壺的性格。那正是「紅顏薄命」的人生。

在紫式部內在的女性群像中，第一位出現的是桐壺這位薄命佳人，讓人覺得果不其然——許多女性內在居住的，或者說最希望自己內在居住的女性像，可以說首先就是美麗、溫柔且薄命的女人。

就算自己的內在也住著堅強的女性或放蕩的女性，但或許總是要到後來，當事人才會注意到她們的存在吧。薄命的女人因為薄命，很快就消失身影。但是，她的影響力卻十分強大。隨著故事的進展而出現的、重要的女性們，多少都讓人感覺到桐壺的某些影子。

藤壺直接背負了桐壺的影子。天皇始終忘不了桐壺，尋尋覓覓找到神似桐壺的女子，那就是藤壺。從光源氏的角度來看，藤壺是典型的「像母親的戀人」。有許多男性最早感到異性愛戀的對象，就是自己的母親。與母親分離的時候，許多人會選擇某種意義下和母親類似的女性，做為戀人。

三歲就和母親死別的源氏，或許記不清母親的樣貌。但由於對母親的思念不斷膨脹，以致於在他心中，母親成為理想女性的形象。就在這個時候，神似母親的美麗女性出現。而且，因為是自己父親的女人，可望而不可及，思慕之情反而益發強烈。對源氏來說，藤壺既是母親，也是妻子、娼婦，甚至可以說是一切。後來對源氏非常重要的女性紫之上，其實反映著濃厚的藤壺的影像。

而對藤壺來說，源氏也是難以取代的存在。源氏既是愛人，也是她必須疼愛的兒子，甚至是可以依賴的父親。紫式部把她置於薄命佳人的延續上。雖然遠比桐壺堅強，但是受到命運過於強大的束縛，無法照著自己的意志，度過人生。

源氏對藤壺的愛慕不斷增強，終於在宮中侍女的穿針引線下，和藤壺結合，藤壺因而懷孕。雖然兩人都非常擔憂，天皇卻確信那是自己的孩子。孩子生下來以後，藤壺夾在天皇與源氏兩人之間，一輩子痛苦。

生下天皇的孩子、這孩子成為將來繼任的天皇，自己則成為「國母」——對於當時高階貴族的女性來說，這是「至高無上的故事」。桐壺未能達成這個故事就離開人世，這個故事卻在繼承她地位的藤壺身上達成了。

然而，藤壺卻談不上幸福。她的一顆心在源氏身上。但是，之後無論源氏如何強人所難地試圖接近她，她都拒絕了。一方面是為了孩子的幸福，另一方面也是為了保護源氏（同時也保護自己）防止他走上毀滅之路。藤壺的一生不要說是幸福了，實際上是無盡的苦惱。

活在標準的幸福故事裡，不一定就幸福——這一點紫式部非常了解。人生不是那麼層次單一的東西。夾在表面的幸福和祕密的苦惱之間，藤壺出家了。或許也可以說，她因為夾在天皇與源氏兩個男人之間而出家。藤壺的這些行為，可以看做是續篇女主角浮舟的先驅。在整本故事的最後階段，浮舟將扮演重要的角色。

紫式部對於藤壺，應該是有很強的認同感。紫式部在藤壺死後寫到她的性格時，說她「深深的慈悲心，足以為普世典範」（〈薄雲〉），即使得到高貴的身分，也不耽溺於權勢，不論對誰都充滿慈愛。參與佛事的時候也不華麗招搖，而是誠心供養。艾琳・賈登指出[9]，《源氏物語》通篇只談到三位女性臨終的場面，藤壺是其中之一（另外兩位是紫之上與大君）。這個事實可以讓我們看出，紫式部對藤壺深厚的好感。

藤壺臨終時，光源氏在她身側。藤壺預先感謝他「遵守故院的遺言，守護照顧冷泉帝」。因為還有旁人在場，源氏也謹守禮儀回答，但事實上兩個人是在談論自己的孩子，他們愛的結晶。源氏內心萬感交集，卻不得不照著既定的規矩說話，就在這時候，藤壺「像熄滅的燈火般消逝而去」（〈薄雲〉）。

雖然藤壺貴為國母，她的性格也可以看到母性的一面，但如果透過她與光源氏的關係來為她定位，應該是非常接近「母親」的「娼」吧。而讓人感覺到一般意義下的「母親」的女性，我們還必須尋找另外的人物。

慈母大宮

光源氏的親生母親桐壺，對他幾乎沒有盡到「母親」的功能。而背負桐壺影子的藤壺，與其說是母親，不如說是從母親意象中產生的阿尼瑪（anima）像[10]。結果讓源氏在某種程度上感受到「母親」感覺的，是他的妻子葵姬的母親，大宮。

大宮也很難說是位幸福的女性。身為天皇（桐壺帝）的妹妹，和左大臣結婚，女兒嫁給光源氏，兒子（一般稱他為頭中將）出人頭地、最後官拜太政大臣，要說她生活幸福也不是不可以。但是女兒生下孩子後立刻過世，她的心中一直充滿哀傷。儘管如此，她對女兒（葵姬）與女婿（源氏）始終溫柔而無微不至。她經常和源氏互贈和歌，分享彼此的情感，讓人感覺到他們心意相通的母子關係。

源氏失勢被貶謫到須磨的時候，捨不得和紫之上分開，是可以想像的；但他還特地拜訪大宮，向她告別，兩人並且交換和歌。由於源氏委託大宮照顧他的兒子夕霧，所以我們也可以將這一次的拜訪，解釋為父子的道別。但是在大宮與源氏之間，像書信往返般互贈的和歌中，我們可以看到近似於母子的情感。

大宮的母性特質，真正地發揮，還不是在源氏身上，而是在她的孫子夕霧與孫女雲居雁，兩人從戀愛到結婚的過程之中。用圖表來顯示大宮在這個事件裡的位置，或許更容易理解（圖五）。關於夕霧和雲居雁的戀愛，我們將在第五章詳述；總之他們雖然相思相愛，卻無法結婚。而最主要阻礙他們的人，就是雲居雁的父親頭中將（當時位居內大臣）。源氏與頭中將的互相鬥氣，使得年輕人的戀情無法順利進展。

大宮支持兩個孫子女的結婚。雖然沒有直接介入，卻不著聲色地解開兒子頭中將與女婿源氏之間的緊張感，像包容一切的母親，存在於現象全體的背後。紫式部在自己的內在，感受到這種

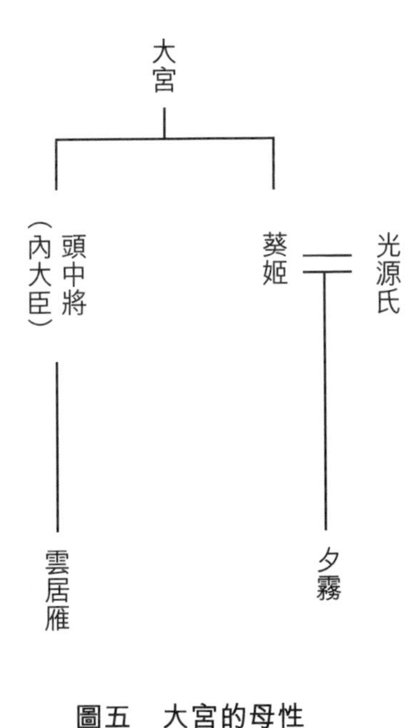

圖五　大宮的母性

慈母般人物存在的同時，也察覺完全對立的、負面的母親像存在。那就是弘徽殿女御。

惡母弘徽殿女御

所謂弘徽殿女御，指的是住在弘徽殿的女御，當然不是固有名詞。《源氏物語》之中，稍後還有一位「弘徽殿女御」登場。後來的那一位是頭中將的女兒，冷泉帝的女御。為了區別兩者，前者有時被稱為弘徽殿太后。她是桐壺帝的女御，所生的兒子後來繼位成為朱雀帝。稱她為惡母，再適合也不過。她一直迫害源氏，甚至試圖將他逼入死境。我們可以在圖四中，清楚看到弘徽殿女御和桐壺、大宮的關係。紫式部很細心地安排了這幾位女性，來代表「母性」的各種面向。

如果說前述的大宮是慈母，那麼弘徽殿女御，就是完全相反的惡母。

弘徽殿女御最愛的，當然是自己的親生兒子（皇太子，後來的朱雀帝）；潛在威脅到東宮（指太子）地位的光源氏，就成為她憎恨的對象。源氏年輕時，還是中將身分的時候，曾經在先帝面前跳了一段青海波（雅樂的一種）的舞。看了這美得似乎不屬於塵世的表演，所有的人無不同聲讚嘆。但是，只有弘徽殿女御說道：「這容貌，連天上的神都要為他顛倒。真叫人毛骨悚然。」周圍的年輕侍女聽了都覺得刺耳，覺得她不近人情（〈紅葉賀〉）。

弘徽殿女御所說的「連天上的神都要為他顛倒」這句話十分有趣。雖然她說「真叫人毛骨悚然」，給予負面的評價，但終究是承認光源氏絕世的魅力。

弘徽殿女御對源氏的憎惡，在知道源氏與她的妹妹朧月夜密會的事情之後，爆發開來（〈賢木〉）。後來她雖然策劃了各種計謀，要陷源氏於罪，但源氏先發制人，自行退居須磨。

正當她感到稱心如意的時候，又聽聞源氏在須磨還是過著風流的生活，更加怒不可遏。眾人忌避她強烈的怒氣，大多不敢與源氏聯繫。惡母的怒火真是不容小覷（〈須磨〉）。

我們可以看出，紫式部對於「母親」這種存在的各種心境，真的有很深的了解。她在源氏生母桐壺的兩側，分別配置了大宮與弘徽殿女御兩個人物像，同時呈現了「母親」正面與負面的樣貌。

對自己的親生兒子朱雀帝，弘徽殿女御也是沒放過，凡事都要干涉，做兒子的也無力抵抗。老母的碎念嘮叨，兒子的無奈，紫式部描寫得非常生動（〈少女〉）。

話說回來，這樣的惡母會遭遇什麼樣的結果？全世界的民間故事中，通常惡母的下場都很淒慘；比如白雪公主的媽媽，或是假扮小紅帽奶奶的狼。

但是，《源氏物語》中完全沒有提到任何對惡母的反抗或對立，更不用說是什麼報應或懲罰。她的死，只是間接地、若無其事地提及（〈若菜上〉）。這也是敘述惡母生命終點的一種方法吧。這讓人感受到紫式部的智慧——或者也可以說，當時日本女性普遍的智慧。

3 妻子的人生

平安時代不像現在的一夫一妻制；當時妻子的地位是很微妙的。不但一夫多妻受到認可，而且大部分情況下，夫妻並沒有住在一起；丈夫像「通勤」一樣，往返於自己住處與妻子的家。因此就算結了婚，丈夫要是不來訪，婚姻也是徒具名目而已。如果丈夫又另結新歡，那就很難稱為是「妻」了。

本書雖然將「妻」與「娼」分成兩個概念，但事實上當時並沒有那麼明確的區別。那只是以光源氏心理上的認知為重點，所做的假定區分。

舉例來說，假設我們賦予葵姬「妻」的位置、夕顏「娼」的位置，大概反對的人不多；但是其他的女性，在不同人的看法裡，就有不同的分類。還有一些女性，本身的特徵就是難以分類；比如末摘花就是個例子。她一廂情願地認為自己是妻子，但是在源氏的心中卻沒有那麼重的份量。可以想像，或許紫式部想要描寫的，就是這種認知差異所造成的趣味。

雖然筆者依據的是自己主觀的看法，我將這許多女性分類為妻與娼，在光源氏的四周，為她們定位。將葵姬放在妻的第一順位，應該沒有人會反對；但是，我們又該怎麼看待紫之上？

我決定不用二分法來為紫之上分類，而在下一章的最後，專門討論她。

悲傷的自尊心

葵姬是自尊心很強的妻子。而且，大概沒有任何一位女性像她這樣，飽嘗如此沉痛的、做為妻子的悲傷。她出身高貴，父親是左大臣，母親則是當時天皇的妹妹（大宮），大家都期待她嫁給皇太子。她又是天生的美貌，做為光源氏的妻子，不管怎麼看都是綽綽有餘。但是她卻覺得自己年紀比源氏大，「配不上他而自慚形穢」。她是個受到強烈自我意識束縛的女性。

源氏與葵姬心意的隔閡，實在是描寫得十分巧妙。在〈若紫〉中，源氏有一段時間生病，上朝的時候形容憔悴（話雖如此，但他在這一段期間認識了紫之上）。葵姬的父親左大臣看到他的樣子，帶他回家。久違的夫妻見了面，卻無法好好相處。

難得源氏來訪，葵姬卻遲遲不出來與他見面。在父親的催促下終於露面了，卻「只是像一幅畫像那樣，擺在那兒一動也不動」。看了這付模樣，源氏也靠不過去。雖然覺得她「好美！」卻無法親近。明明希望她對他，只要能夠像「普通的夫婦那樣」就好，兩人的對話卻話不相投。源氏進入寢室，葵姬也不跟進來。源氏也只能嘆氣。

這種樣子不禁讓人覺得，葵姬是個心高氣傲、沒有親和力的女性。但真的是如此嗎？其實，某種意義下，可以說葵姬是最愛、最希望能愛源氏的人。

第一次見到源氏的時候，她的心就完全被源氏的俊美給奪走了。以當時的常識來看，母親是天皇的妹妹，父親是高位高官，她嫁入宮中再適合不過，沒必要和源氏這樣的臣下結婚。但是對她來說，那種事根本無所謂。反而她因為自己年紀比較大，而自慚形穢。她希望在一對一的關係下，用全部的生命和靈魂來愛源氏。

葵姬在第一次接觸源氏的時候，就察覺他的靈魂在別的地方——對藤壺的強烈思念。對於全心全意愛著源氏的她來說，產生這樣的直覺也是理所當然的。就在〈若紫〉描寫的這個場面之前，源氏才剛遇見相貌神似藤壺的、年幼的紫之上，一顆心全放在紫之上身上。

好久不見、突然現身的丈夫，心早已忘在別的地方。這種時候要葵姬像「普通的夫婦那樣」做出高興的樣子，也未免太強人所難了。當然，她並不知道源氏遇見了紫之上，但她的直覺感受到一切。

事實上，源氏進入寢室，發現葵姬沒有跟進來，雖然忍不住嘆息，但心思立刻轉移到紫之上身上去了。紫之上會如何成長？雖然年紀和自己還不能相配，但若乾脆把她帶到自己宅邸同住呢？……他不斷設想各種狀況。作者描寫了源氏與葵姬的對話、源氏獨自一人的嘆息之後，跟著寫下他的各種想法。紫式部真是位了不起的女性。

葵姬喜歡源氏，到了難以自拔的地步。但是，這種樣子的源氏，要如何愛他？在看著他的臉、表達自己的心意之前，身體已經僵硬了。我們難道不能如此斷言嗎？在當時男女關係的型態下，葵姬追求的愛，是不可能在此世達成的。

瀨戶內寂聽的《女人源氏物語》站在登場女性們的立場，重新解讀這個故事，和本書的論述有許多相合之處。我的想法得自她的支持甚多。其中〈葵姬述說的 葵〉一篇，以葵姬獨白的形式，述說了她對源氏的愛意。那裡面所描述的葵姬的心境，和筆者感受到的極為相像。臨終之時，葵姬如此結束她的獨白：

「那麼再見了，親愛的。這世上我最愛的你，永別了。」

葵姬與六条夫人

我還是中學生的時候，在解答幾何問題時，學過「輔助線」這種東西。將問題轉換成圖形之後，如果能畫出適當的輔助線，就可以找到解決問題的線索。僅僅透過一條線，就能讓圖形看起來完全不同，而發現解決的方式，實在是了不起的方法。找到輔助線時的快感，應該有很多人難以忘懷吧。

閱讀、理解故事的時候，輔助線也能夠提供幫助。在不同的事物間劃上連結線，故事的構圖就會呈現不同的樣貌。我用「紫曼陀羅」的說法，來表現《源氏物語》整體的構圖。各式各樣的關係與動力，在曼陀羅的構成要素之間發揮作用；為了看清楚這些關係與動力，我試著為它們畫上輔助線。

紫式部應該是依據全體的布局，來發展整個故事，所以在許多地方，都可以發現登場人物之間，有著微妙的關係。因此，輔助線也有各式各樣可能的畫法，增添了許多閱讀的樂趣。

我們舉出葵姬做為第一順位的「妻」，那麼與她對應的「娼」又會是誰？我想大多數的人都會說是六条夫人吧。她和葵姬的侍從們在新齋院的淨化儀式時，為了停車位爭吵，是非常著名的情節。而且，六条夫人的生靈還附在葵姬身上，最終使葵姬失去了生命。

兩者的對立如此明顯，就算不大費周章地尋找輔助線，也可以清楚看到二人的關係。但是，如果我們更仔細地觀察她們的關係，又將如何？

首先要談的是生靈。生靈到底是什麼？當時的人或許真的相信生靈的存在，但現代人已經無法輕易相信。先不論是否相信生靈的存在，我們暫且把故事所述當做事實看看。

源氏去探望為「妖靈」所苦的葵姬，拉開隔簾看她。源氏直到這時，仍然忍不住為她的美麗心動，出言安慰。不料她的聲音與表情都突然改變：

嘆我哀魂遊虛空，繫於裾端止飄搖

說著這話的葵姬，形容樣貌完全就像六条夫人，源氏也大吃一驚。「請將我遊蕩於虛空的靈魂，綁在衣服前端的下襬，讓它回到原來的身體裡」——這是六条夫人生靈的請求。

對於不相信生靈存在的人，「遊蕩於虛空的靈魂」或許可以看做是葵姬的靈魂。也就是說，並不是葵姬被六条夫人的生靈附身，而是葵姬的靈魂以六条夫人生靈的模樣出現，訴說自己的哀傷。

有趣的是，葵姬死後，流傳出六条夫人將成為源氏正室的謠言（〈賢木〉）。也就是說，以身分而言，六条夫人也是足以成為源氏妻子的人。只不過，她比源氏年長七歲。葵姬對於自己年長源氏四歲一事，耿耿於懷；相較起來，六条夫人似乎不在乎這種事，一心以為自己可以成為源氏的妻子。

以這些想法來觀察兩者的關係，可以看到六条夫人想成為源氏妻子的願望，在葵姬的身上實現（圖六）。這一點不難明白。而葵姬的願望，則藏在她自己也不知道的深處；那是充滿了對源氏的怨恨，想要殺死他的願望。不過，即使她意識到自己的嫉妒，卻壓抑住這份強烈的情感。而她認為六条夫人，具有這種強烈的情感。因此，她的願望化為六条夫人生靈的模樣，攻擊她自己。

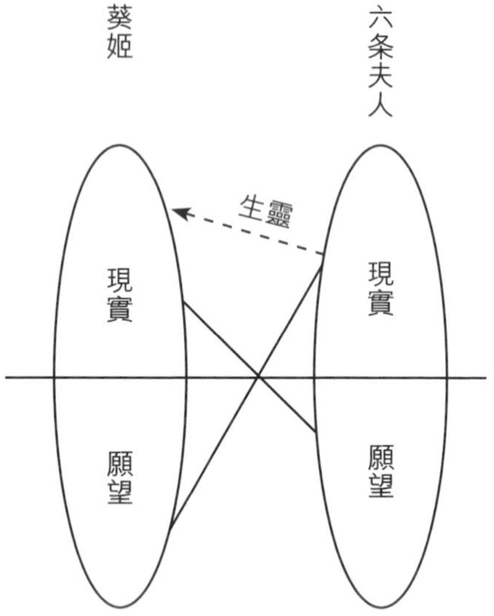

圖六　葵姬與六条夫人

比起用一條線聯結葵姬與六条夫人，兩條輔助線更能夠看出她們的全貌。而這兩條輔助線是非對稱的，更是耐人尋味。

我們思考了葵姬與六条夫人的聯結線，但如果我們在葵姬與她的侍女中納言君之間也畫出輔助線，則更能夠深切體會她的苦惱。

在著名的「雨夜的品定」[11]翌日，源氏造訪左大臣宅邸，和葵姬見面。受到前一日談話的刺激造訪妻子的源氏，感到葵姬「氣色大方，氣質清爽高貴，一絲不紊」地和他見面。但是這極度的端莊卻讓源氏感到難以親近，反倒和葵姬身旁的中納言君等侍女們你一句我一句，打鬧了起來（〈帚木〉）。

結果，源氏和這個中納言君也發生了性關係。還有葵姬的另一位侍女，中將君也是。換句話說，在難以親近的女性影子底下，她們扮演了平易近人女性的角色。

如果葵姬與中納言君合而為一，對源氏而言是最理想的女性，但那是不可能的。自尊心強烈的妻子葵姬，在做為妻子的自傲與哀傷中，生下一個兒子，同時離開人世。

末摘花的自我分裂

先前提到的中納言君和中將君，可以說是典型的「娼」。在當時嚴厲的身分觀念下，她們絕不可能成為源氏的妻子。雖然其他還有這樣的女性，但她們幾乎是無名的。紫式部所關心的，終究是那些難以判明是妻是娼、被命運左右的女性，以及她們和源氏的關係。末摘花就是一個典型。

〈末摘花〉的開頭，敘述源氏念念不忘薄命的夕顏，還描述了成功逃脫源氏染指的人妻空蟬。源氏正感百無聊賴的時候，來了一位稱為大輔命婦的「年輕風流」的女性。她告訴源氏，故常陸親王的掌上明珠，如今寂寞地獨守空閨，說話的對象只有一張琴。風流女性口中的故事，立刻引起源氏的興趣，於是就在她的引領下，前去聆聽這公主的琴音。

「隱約響起撥弦的聲音，聽來頗具風情。技法雖不是神妙，但琴音別緻，倒也不難聽。」這裡的描寫非常到位。若有似無的琴音聽來很美。話雖如此，技法卻不怎麼高明。「倒也不難聽」這句話，充分顯示源氏對這位女性的態度。雖然棄之可惜，卻也不是勢在必得。

源氏正打算安靜地離開的時候，看見頭中將也在場，嚇了一跳。原來頭中將是跟蹤他而來的。關於源氏與頭中將的這種關係，我們稍後再述，總之末摘花成為他們兩人之間的競爭。因為這種競爭的心態，源氏雖然並不是那麼在意末摘花，行動卻變得十分積極，寫了許多信給她，但她完全沒有回覆。源氏因而愈來愈焦躁，終於侵入末摘花家中，強行和她結合。

末摘花完全沒有料想到這樣的事，既羞愧又害怕，只能蜷曲著身體。源氏霸王硬上弓之後，興致冷卻，「後朝之文」[12]遲了許久才送去，接下來也沒有去拜訪。

考慮到對方是一位「公主」，這樣做實在是任性又失禮，源氏終究還是去見了末摘花。另一方面，發生關係的時候是在漆黑的夜裡，他也想找一天看看末摘花的長相。沒想到見到末摘花的時候，他受到強烈的打擊——她的容貌實在太醜了。鼻子像「普賢菩薩的坐騎」，也就是大象，那麼長，鼻頭還是紅色的。而且（這樣說有點不好意思）因為貧窮，她穿著的衣物雖然來歷不凡，但是破舊不堪，而且妝扮誇張。源氏徹底地意興闌珊。

不過，從這裡開始才是重點。歲末的時候，末摘花準備了一套元旦用的正式禮服，放在衣物箱裡，遣人送給源氏做為禮物。這個舉動顯示末摘花（以及她的侍女們）確信自己是源氏正式的妻子之一。事實上，源氏看到隨著禮物而來的歌如此拙劣，衣服如此古舊，嚇得目瞪口呆。儘管如此，他還是謹守禮儀，回贈她歌與衣裳。這是源氏的作風。

源氏送的禮物與歌，和末摘花的相比，可以說層次、水準都完全不同。但是長年跟隨末摘花的侍女們，卻不覺得自己送的禮物不如對方；說到歌，也覺得是公主做的比較好。即使家道中落，貴族世家過人的自尊，在這裡顯露無遺。

如果我們在「妻」與「娼」之間拉出輔助線，就可以明白末摘花自身的形象，分裂在此二者之間（圖七）。她在源氏眼裡的形象是「娼」，但她對自己的看法顯然是「妻」。那是皇族公主的自負。話雖如此，她不但家境赤貧，還有容貌的問題。紫式部巧妙地描寫這種形象與認知的落差，所產生的滑稽感，甚至到了令人覺得殘酷的地步。

現實中，這種自己與他人認知的落差，當時說不定也經常發生，成為碎嘴的人們口中的八卦與笑柄。「普賢菩薩的坐騎呦！」——他們說不定就是這樣耳語竊笑。紫式部說不定也加入他們，不假思索地說些毒辣的嘲諷，逗樂眾人。又說不定大家笑得正開心的時候，紫式部突然發現，自己的內在其實也住著像末摘花那樣的存在，而錯愕無語。人真的有嘲笑他人的立場嗎？

圖七　末摘花的形象

因為這樣的自覺，紫式部在描寫末摘花的時候，說不定感到某種自虐的快感；而事後才覺得，自己未免過於惡毒。或許是因為這樣的反省，她讓源氏在〈蓬生〉

中，和早已被遺忘、遺棄的末摘花，恢復了關係。

雖說是恢復了關係，也沒有到將她從「娼」變為「妻」的地步。源氏並沒有將她接到六条院（源氏和其他女性同住的地方），而是讓她住在二条東院。這也可以說是在妻與娼之間的一種妥協吧。

「主婦」型的花散里

《平中物語》成書略早於《源氏物語》。其中〈十八、靠不住的信差〉一篇，描述某個男人透過中間人，熱切地寄贈求婚的歌，給一位公卿人家的女兒。然而這中間人是個「靠不住的信差」，再加上那位公卿人家的女兒不諳歌詠，最後這段姻緣不了了之。

這個故事的最後寫著：「後來聽聞，她未經勞苦，成了人家的主婦。」所謂「未經勞苦」，指的是沒有戀愛經驗的意思。未經戀愛就成了主婦，可以說是和「風流」完全相反的生活方式。

《源氏物語》中，也出現了扮演光源氏「主婦」角色的女性。承擔主婦責任最重的，應該是紫之上；但是紫之上過於多彩（稍後我們將談論），無法只用「主婦」的概念去理解她。到頭來給人最穩定的「主婦」感覺的，還是花散里。明石君雖然有些過於耀眼，但也可以算是

「主婦」型的人。

花散里是桐壺帝的女御（麗景殿女御）的妹妹。源氏一如往常，雖然也並不是那麼熱衷，卻不知所以地和她保持關係。或許和她的關係之中，有某種讓源氏身心都能安適、放鬆的東西吧；謫居須磨之前，源氏造訪了花散里。

從須磨回到京城之後，源氏改建了桐壺院的遺產二条東院，讓花散里（還有其他女性）搬進去住。有空的時候，源氏也會去找她，但是「不復見夜宿之舉」。換句話說，男女的關係斷絕了。

但是花散里並沒有因此就自怨自艾，反而心平氣和，「命運既是如此，不如坦然」，過著平靜的日子。這樣的態度，連源氏也覺得她了不起，對花散里的待遇不亞於紫之上，任誰也不敢輕視她（〈薄雲〉）。

源氏愈來愈信賴花散里，後來將兒子夕霧託付與她養育。六条院完成之後，源氏讓她和紫之上一起搬過去（末摘花留在二条東院），住在適合避暑的好地方。有趣的是，有什麼事情的時候，紫之上和花散里會同心協力、互相合作。

兩人之間似乎沒有嫉妒。那或許是因為花散里領悟到「命運既是如此」，於是善盡主婦的職責，不以「女人」的身分和紫之上爭風吃醋。她是個聰明的女性。雖然她是夕霧的養母，但從心理的層面來看，可以說也扮演了源氏母親的角色。

「父親的女兒」明石君

接著讓我們看看，明石君又是如何？明石君是獨生女。她的父親（明石入道）從很早開始，就把自家榮華富貴的美夢，寄託在明石君身上。於是在父親的安排下，明石君和謫居須磨的源氏結婚。但是，事情進行得並不順利。儘管父親強力主導，明石君卻對自己的身分問題煩惱不已。

結果，雖然最後源氏造訪了明石君，兩人也結合了，但是她對於「身分無法匹配」的煩惱，一直到後來都還無法消除。

源氏經常和留在京都的紫之上通信，分享彼此的心情。但另一方面，卻擔心他和明石君的關係，會傳到紫之上耳裡。

回想起過去，自己和女性的關係一直讓紫之上傷心，於是親自寫了一封信給紫之上，暗示明石君的事。從這封信，很能感受到源氏的苦心辯解：

「真的，我那無心的風流，不知讓你受了多少憂煩苦惱，光是想起，就讓我心痛。卻在這時，又無來由地做了這子虛烏有的夢。你未曾訊問，我就先誠實以告，請體察我這毫無遮掩的心。『誓言猶在耳』。」（〈明石〉）

想起過去做了這麼多讓紫之上難過的事——情愛關係，就覺得心痛，卻「無來由地做了這子虛烏有的夢」。源氏不但告白，還要紫之上體諒他的誠實。真虧他說得出如此厚顏無恥的話來。

最後的「誓言猶在耳」引自古歌，源氏用力地強調自己對紫之上的感情不變。但是，在京都的紫之上讀到這信，不知做何感想？

和花散里的情況不同，紫之上不但對明石君感到嫉妒，對源氏也感到憤恨。但此時情勢急轉直下，上頭宣旨赦免了源氏，源氏即將回京。這時候換成明石君開始苦惱了。當然，源氏也誠心誠意地向明石君表達分離的悲傷，但這能夠安慰她嗎？明石父女的悲傷，又是何等巨大？

對明石父女來說，幸運的是，明石君懷了源氏的孩子，而且是個女孩。當時高位的貴族最希望的，就是生個漂亮的女兒嫁給天皇，再生個皇太子（事實上，這件事後來真的實現了）。

這段期間雖然也發生許多事，讓明石父女感覺到自己和源氏身分上的差異，但終於還是下定決心，明石君母女前往京都，在大堰建屋住了下來。這一切都是明石入道（明石君的父親）的打算。明石君雖然害怕不安，還是順著父親的意思。

妻子的角色有各種各樣。做為源氏妻子的中心人物，怎麼說也是紫之上；但源氏的「妻」不只一人。比方扮演「主婦」角色的，就是花散里。

為源氏生下孩子的，則是明石君，但是，她卻無法和源氏一起撫養孩子長大。源氏提議將這女孩送給紫之上做養女，由紫之上撫養。要做母親的放掉自己的孩子，是一件很痛苦的事，但考慮到女兒的將來，明石君也就答應了。

就某種意義來說，明石君的選擇是正確的。她的女兒明石姬，後來成了中宮（皇后）。但仔細想想，一切其實都照著她父親明石入道的計畫進行。

明石君雖然是源氏的妻子，但她扮演的角色與其說是「妻」，還不如說是「父親的女兒」。我們可以看出，紫式部如何分別描寫一個個女性的特性。就算都是源氏的妻子，每個人都有各自相異的、鮮明的特質。

正如第二章所述，「父親的女兒」有各種不同的樣貌。明石君是體現父親願望的女兒。這是平安時代的「父親的女兒」，其行為的內容和現代美國的「父親的女兒」是截然不同的。

明石君讓父親的願望逐步實現。她的女兒明石姬不負眾望，生下了男嬰。以明石女御的身分和皇子生下皇孫，可以說將來明石一族的榮華富貴是確定了。明石入道終於定下心來，離開了家，隱居山林間，斷絕了一切俗世的關聯。

這是老人的智慧。如果明石入道在這一切順利的時候留在俗世，舉例來說，到京都去發展，事情將如何演變？他非常清楚這種事。雖然我們可以說，一切照著他的意志進行，但換個角度來看，或許也可以說，為了女兒（明石君）的幸福，做父親的犧牲了自己。

明石女御（明石君的女兒）帶著皇孫回到東宮（太子的居處）。明石君和源氏聊了許多事。她一方面感激紫之上的體貼與善意，一方面想到身分低下的自己能夠得到如此的幸福，覺得感慨萬千。但之後她加了一句：「只不過，想到那與世隔絕的山居生活，就覺得哀傷與不安。」（〈若菜上〉），令人感受到弦外之音。

紫式部想說的或許是，人不可能在所有的方面都幸福吧。

源氏的「妻」之中，還有非常重要的紫之上與女三宮。關於她們，我們稍後再詳細討論。在那之前，先來談談「娼」。

4 「娼」的位置

《源氏物語》的時代，當然也有妓女。〈澪標〉一篇描述了源氏在前往住吉參拜的歸途閒逛遊玩，「參加了妓女們的聚會」。但源氏的本性，並不喜歡那種輕浮的感覺。這裡要討論的，不是那種職業的妓女，而是那些與源氏發生男女關係，卻不能得到「妻」的待遇的女性們。

首先必須提到的，是源氏特別感到親近的幾位葵姬與紫之上的侍女。舉例來說，葵姬有一位稱為「中將君」的侍女，和源氏發生過性關係，在故事中頻頻露面。

她在源氏謫居須磨的時候，成為紫之上的侍女；源氏返回京都之後，他們的關係又復活了。葵姬另一位稱為「中納言君」的侍女，也扮演了同樣的角色。這些女性知道自己因為身分的差異，絕對不可能和源氏形成對等的男女關係。在這個前提下，接受自己與源氏的關係。

故事中有一個令人困惑之處，就是稱為中將君、中納言君的女性，也出現在其他地方，但她們究竟是不是同樣的人物，難以判斷。紫之上過世之後，源氏和幾位特別親近的侍女聊天，追憶紫之上的點點滴滴（〈幻〉），中將君和中納言君也在場。這時候的中將君和前述的中將君應該是同一個人，但中納言君就很難說了。

這些女性雖然可以分類為「娼」，但是並沒有清楚的「個人」特質，因此和我們即將討論的、那些做為明確「個人」的女性，應該分開來思考。不過，總之源氏的身旁存在著這樣的女性，這是重要的事實。

接下來要談論的女性們，和前述女性的重要區別是，她們都具有成為「妻」的資格。如前所述，末摘花在她自己的意識裡，就確信自己是正式的「妻」。六条夫人應該也想過，自己成為「妻」的可能性。

我們也討論過藤壺。以身分而言，她或許可以是「妻」，但身為源氏父親桐壺帝的女御，她是不可能成為源氏妻子的。兩人都知道這一點，但源氏還是受她吸引，甚至發生了性關係。

然而，藤壺和其他女性們比起來，是非常不同的「娼」。將她和女三宮（稍後我們將在「女兒」的章節討論她）對照來看，其形象的意義就很明顯。在我們用來呈現源氏的異性關係的曼陀羅中，這兩位女性的位置，恰好在相反的兩個極端。

相對於前述的這些女性，接下來讓我們看看空蟬、夕顏，以及朧月夜等人。她們雖然都可以說是「娼」，但不論是個性，或是與源氏的關係，都各自不同。紫式部描寫自己內在的女性群像時，一個個人物的個性實在掌握得非常精準，令人佩服。我們將依序談談這些女性。

在討論個別的女性之前，關於前述的侍女們，我還有一點想要補充。除了前面舉出的那兩位侍女，還有一位名叫「中務」的侍女。她也是葵姬的侍女，也同樣是源氏遊戲玩鬧的夥伴。而一位本是源氏的侍女，後來成為紫之上的侍女，她的名字也叫「中務」，但她們是不是同一個人，無法確定。

總之，這幾位侍女雖然和源氏不是對等的關係，但正因為不對等，彼此感覺輕鬆，而讓源氏的感情容易自然流露。當時的貴族男性與妻子相處，總是受到禮法的重重束縛，反而是面對這些侍女的時候，更能夠有回到家無拘無束的感覺。可以想像，這些女性兼具了現代意義下的母親與妻子的角色吧。

空蟬的處世之道

和源氏有關係的眾多女性裡，在我們分類為「娼」的女性之中，最初登場的是「空蟬」。這非常具有象徵的意義。所謂空蟬，是蟬褪下來的殼。只有表皮，裡面是空洞的。但是名為空蟬的這位女性，她的生命態度絕對不是「空洞」的。做為女性，她是個具有紮實存在感的人。

那麼，空洞的是誰？應該是她的對手，源氏本人吧。在空蟬之後，源氏又與許多女性發生關係，但他的本質就是空洞性，這一點我們早已說過。我認為紫式部讓空蟬這麼早就登場，是為了在一開始，就明白指出源氏的空洞性。

源氏在著名的「雨夜的品定」中聽著其他男人們的高談闊論，自己也一定想要來一場冒險吧。左頭馬說：「世人不知她的存在。寂寥荒蕪、雜草叢生的屋門後，出人意料地鎖著可愛的人兒，這才叫無限珍奇呢！」（〈帚木〉）。這段話暴露出所有男性心中的某種期待。源氏也或多或少抱著這種期待感吧。

某一天，根據當時的習俗，源氏為了避免犯沖，在出門的前夜到紀伊守家借住，與紀伊守的父親伊予介續絃的年輕妻子（空蟬）不期而遇。她是衛門督（衙門長官）的女兒，原本也有入宮的可能，卻因為父親過世而沒能入宮，而嫁做伊予介的續弦妻。源氏隱約聽見侍女們的閒聊，知道附近有女性的臥房。他試探地拉拉看格子門，發現門鎖沒有勾上，就潛入房裡，和空蟬結合了。

這時候，鎖門的鉤子是鬆開了嗎？還是忘了勾上？是誰幹的好事？從源氏的角度看，這表示空蟬這女子的防備心不足，也就順勢而上了。但說不定這是她出人意料的深思熟慮呢。

源氏動了心，想要再度和空蟬相會，卻苦無聯絡的方式。於是他告訴紀伊守，想要照顧空蟬的弟弟小君，希望透過小君的媒介再會空蟬。但是，空蟬考慮到自己的身分，並不和他相見。

被拒絕的男人，色心就愈加執拗。源氏利用小君，硬是進到空蟬房裡，空蟬發現後，脫下身上的薄紗衣逃走。源氏不察，誤把同在臥房裡的軒端荻（和空蟬差不多年紀的繼女）當做空蟬，遂與軒端荻發生了性關係。事後源氏發現自己弄錯人了，拿著空蟬脫掉的薄紗衣離去。

這裡重要的是，空蟬雖然一方面受到源氏的魅力吸引，另一方面卻也察覺耽溺於其中的危險，於是逃離了源氏。但她不是單純地逃走，而是滿懷糾葛矛盾地逃走。留在現場的薄紗衣就是個象徵。正因為如此，源氏帶走了那件衣服。

或者也可以這樣想，和源氏發生性關係後，期待他再訪的軒端荻，象徵了空蟬隱藏起來的另一面。儘管如此，受到吸引卻仍然拒絕源氏的空蟬，實在是個自我堅定、有原則的人，和「空蟬」這個名字完全相反。

對於這樣的空蟬，源氏覺得她「寡情可憎，卻又難以忘懷」（〈夕顏〉）。說這話的時候，已經隔了一段時日，源氏已經再度造訪久違了的六条夫人，同時也已經迷上偶然發生關係的夕顏，可見他確實念念不忘空蟬。而在夕顏的事件（稍後將述）之後，空蟬知道源氏生病，致贈了慰問的歌，源氏也回應了。

後來，源氏得知空蟬即將和丈夫伊予介同行，赴地方任官，不但送給她豐厚的餞別禮，並且返還先前那件薄紗衣。這是相當具有象徵性的行為。源氏不只表示自己放棄了對空蟬的愛慕，同時也表達希望今後能夠保持某種友好關係的心意。

回想起空蟬，源氏感嘆：「不可思議哪。此人心意之堅，非常人能比。如今離我遠去矣」（〈夕顏〉）。源氏應該是自覺到，原先染指地位較低女性的輕佻態度，已經轉化為尊敬的心，所以才會發出這樣的感嘆吧。因為這樣的轉變，兩人的關係不致於從此斷絕。

〈關屋〉雖然篇幅甚短，卻是專門描寫空蟬的一篇。在這一個篇章裡，也記述了空蟬謹守自己分際的果決行為。丈夫結束任期、回京城報到的途中，空蟬在逢坂山巧遇源氏，但兩人僅以歌贈答。後來，丈夫死去的時候，繼子向她求愛，空蟬避而出家。她始終明確地決定自己的選擇。或許是感佩她這點，後來源氏提供二条東院，讓已經出家為尼的空蟬落腳。

空蟬對《源氏物語》故事的發展雖然不是很重要，但卻是個重要的人物，我們可以透過和她之間的輔助線，來理解許多位女性。首先是形成對比的末摘花。如圖七所示，末摘花將自己放在「妻」的地位，但是在源氏的心中，她位於「娼」的位置。這個落差形成了故事中的許多趣味。

相對於此，空蟬清楚地知道自己的分際。她的行動，以認識到自己無法成為源氏妻子為前提。空蟬是行政官的太太，無法成為自己的妻子，這一點源氏當然也明白，但是他逐漸地認識到，空蟬是值得尊敬的、與自己對等的存在（圖八）。這樣的空蟬和末摘花一同住在二条東院，實

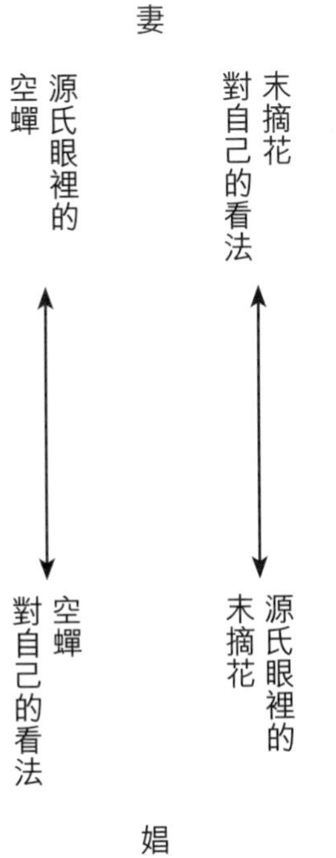

妻

末摘花對自己的看法 ↔ 源氏眼裡的末摘花

源氏眼裡的空蟬 ↔ 空蟬對自己的看法

娼

圖八　末摘花與空蟬

在是很有趣的一件事。

在「知道自己分際」的生命態度這一點上，明石君和空蟬是一樣的。不過，明石君提供父親財政援助與生下女兒這兩件事，使她在曼陀羅圖上，占據了與娼相對的、妻的位置。

明石君看見在住吉參拜的源氏，以及空蟬在逢坂山與源氏以歌贈答，這兩段故事也顯示出兩人的相似性。或許紫式部自己也是個「明辨分際」的女性，因而描繪出這樣兩位分身吧。如此想像，不禁令人興味盎然。

滯留在異空間的夕顏

從空蟬畫出來的輔助線，我們可以看到在身分較低、關係短暫、卻帶給源氏強烈衝擊這幾點上，夕顏和空蟬極為相像，但是她們的性格卻大異其趣。雖然有前述的共同點，但空蟬與她的名字相反，是位個性堅定的女性，而夕顏則人如其名，柔弱而瞬間雲消霧散。

源氏去探望生病的乳母，看到綻開在鄰家牆腳的夕顏花[13]惹人憐愛，差遣隨從摘取。結果鄰家的孩童，以扇子盛著花獻上來。源氏探望過乳母後，仔細看了那扇子，上面寫著這樣一首歌：

回頭望見意中人，夕顏映照白露光

這首歌呼應著古歌，而且作者顯然知道來人是光源氏，十分有趣。源氏也覺興味盎然。據隨從的惟光說，那是一位在宮裡服務的女性[14]。源氏心想：「看是一臉得意輕率寫下的東西。多半是令人掃興的身分吧」（〈夕顏〉）。這時候他恐怕還是惦記著空蟬。然而，結果源氏還是隱藏起身分造訪夕顏，而且陷入與夕顏的關係中，無法自拔。

和空蟬完全相反，夕顏坦然地接受了這樣的關係。話雖如此，並不是積極地接受，而始終是被動的，總是楚楚可憐，總是散發著柔弱之美。源氏的心逐漸被這位女性占據。早晨離開，一直到晚上又去見她之前，整天魂不守舍。甚至想著，乾脆把她接回家裡同住。

源氏想要和夕顏共享甜蜜的時光，拉著她到一處廢棄的宅院去。在這裡，源氏終於讓夕顏看清楚自己的真實容貌[15]，但女方的身分還是未明。不料後來「妖靈」出現，夕顏竟因而死去。源氏雖然悲傷不已，卻仍然在惟光的幫助下處理現實的問題（屍體），沒讓自己惹上麻煩。雖然是令人唏噓的萍水相逢，夕顏卻在源氏的心中留下強烈的印記。

夕顏明明內向又柔弱，最初怎麼會是由她主動贈歌？這或許該稱之為「內向者的果敢」。內向的人平常壓抑自己、優柔寡斷，但是當他們察覺自己內在的動向、付諸行動時，常常會做出讓周遭的人大吃一驚的事情。

這一點和空蟬做比較的話，就容易明白。空蟬忠於自己的「分際」而**果斷地**行動；夕顏則是在不顧「分際」的狀況下，採取**有力的**行動。如果只看這個時間點，或許覺得她非常積極，但她之後的態度是完全被動的。空蟬一開始身不由己，不得不被動接受源氏的求愛，但後來則轉變為積極的拒絕。

源氏坦露自己的真實容貌後，悲劇發生了。這和日本民間故事「鶴妻（夕鶴）」等等，女性被發現本來面貌後發生悲劇的情節，是類似的模式。就像夕顏的主動呼喚所顯示的，命運的力量在夕顏背後推動著她。她所居住的地方，是無法和日常世界相容的世界。在那裡，身分之類的日常常識是完全無用的。

然而，源氏對她的感情愈來愈濃烈，開始試圖將她帶到這個世界來。假使他真的成功了，或許會帶來更大的悲劇，造成源氏自身的毀滅也說不定。但是，源氏沒有想到這些。他一心只想讓夕顏進入日常的世界。

紫式部的筆力在〈夕顏〉一篇中發揮得淋漓盡致。這一篇雖然以〈夕顏〉為標題，但不只描述夕顏；源氏與空蟬、源氏與六条夫人的關係，也以插話的方式穿插在夕顏的故事中。源氏想要將夕顏安置在二条院，在心裡比較她和六条夫人的種種心境，也有細緻的描寫。也就是說，在源氏的心中，夕顏和這個世界逐漸有了接觸。最後，他終於以自己日常的樣貌，誠實以對。這段過程實在是描寫得絲絲入扣。

為了逃離接下來的巨大悲劇，夕顏不得不死去。她終究是不得不留在異空間的人。造成夕顏死亡的妖靈，可以說是超越源氏與夕顏意識的存在，為了守護他們的兩人世界、抵抗日常世界對他們的侵害而出現的。且讓我們稱之為「X」。紫式部很巧妙地，不讓「X」影射任何現實中的女性。故事結束的時候，謎始終是個謎。

堅持生活在「這個世界」的空蟬（話雖如此，但她最後出家了）、始終停留在「異空間」貫徹其生存方式的夕顏（她因此失去了性命），這兩人以六条夫人為中心，分列兩側，讓我們看到「娼」的多樣性。

這個安排，和描寫「母」的時候，以桐壺為中心、大宮與弘徽殿女御分列兩側的手法如出一轍。但是，雖然這三位屬於「娼」範疇的女性，都給人某種黑暗的感覺，紫式部並沒有忘記「娼」之中也有開朗明亮的女性。接下來就來介紹她們。

源典侍與朧月夜

有幾位女性愉快地享受與源氏的關係，卻沒有成為源氏妻子的念頭。那就是源典侍與朧月夜。這兩人雖然和始終守住分際的空蟬形成絕佳的對比，但兩人之間也是互為對照。在年齡上，源典侍比較老，朧月夜年輕；以身分來說，後者高，前者相較為低。感覺上朧月夜是可能成為源氏妻子的人。在描寫她們二人的時候，紫式部的筆鋒變得輕快了起來。

先來談談源典侍。雖然她年紀不小（五十七、八歲左右），但書裡說她「人格無可挑剔，深具文采，人人皆敬重」（〈紅葉賀〉）。也就是說，她既有才氣，人品又高尚，非常具有人望。不過，她卻風流好色而行事莽撞。

平常源氏雖然不碰宮裡的女性，但知道源典侍老大不小又風流好色之後，忍不住被勾起好奇心，遂開口試探。源典侍喜出望外，即刻寫歌相贈。源氏既覺得麻煩，卻又去惹人家，這事不巧讓朱雀帝撞見了，風聲立刻傳開來。知道這件事的頭中將也不甘示弱，立刻開始試圖接近源典侍。

這情況和末摘花的時候一樣，頭中將又來湊熱鬧。但實際上的情形，並不是兩人爭奪一位女性，而是演變為兩人共存。這一點很有趣，我們下一章再來詳談。總之，這時候頭中將的舉動是非常大膽的。

源氏和源典侍幽會的時候，頭中將偷偷潛入，甚至還裝模作樣地拔出刀來。源氏大吃一驚，源典侍面向頭中將合掌求饒。頭中將強忍著笑，出聲威嚇他們。源氏立刻認出是頭中將，伸手擰了他一把。之後兩個人像惡作劇一樣，笑鬧著打成一團，連衣袖都撕成碎片。

《源氏物語》通篇出現拔刀的場面，只有兩個地方，一個是這裡，另一個是源氏和夕顏在一起的時候，源氏對突然現身的妖靈拔刀。這真的是一部沒什麼「鬥爭殺伐」的故事，真的讓人覺得感動佩服。話說回來，頭中將的惡作劇還真不是普通的胡鬧。紫式部寫到這裡，自己一定也很樂吧。

當代引領風騷的兩位年輕貴公子，為了一個老女人爭風吃醋、大打出手。當然，寫這段的時候，紫式部或許也抱著開玩笑的心情；但是在她的分身之中，儘管年華老去、心態仍然年輕的「娼」的形象，這時候應該是大大地膨脹吧。

源典侍之後也經常登場，但源氏已經興致缺缺。不過，這部分就讓我們略過不談。

接下來是朧月夜。她也是位活得自由自在的女性。她是右大臣的第六個女兒，也是弘徽殿太后的妹妹。若是將來想成為皇后、最後成為國母，以她的條件來說是充分可能的。但是她的性格不允許自己照著當時一般的故事路線活。她想要自由地創造自己的故事。

朧月夜的登場風格，也是颯爽俐落。宮中的花宴結束後，夜深人靜，大多數人都已離開。源氏妄想遇見意中人藤壺，而徘徊不去。看見弘徽殿的小廂房開著，就推門進去。這時聽見「年輕嬌美的聲音」（〈花宴〉），低吟著「朦朧月夜世無雙」，走了過來。

心旌蕩漾的源氏一把抓住她。她雖然驚恐，知道是源氏以後，略感安心。心醉神迷的源氏覺得就此離去不免可惜，「女孩也少不經事，不知如何堅拒」，兩人就此結合。源氏問她今後該如何聯絡，女方怕日後麻煩，沒有留下名字。

這對朧月夜來說可是不得了的大事。因為她的父親右大臣、姊姊弘徽殿太后，都希望她能夠成為東宮（太子）的女御。發生了這樣的事，她「出人頭地的故事」將會破局。但是，她完全不在意這樣的事。之後她仍然貫徹對源氏的愛戀，機會來的時候（甚至甘冒巨大的危險），就與源氏密會。

那麼，她乾脆成為源氏的妻子不就好了？當然，她的父親右大臣也這樣想過，不過弘徽殿太后反對。我認為，恐怕朧月夜本身，並沒有這樣的念頭吧。

朧月夜想要的，是在「此世」成就「此世難得」的戀情。而且，她有足夠的堅強與能力來達成這個願望。這和夕顏是完全不一樣的。夕顏沒有這種力量。葵姬雖然類型截然不同，但她也是想要和源氏共有「此世難得」之戀情的人。不過葵姬在付諸實行的時候，受到「結婚」這種社會框架過度的束縛，而且不知道克服這束縛的方法。除了早早離開「此世」之外，她別無他法。

這樣想就可以明白，朧月夜並不期望和源氏結婚。她成為尚侍[16]，一方面備受天皇寵愛，同時又巧妙地排除萬難，私下和源氏保持祕密關係。

非常有趣的是，朱雀帝知道了朧月夜與源氏的關係，在心裡告訴自己：「如此才貌相當的兩人，心意相通也不奇怪」（〈賢木〉）。換句話說，他努力說服自己，默許他們的關係。

能夠讓天皇為他們設想，這兩人還真不是普通的人物。握有此世最高權力的天皇，默認了他們「此世難得」的戀情。不過，他們卻因此恃寵而驕，行為大意而失去了分寸。

源氏與朧月夜密會的時候，被她的父親右大臣發現了。盛怒之下，大臣告訴了弘徽殿太后。厭惡源氏到了極點的太后，再也無法忍耐，決定追究到底。源氏察覺後，自行退居到須磨。這是源氏一生中最大的危機。

對朧月夜來說，這也是極度困難危險的狀態。但她雖然也心情沉重，卻沒有因此一蹶不振，這就是朧月夜的個性。源氏出發前往須磨之前、源氏滯留須磨的時期，他們仍然互通消息。不僅如此，後來她又恢復了尚侍的地位，一如往常受到天皇寵愛，真是個了不得的人物。

源氏再度回到宮中之後的細節，我們省略不談。朱雀帝退位後出家，朧月夜也跟著出家。但值得注意的是，就在朧月夜出家之前，源氏又去找她。這兩人的關係，怎麼也切不斷。

源氏祕密造訪朧月夜的情形，〈若菜上〉一篇有極為詳盡的描寫。朧月夜雖然開口說：「都這種時候了，你還來！」，卻無法掩飾自己對源氏的愛戀。紫式部極其生動地描寫出她的這種樣貌。這時候源氏吟了這樣一首歌：

落水未識前車鑑，回身又入無底淵

這首歌充分表達了他的心境。雖然沒有忘記一度沉入須磨逆境的痛苦，卻又縱身躍入戀愛的深淵。儘管紫之上、朱雀帝、浮現在腦海裡的人壓得他們快要窒息，兩人還是跳了下去。但是，這一次沒有發生以前那樣的危險，因為他們的態度裡不再有傲慢。

朧月夜不久後就出家了；出家時，兩人之間仍然有消息往返。她可以說過了精彩的一生。對朧月夜而言，人生不冒險，便沒有活著的價值。就因為這樣，讓她自願站上「娼」的位置。因此，雖然她的人生布滿荊棘危險，卻明亮、開朗而有趣。而這也是因為她具有敏銳的現實感與強韌的心智，使她總是能夠與源氏、朱雀帝之間，保持適當的距離。

紫式部描寫了自己做為「娼」的種種分身。在寫到朧月夜的時候，必定也樂在其中吧！

註釋

1 原註：池田亀鑑・秋山虔「解說」『枕草子・紫式部日記』日本古典文 大系19 岩波書店 一九七四年

2 譯註：「越後守」是古代日本行政地區「越後國」的長官，「正五位下」是官階的名稱。

3 譯註：「家集」是王朝時代收集個人或家族創作的和歌，集結成冊的歌集。

4 譯註：《尊卑分脈》是日本早期的譜系圖、家譜集，完成於室町時代。

5 譯註：「酸的東西」和「風流好色的人」，當時的日文都說成「すきもの」。

6 譯註：日文的「水雞」（クイナ）指的是一種居住在水邊的鳥，自古以來就認為其啼鳴很像敲門的聲音。

7 譯註：大貳三位（本名藤原賢子）是平安時代中期著名的歌人，被稱為女房三十六歌仙之一。「三位」是官階的一種。

8 譯註：「更衣」是平安時代后妃的一種。原本是服侍天皇更衣的女官，後來也開始侍寢，地位在嬪、女御之後，通常被授予四位或五位的官階。

9 原註：Aileen Gatten, "Death and Salvation in Genji Monogatari", *Michigan monograph series in Japan studies, No.11*, Center for Japanese Studies, Univ. Michigan 1993.

10 原註：阿尼瑪來自榮格（Carl Gustav Jung）的心理學思想，是男性的「靈魂的意象」，大多呈現為女性的形象。請參閱河合隼雄《榮格心理學入門》（『ユング心理学入門』培風館　一九六七年　岩波現代文庫　二〇〇九年）。

11 譯註：「雨夜的品定」是指五月的一個下雨的夜晚，源氏和頭中將等人聚集在一起，品評所認識的女性的場面。

12 譯註：平安時代的貴族，男女共度一宿後，男方寄給女方的信稱為「後朝之文」（後朝の文）。男方愈早寄出，就表示用情愈深。

13 譯註：日文「夕顏」指的是瓠子（葫蘆），白色的花開在夏季傍晚，於翌日午前凋零，故名。

14 譯註：作者在這裡似乎有筆誤。原著中惟光說的是，女主人似乎有在宮裡服務的姊妹。

15 譯註：在他們兩人到廢棄的宅院幽會之前，源氏造訪夕顏的時候一直是蒙面的。

16 譯註：日本平安時代宮中女官的一種，常侍天皇左右，處理奏請、宣達等事務。有時亦成為妃的一種，地位在「更衣」之後。

| 第四章 |

光的衰芒

在前一章中，我們將圍繞在光源氏身旁的女性群像，視為作者紫式部的分身來解讀。我們依序討論了「母親」、「妻子」、「娼婦」，接下來只剩「女兒」。討論完「女兒」，紫式部內在世界的曼陀羅就可以算是暫時完成了。

但是，在紫式部的寫作過程中，發生了她意想不到的事情。書中人物源氏開始擁有某種程度的自主性，自己動了起來。他不再完全聽從紫式部的操控。

雖說源氏自己動了起來，紫式部當然還是有她的意圖，故事的進展變得不再單純。正因為如此，《源氏物語》這部作品，也就愈來愈有趣。所以，用單層的結構來呈現這個故事的樣貌，也變得不可能了。

而不可思議地，就在源氏開始自主地行動時，他的「光芒」也逐漸衰退。讓我們把這一點放在心上，繼續思考。

1 由外而內——光源氏的變貌

如前所述，我認為紫式部開始撰寫《源氏物語》的時候，最關心的是她的內在世界。光源氏並不具有做為一個「個人」的人格性。

我們可以大膽推測，原本紫式部構想《源氏物語》的方式，和更早出現的《伊勢物語》與《平中物語》一樣——作者讓一個「男的」登場，將眾多短篇故事以合輯（omnibus）的方式編集在一起。

在《伊勢物語》中，說得極端一點，這個「男的」的角色是業平（《伊勢物語》男主角）也好、不是業平也好，都沒什麼關係。這部作品的目的，並不是要描寫歷史上實際存在的某個個人。作者只是透過以一個「男的」為中心來說故事，讓這些故事具有某種一貫性或整體感。描寫的對象不是一個「個人」，而是我們從作品整體感受到的「喜好情色」這件事。

同樣地，《源氏物語》想要寫的，並不是光源氏這個個人。本居宣長（江戶中期的國學者）認為它想說的是「物之哀」[1]。換句話說，他認為主人翁並不是光源氏。

如前所述，筆者也認為光源氏並不是這本書的主角。毋寧說，紫式部為了描述自己的內在世界，才設定了他的存在。和《伊勢物語》等前人的作品一樣，這個人物其實稱之為「從前有一個男的」也無妨，只是可有可無地給他「光源氏」這個名字而已。

在閱讀《源氏物語》開頭的幾篇，比方〈空蟬〉、〈夕顏〉、〈若紫〉、〈末摘花〉的時候，完全就是這樣的感覺。出現在這裡的光源氏，並不具有做為一個「人」的厚度與深度。但是，隨著故事的進行，特別是到了〈須磨〉，他的樣貌開始改變。

不知恐懼為何物的男人

如果我們把〈須磨〉之前的光源氏看做是真實的人，那麼他可以說是名符其實的「不知恐懼為何物的男人」。他的所作所為實在是胡來。就算制度上允許一夫多妻，他也是過於無法無天。當然，就像先前所說的，如果我們不要把他視為一個具體的人格，而看做是一種寫作的手法，或許可以接受。但是，假使我們將他當做一個具體的人物，那他真的是不知恐懼為何物。

第一次接觸空蟬的方式，根本是霸王硬上弓。明知道認錯人，還是和軒端荻發生關係。為了接近空蟬，把她的弟弟小君當做手段，和他發生男色關係。和夕顏熱戀期間，沒忘了去找六条夫人，心裡還惦念著空蟬。雖然為夕顏的死悲傷，馬上又被年幼的紫之上所吸引，也和藤壺幽會。

接著，末摘花出現，還有與源典侍的戲耍。然後，他遇到了朧月夜。這時候，光源氏說了一番讓人印象深刻的話。在弘徽殿的小廂房，被抓住衣袖的朧月夜驚呼：「呀！嚇死人了！這誰啊？」源氏告訴她，沒什麼好怕的，贈給她一首歌，將她抱入廂房裡，關上了門。對著害怕得發抖的朧月夜，源氏接下來所說的話，令人印象深刻：

> 我啊，不管做什麼，大家都容許的，你叫人來也沒用。還是安靜些吧！（〈花宴〉）

源氏大言不慚。但是「不管做什麼，大家都容許」，也實在過於傲慢。即使是不知恐懼為何物的男人，達到傲慢的頂點時，也只能準備迎接最大的危險。

「不管做什麼，大家都容許」，這份志得意滿，表示他忘了，有一個眼裡容不下他的人──弘徽殿太后的存在。實際上，當他和朧月夜的密會被右大臣撞見、告訴弘徽殿太后，源氏遭遇了生涯最大的危機。這時候開始，光源氏才認識到什麼是恐懼。

西方人中（就算不是西方人），說到不知恐懼、與許多女性發生關係的男人，讓人立刻聯想到的，應該是唐璜吧。和他有過關係的女性，名字可以編成一本目錄。即使讓女性們陷入不幸，他也毫不在乎。

唐璜和源氏有幾個共通點：不知恐懼為何物、缺乏罪的意識、傲慢的頂點成為他們落馬的關鍵。唐璜以為石像不可能走路，故意邀他來晚餐，沒想到石像竟然動了。源氏以為所有人都容許他胡作非為，但就是有人無法原諒他。

於是，唐璜不得不墜入地獄，源氏被迫退居須磨。但是，源氏並沒有下地獄。從須磨他轉往明石，不僅在那裡邂逅明石君，後來還被赦免、回到京都，最後達到榮華富貴的極致。

許多西方人對這一點感到強烈的不滿。如果以唐璜做為參考的基準，那麼源氏的故事的確沒有完結。不僅如此，厭惡源氏的日本人也不少。但是，唐璜的故事和《源氏物語》，不但想說的事情不一樣，作者對於作品的態度，也有微妙的不同，兩者無法單純地做比較。所以我認為，責怪光源氏沒有罪的意識，非難《源氏物語》把女性當成蠢蛋，並沒有太大意義。

在心裡感受到衝突與痛楚的真實人類

接下來要說的，純粹是筆者的推測。

一開始紫式部想寫的，可能是像《伊勢物語》或《平中物語》那樣的故事。那時候，說不定並沒有〈桐壺〉這一篇。「只有名字重要」的光源氏雖然出現在各個篇章裡，但是那和「從前有一個男人」的「男人」並沒有什麼兩樣。

只要通篇都有一個男人出場就好，不一定要是「同一個人物」。雖然每個故事都很重要，但作者並沒有透過作品整體，形塑一個人物形象的意圖。

「從前有一個男人」這種說法，讓人想起「從前、從前」這種民間故事的固定的開頭形式。「物語」這種文學形式的基礎來自民間故事，這一點應該是公認的；它對人類的重要性也是大家都知道的事。大概沒有一個文化沒有民間故事。

人沒有「故事」是活不下去的。為了修整每天的經歷，讓它成為我們內心可以接受的型態，人需要「故事」。在這些「故事」之中，最能引起大多數人們共鳴的，就變成「民間故事」流傳下來，它們是沒有作者的。民眾的心就是作者。從外在現實來看，民間故事充滿了不可能、甚至是荒誕無稽的情節，但是因為其內在普遍性，它具有長久留存的價值。

民間故事的特徵之一，就是幾乎不談登場人物的情感。舉例來說，〈沒有手的少女〉這個西方和日本都有的民間故事，並沒有敘述少女的手被砍下來時的疼痛或哀傷。近代小說將登場的人物視為一個一個的「個人」，但這些從人類心理的深層產生出來的民間故事，其中出場的人物代表的是人類內心深處的某種面向或傾向。因此，故事情節不顧人物的個人情感，逕自進行。

以近代小說為範本思考的人，會認為民間故事平板單調，但這個想法是錯的。從整體來看，民間故事的內容巧妙地說出了人類的深層心理。所以，過去筆者一直專門以民間故事做為論述的對象。

相對於口述口傳的民間故事，透過文字留下來的「物語」開始有了微妙的不同。但是，它仍然和近代小說不同。和民間故事比較起來，「物語」可以看出文學上的考量，登場人物也不像民間故事那樣情感被抽離，而比較有血有肉。但「物語」中看不到形塑一個一個登場人物的意圖。因此，以文字書寫下來的「物語」文學，可以視為介於民間故事與近代小說中間的文類。

雖然「物語」的登場人物不像民間故事那麼平板，但不可否認，它具有某種程度的類型化。而且比起各個人物的性格、形象，鳥瞰「物語」的整體，更能夠理解其故事所要傳達的訊息。

至於近代小說，首先作者就已經是個「個人」的存在。作者在構築作品的虛構世界時，登場人物會以某種自主性擅自行動。如果作者沒有感受到這種經驗，那麼該作品就不能算是真正具有創造性的作品。如果故事完全照著作者的意圖發展、完結，那只不過是「編故事」，無法稱為文學作品。只有當作品中人物的自主行動，和作者的意圖交融交錯，才能夠完成意義深遠的作品。

如前所述，紫式部為了要描述她內在的「女人的世界」，才設定了光源氏這個「男的」的角色。本來這個設定一直進行得很順利，但因為紫式部的天才，發生了類似近代小說的事情——應該只是個「男的」的光源氏，開始做為一個「人」自主地動了起來。

一旦如此，其他的登場人物也開始有了自主性，故事的發展就很難照著紫式部最初的構想進行，不過她還是勉力讓故事完結了。由於這種種動力的交錯影響，《源氏物語》和其他王朝物語比起來，具有出類拔萃的深度，成為傑出的文學作品。

那麼，光源氏是什麼時候開始像「人」一樣地行動？我認為那是在〈須磨〉以後的事。我們可以說，源氏在須磨與明石體驗到的危機（稍後將詳述）是一個契機，但在那之前，紫之上的登場具有重大的意義。

在眾多登場的女性中，紫之上占有特別的位置。這一點我們在本章的最後，還會詳細討論。故事一開始登場的女性們，有的雖然後來再度出現，但以故事整體的格局來說，只是短暫的重逢。相較之下，源氏和紫之上的關係持續很久，對她的感情也一直沒有改變。

當我們描寫持續的人際關係時，其中的人物必定會開始具有各自的「人格」。而用個有趣的方式說，將原本做為「便利屋」登場的光源氏養育成「人」的，就是紫之上。

〈明石〉一篇中，源氏造訪明石君的時候，最初就像先前「從前有一個男人」的模式。可是離開明石君之後，源氏開始惦念起紫之上。

源氏心想：「倘若這事隨風傳到二条那人兒的耳裡，就算是戲言也要覺得我有所隱瞞。要是她因此覺得不悅，我該有多痛苦、多丟人啊」（〈明石〉）。不論如何，這件事得由自己說予她知道。於是寫了一封長長的信，在信的最後，若無其事地為自己辯解。這封信我們先前已經引述過；在這裡，源氏流露出人性的情感。

源氏說他回想起自己「不知恐懼為何物」時種種無法無天的行為，想到紫之上因此而嫌惡自己，就心痛如絞。換句話說，他已經不再是「不知恐懼為何物的男人」了。才剛這樣說，卻又告白自己無來由地做了場「子虛烏有的夢」，不愧是他一貫有的油嘴滑舌。不過他立刻辯解，希望她知道自己那毫無遮掩的心，對她用情有多深。

也就是說，源氏在這裡已經成為一個能夠感受到矛盾與痛苦的、有血有肉的人。他已不再是隨著作者想法起舞的傀儡。當然，這裡面仍然有作者的意圖，但之後的故事，在作者與文中人物交互作用下，變得愈來愈具有深度。

面對「中年危機」

就光源氏這個人物而言，〈須磨〉的經驗成為他人生的轉機。要是處理不當，他的人生說不定就此毀滅。但是在各種好運的作用下，他不但沒有毀滅，反而比以前更上一層樓，在此世極致的榮華富貴中度過餘生。雖然這部「故事」的焦點，並不是放在他地位的攀升。

瑞士的分析心理學家榮格，早已指出中年在人生中的重要性。他最早注意到的是——地位、財產、能力都無可挑剔的人，站在人生的頂點時，卻因為思索「人從哪裡來？要往哪裡去？」這種本質性的問題，而面對深刻的危機。簡單地說，過去人把焦點放在「要如何活著」，如今不得不把焦點移向「該怎麼死去」。

即使有些人的中年危機，看起來像是意外或生病等外在因素所造成，但其實大部分都與前述的內在狀況相呼應。關於中年危機，我在其他場合已有相當多的討論[2]，這裡就不再贅述；不過，且讓我們以中年危機的觀點，來思考源氏的須磨經驗。

源氏謫居須磨的時候，是二十六歲。或許有人會覺得，那應該算是青年時期。但是他十二歲就結婚，當時已經是大將的地位，考慮到那個時代人的壽命，二十六歲稱做中年並不為過。照著這樣走下去，他無疑會攀上極致的地位，當然也有可觀的財產。源氏和理想中的妻子紫之上感情很要好。不僅如此，還有許多女性任他予取予求。一切都順心如意。但這正是中年危機來襲的時候。

如前所述，「我啊，不管做什麼，大家都容許的」這種傲慢為源氏招來了危機。但面對危機的時候，源氏採取的態度非常恰當。他沒有戰鬥，也沒有辯解，而是選擇了悄然身退。

觀察源氏面臨謫居之時，特意去拜訪辭別哪些人，以及謫居須磨之後，哪些人和他保持聯絡，是一件有趣的事。我們可以看到，源氏的心和這些人關係的深度。人往往要到身處逆境的時候，才會接觸到人世間真實的一面。在這之前，源氏的生命態度是不斷向外在世界擴張的；而此時開始，他才懂得向內探索自己的世界之意義。從這一點看，可以了解他的「須磨經驗」有多麼重要。

不同於從前，情況有了急遽的變化。「座前人跡渺」的寂寥，須磨的憂愁日子，紫式部描寫得非常生動。當所有人都靜靜地睡著了，只有源氏睜著眼，聽著風與浪的聲音，暗自流淚。要不就是獨自一人弄琴，寫歌。

經歷過中年抑鬱的人，讀到這裡一定很有共鳴吧。值得注意的是，源氏畫了許多畫。或許光是用言語，無法表達他的心情；他有許多感覺，只有透過繪畫才能表現。他也自號「釋迦牟尼佛弟子」，時常誦經。

遠離京都熱鬧奢華的生活，在這樣的地方，佛的教誨相當程度地進入他的心裡。上述的這些事情即使到了現代，對於克服中年危機來說，還是有相當的意義。他的這種態度，為他接下來意想不到的發展，做了準備。

在謫居須磨期間所發生的事之中，頭中將（這時候已成為宰相中將）的來訪，特別值得一提。當所有人都因為畏懼弘徽殿太后與右大臣的淫威，不敢和源氏聯絡的時候，頭中將卻心想「就算世人非議，就算因此入罪，那又如何」，特地跑到須磨來。

這件事如實顯示，他們兩人既是競爭對手，同時也是情感很深的朋友。稍後我們還會談到，頭中將雖然經常為了某些事情和源氏針鋒相對，但根本上，他們的友情建立在深刻的信賴之上。這次不顧危險的來訪，描寫得十分動人。

此時雖然是源氏極度失意的時期，但他卻在這時候認識了明石君，還生了一個對他此後的人生來說非常重要的女兒。而且不久之後他就獲得赦免，得以回京，命運快速地好轉。〈明石〉這一篇的特徵，就是有許多關於夢，或其他類似的敘述。讓我們看看其中幾個例子。

首先，源氏夢見了父親。已故的桐壺帝出現在夢裡，要他「遵循住吉神的引導，離開這海灣」。接著明石入道也做了夢，一個樣貌奇特的人告訴他：「在十三日準備好船隻，划到（源氏所在之）海灣去。」另一方面，朱雀帝也夢見桐壺帝。在桐壺帝的瞪視之下，兩人目光相對，結果朱雀帝得了眼疾。因為這個夢，朱雀帝決定赦免源氏。也就是說，源氏與明石君的相逢、他的被赦免與回京，這些重大的事件都是經由夢安排的。

現代的理性主義者，或許會覺得這種事愚蠢至極，只不過是紫式部為了寫作的方便，任意地利用夢來製造故事的轉折。但是，筆者見過許許多多深陷嚴重「中年危機」的人。他們之所以能夠克服人人都覺得無比艱難的危機，與其說是因為當事人的努力，更多時候是因為這種偶然或是奇遇。由於筆者太清楚這種事了，紫式部的洞察令我不禁嘆服。當然，在這裡。夢也扮演了重要的角色。

不和命運戰鬥，就這樣接受命運，放棄有意識的努力，只是畫畫。當「時機」到來，有意義的偶然隨之發生，世界也跟著敞開。我認為，這種事從古時候到現在，都沒有改變。只是，現代人大多沒有注意到這樣的現象。

夢在王朝物語中扮演了很大的角色。比方《濱松中納言物語》，幾乎可以說是透過夢展開的故事。相較之下，《源氏物語》中夢的出場可以說是少的。這當中值得注意的，是預言性的夢集中出現在〈明石〉一篇。

從這一點看，可以想像紫式部對於夢的功能，應該是有相當清楚的了解。還有，朱雀帝夢見父親，感到害怕。再加上那一晚雷鳴電閃、風雨交加，朱雀帝認為那是父親意志的顯現，但弘徽殿太后則表示：「降雨亂空之夜，乃尋常事。輕鬆以對，毋須驚慌。」告誡他不要為了過度的想像，而有輕率的舉動。即使是面對這種理性的判斷，紫式部的心態也是開放的。不乏理性判斷，又能集中描寫對於克服「中年危機」來說意義深遠的夢，果然了不起。

在克服中年危機的過程中，有許多時候可以看到關於未來意想不到的展望之徵兆。源氏和明石君結合，明石君懷孕，生下後來成為皇后的女兒，穩固了源氏政治上的地位。雖然說養育源氏「人格」的是紫之上，但源氏擁有自己的女兒這件事，也成為他日後做為具有「人格」的人，行動的原動力。

我們在談論「妻」的時候，已經有探討過明石君，這裡就不再贅述。源氏在這段中年危機的期間，體驗到了明石君與紫之上之間的矛盾衝突，後來因為回京，與明石君分離，為明石君留下了哀傷。因此，雖然他在京都的生活又再次順利展開，但是他為人處事的態度，和過去已經有相當大的改變，這一點我們必須注意。

2 與「女兒」的關係

紫式部以「母」、「妻」、「娼」順次描繪自己分身的女性像，最後只要再描寫「女兒」，她的曼陀羅就可以算是暫時完成。原先紫式部的計畫，很可能是用六条夫人的女兒前齋宮（秋好中宮）以及明石姬（明石君的女兒）的故事，來結束整部《源氏物語》。當然，這只是推測。後來出現的玉鬘，其實也可以安排她類似秋好中宮的故事。但就如前述，源氏超越了作者的意圖，開始自主地行動。因此出人意料地，源氏和玉鬘發生糾葛，故事又有了衝擊性的樣貌。

源氏想要擺脫作者的控制，作者則想貫徹自己的意志。在講到女三宮的故事時，也某種程度地發生了這樣的情形。因此，從〈玉鬘〉到〈若菜下〉之間，這部作品似乎脫離了「物語文學」，而讓我們感受到近代小說似的趣味。總之，接下來讓我們依序看看源氏的「女兒」們。

掌握在父親手裡的「女兒的幸福」

做父親的，總是希望自己的女兒幸福。這要說是當然，也是理所當然，但是這個願望之中，往往夾雜著父親自己本身的幸福。因為當時的人重視「孝」的觀念，女兒為了父親的幸福鞠躬盡瘁，恐怕是被視為理當如此的事吧。

源氏想要將明石姬嫁入東宮（許配給太子），或許也有希望女兒幸福的想法，但最主要的考量，還是確立自己政治上的權力。那麼，對於六条夫人的女兒秋好中宮，源氏的想法又是如何呢？他們之間雖然可說是繼父女的關係，但是源氏對她卻產生了曖昧動搖的心情。

源氏從須磨回到京都的翌年，朱雀帝讓位給冷泉帝。任誰都感覺得到，源氏權傾一朝的時代即將到來。就在這個時候，伊勢神宮的齋宮[3]交替，六条夫人帶著她的女兒前齋宮（秋好中宮）回到京都來。

源氏雖然送了禮，表示他對六条夫人的情誼並沒有斷絕，但對於是否要和她回復從前的關係，其實是很遲疑的。就在這時候，六条夫人生病了，而且突然出家。源氏既驚訝、又婉惜，拜訪了她在六条的宅邸。

源氏熱情地表達自己的感情絲毫未變。六条夫人表示感謝，同時請求源氏照顧自己女兒的將來。但是她也不忘叮嚀源氏，不要把她的女兒當做男女關係的對象。聽了這話，源氏回答：

「經此數年，已凡事變得謹慎。如你所說，似乎我臉上還留著從前的好色心，真令我意外」（〈澪標〉）。源氏沒有意料到六条夫人會對他說這樣的話，顯然有點難過。

源氏說到了這個年紀，萬事都知道分寸了，應該是暗示他謫居須磨的經驗吧。然而，吃過苦、現在有了分寸，不再有從前那種輕浮的好色心——這樣的斷言，其實是為後來秋好中宮與玉鬘的故事，所埋下的伏筆。人斬釘截鐵地表明什麼態度時，通常內心都有相反的東西在蠢動。

接下來的文章，已經開始描述源氏的心猿意馬。和六条夫人說話的同時，心裡卻想著要看看她女兒（秋好中宮）的長相。不過想到做母親的六条夫人才剛說了那麼慎重的話，才打消這個念頭。

數日後，六条夫人過世了。源氏以最大的誠意，盡心盡力安排她的法事。然而與六条夫人的女兒來回通信的時候，又忍不住想「如今不論有什麼想法，都可以同她說了」。但想起六条夫人交待他的話，隨即控制住自己。最後源氏和藤壺商量，讓前齋宮成為冷泉帝的中宮（皇后）。

從做女兒的角度，怎麼看這些事情呢？這女孩幾乎完全無法照著自己的意志行動。一切都掌握在「父親」源氏的手中。

舉例來說，要是源氏的好色心更強一些，「不論有什麼想法，都可以同她說了」，這女孩還有什麼路可以走？結果，最後靠著「父親」的自制、判斷，以及政治勢力，她獲得了中宮的地位，得到做為「女兒」的幸福。能不能得到幸福，完全看「父親」的決定——做為自己的另一個分身，紫式部描寫出這樣的「女兒」的樣貌。

父親照顧女兒的努力，在〈繪合（賽畫）〉一篇中達到頂點。一直以來，在各方面競爭的源氏與頭中將（這時候官拜權中納言），在這裡也各自為了女兒的事劍拔弩張。

冷泉帝喜愛繪畫。兩位女眷，弘徽殿女御（權中納言之女）與秋好中宮，因此以畫爭寵。正在兩人互別苗頭、難分軒輊的時候，源氏謫居須磨與明石時期繪製的圖畫日記，成為決定性的因素——秋好中宮獲得了勝利。「女兒」接受父親的幫助，但是成為助力的畫，卻是父親失意的時候繪製的。世事的因果，實在是難以預料。

說到命運為「父親」所掌握，源氏的親生女兒明石姬更是如此。她完全無法反抗父親，徹底照著源氏的意思行動，而得到了幸福。

以某種意義來說，她被描寫成典型上流貴族的「女兒」。在這裡幾乎沒有任何迷惘或不安，只要安心地沿著父親規劃好的路線前行即可。這樣的「女兒」像，也是紫式部的分身之一。

明石姬忠實地順著「父親」的意思，嫁入東宮（太子），十三歲生下若宮。當她的丈夫繼承帝位的時候，若宮也成為太子。自己成為中宮（皇后）後不久，養母紫之上過世時，她隨侍在側。源氏死後，為了祈求源氏與紫之上的冥福，她主辦了盛大的法會，誦讀稱讚全部八卷法華經（〈蜻蛉〉）。換句話說，她充分盡到做為女兒的職責。所有行為都體現父親的意志，自己獲得幸福，也為了父親的幸福鞠躬盡瘁。可以說一切都無可挑剔。

如果說她的一生有過痛苦，那就是三歲被送做紫之上養女的時候。〈薄雲〉中描述她在懵懵懂懂的狀況下，被迫與母親分離、坐上了車子，途中不覺睡去，並沒有哭。一直到醒來後找不到母親，才低聲啜泣。後來雖然也時常為了找不到母親而流淚，但終於和紫之上變得親近，也習慣了新的生活。運氣不好的話，養女很可能變得不幸的；但是因為她自己的人品性格，以及周遭人的悉心照料，她的命運轉為幸福。

明石姬的一切，都是幸福的。但是在幸福的人的影子下，必定有人為了她付出代價。她的親生母親明石君，因為放棄自己的女兒而痛苦；而必須養育其他女性與丈夫所生下的女兒，紫之上心中必定也有深深的苦惱吧。不過，這一點我們稍後談紫之上的時候再來討論，這裡暫時只論及「幸福的女兒」之形象。

令人放不下的女兒

我想很多人會不贊同我把朝顏分類為「女兒」。雖然朝顏的年齡無法確定，但是在〈帚木〉一篇中曾經簡短地提到，源氏寫了歌，連同牽牛花[4]一起送給她的事，所以他們年紀應該差不多。儘管如此，我仍然把她歸類為「女兒」，是因為她面對源氏屢屢的求愛，一貫堅守

「女兒」的立場。而且我認為，她的存在方式，可以延伸到玉鬘的生命態度。

先前我們提到，明石姬可以說是「物語」中女兒的典型，也提到與她類似、同時卻有一些相異之處的秋好中宮。然而在故事進展到玉鬘之前（玉鬘對源氏來說，或者對紫式部來說，扮演了重要的角色），還需要另一個「女兒」的形象做為中間點，那就是朝顏。或許正因為如此，〈朝顏〉一篇剛好被放在秋好中宮與玉鬘故事的中間。

朝顏這個名字，當然是紫式部在意識到夕顏這個角色之下命名的。夕顏接受了光源氏疾風迅雷的愛，卻彷彿遭到雷擊般早夭。相反地，朝顏被描寫為具有強大精神力量的女性，自始至終拒絕源氏激烈的求愛。

話雖如此，紫式部在〈帚木〉中短暫提到朝顏的名字時，是否已經構想了後文第二十篇〈朝顏〉的發展？筆者認為應該是沒有。就算她原本就打算講朝顏的故事，應該也是安排在〈空蟬〉、〈夕顏〉、〈末摘花〉等等系列中之一吧。但是正如前述，須磨時期之後，源氏的性格產生了改變，我認為〈朝顏〉一篇是因應這樣的改變而產生的。

當然，關於這方面，我們應該虛心聆聽專家的意見。不過筆者從心理上的觀點推測，雖然從整體來看，《源氏物語》呈現精彩的「構圖」，但我認為紫式部並非從一開始寫作的時候，就已經有了現代人觀念下的那種「構想」。她只是寫下從她的人生過程與「故事」的自主性交織之中自然產生的東西，結果形成了精彩的圖像。

以這樣的觀點來看，〈朝顏〉一篇實在非常有趣。最初源氏登場的時候，只是扮演紫式部各種分身的對手，並沒有所謂的人格；但是在謫居須磨的機緣下，開始擁有自己的人格。具有人格的源氏，心裡開始有煩惱、有矛盾衝突，另一方面卻愛上秋好中宮與玉鬘等等，自己的「女兒」們。

源氏與年齡差異幾乎可以做父女的女三宮結婚，也是這條故事線的延長。而朝顏就算不是他的初戀，也是和他的青春時期不可分割的戀人。當源氏晉升為從一位（官階名）的內大臣之後，想要重溫過去，也付諸行動。但重要的是，源氏和秋好中宮、朝顏，以及玉鬘的戀情，全部沒有達成。雖然和女三宮結婚了，但對源氏來說那是通往決定性悲劇之路。

為什麼源氏一直被這樣的女性吸引？以他當時的地位與財力，要是像須磨之前那樣到處拈花惹草，大多數的女性都會任他予取予求吧。

擁有自由意志之後的源氏，選擇的都是不服從他的女性，這一點讓我們彷彿看到人生的弔詭。或者應該這樣說——隨著源氏開始像真實的人那樣，違反作者的意圖，自己行動，故事中的女性們，也開始擁有自己的堅強意志。

上述這些擁有堅強意志的女性們，其實有幾位前輩先驅。那就是空蟬與藤壺。她們以堅強的意志拒絕源氏的接近，只允許了一次的關係。相對地，玉鬘們則從頭到尾拒絕了這樣的關係。

我們也可以說，隨著作中人物源氏開始自主地行動，作者紫式部也在故事的鍛鍊下擁有了自主性。人類自我實現過程的有趣之處，在這裡可以看得很清楚。因為自己與自己內在世界人物的關係，自我實現得以向前進展。

那麼，讓我們來看看源氏與朝顏之間，到底發生了什麼事情。雖然詳細描述朝顏故事的，是第二十篇的〈朝顏〉，但〈帚木〉（第二篇）、〈葵〉（第九篇）、〈賢木〉（第十篇），也都曾提到她。這顯示出，她是源氏始終放不下的女性。

然而，她看到六条夫人的樣子，便堅定地下了決心，絕對不要重蹈她的覆轍，對於源氏的追求，不為所動。源氏寫歌給她，她也作歌以答，不過僅止於此。雖然認同源氏是個了不起的人物，但情色愛戀則敬謝不敏。後來她擔任朱雀院的齋院[5]（〈賢木〉），更是斷絕了男女關係的可能，不過還是和源氏保持書信往返。

弘徽殿太后和她的父親右大臣知道朧月夜的事件，計謀讓源氏失勢的時候，得知擔任齋院的朝顏和源氏之間互通消息的事實，說源氏「連齋院都出手相犯，竊以書信往返」而怒不可遏（〈賢木〉）。對現在的人來說，不過是通個信，哪有什麼大不了，「出手相犯」是相當嚴厲的說法。

朝顏退去齋院的職務後，和阿姨女五宮（葵姬母親大宮的妹妹）同住在桃園的宅邸。〈朝顏〉一篇就從這裡開始。源氏藉口拜訪女五宮，實則是為了接近朝顏。女五宮欣賞源氏，甚至若有似無地要將他們送作堆。但不論源氏如何熱心說服，朝顏始終不為所動。

先前的源典侍如今出家為尼，也住在桃園宅邸。紫式部讓她不經意地露面，實在是構思巧妙的插曲。雖然像是舞台劇幕與幕之間串場的插科打諢，卻有著要源氏領悟自己「已經不再年輕」的寓意。儘管如此，源氏還是意氣用事地死纏爛打，但朝顏明確拒絕，源氏也不得不認輸。

這時候，風聲傳到紫之上耳裡，讓她痛苦不已。源氏知道以後，半騙半哄地要她別擔心。兩人閒聊的時候，源氏想起已逝的藤壺，稱讚她的了不起，甚至說「這世上再也沒有那樣的人了」。源氏當然一向對任何人都隱瞞自己和藤壺的事，但聽了這話的紫之上，不知做何感想？

那天夜裡，藤壺來到源氏夢中責怪他，明明說好不跟任何人講起他們之間的事，如今又說溜了嘴。源氏驚醒，回憶起藤壺來。

紫式部讓〈朝顏〉一篇在這裡結束，實在是妙筆。年過中年卻青春返照的源氏，想要追尋年輕時的戀情，反而意識到自己的年齡。人在這種時候意志變得薄弱，想要追尋內心的寄託，卻遭遇意想不到的失敗。

以源氏的心境來說，可以依賴的畢竟是紫之上，內心的支撐則是藤壺。因為意志的軟弱動搖，而對紫之上說了不該說的話——雖然只是很表面的閒談。源氏的光芒就這樣一點一點地衰退下去。不過，他的地位倒是愈來愈提升。

戀心與自制心

源氏用對待「女兒」的態度，成功地將六条夫人的女兒送上中宮的地位。但源氏其實無法完全割捨對這個「女兒」的好色心，這一點我們已經提過。然而讓源氏感受到更強烈矛盾的「女兒」，令人完全意想不到地出現了。那就是玉鬘。

〈玉鬘〉一篇從這樣的敘述開始：

雖年月已逝，捨亦捨不去的夕顏，絲毫無法忘記。即已閱盡人心種種，「要是她還活著該有多好！」心中徒有悲傷惋惜。

不管經過多少歲月，還是無法忘懷夕顏。雖然已見過各式各樣的女性，最遺憾的還是夕顏不在。夕顏如曇花一現般逝去，但她的靈魂卻一直活在源氏心中。當樣貌神似的玉鬘（夕顏的女兒）出現時，源氏當然不可能平靜。

頭中將與夕顏所生下的玉鬘，因為夕顏驟然死去，從小就跟著乳母住在筑紫。長大成人後，肥後的土豪前來求婚，她在乳母們的機智下順利逃脫，回到京都。

夕顏的乳母有一個女兒名叫右近，夕顏死後，源氏安排右近服侍紫之上。因為同樣參拜長谷觀音的機緣，右近遇到了玉鬘和她的乳母。聽到右近報告遇到夕顏女兒的事，源氏立刻安排要接玉鬘到他身邊來。源氏告訴右近，自己子嗣不多，既然發現了夕顏的女兒，希望能撫養她，就讓旁人以為自己找到了親生子女。事情進行得相當順利。照理說，玉鬘應該要投靠親生父親頭中將（這時候是內大臣），結果卻變成由源氏照顧，事情變得錯綜複雜。

以下是筆者的推測（或許更接近想像）——故事發展到這裡，就算源氏內心多少會經驗到一些衝突矛盾，但紫式部說不定是想要藉著玉鬘的出現，來完成圍繞著源氏的「妻子」、「母親」、「娼婦」、「女兒」的曼陀羅。

然而，作中人物源氏開始頑固地主張自己的意志，對玉鬘的迷戀怎麼也斬不斷，結果紫式部只好加一把勁，讓性格與源氏正相對比的夕霧登場，好不容易才把故事收尾。因此，俗稱的「玉鬘十帖」[6]，呈現出類似近代小說的樣貌，變得非常有趣。

夕霧在這裡登場，大大地為故事增加了厚度。而〈少女〉一篇出現在「玉鬘十帖」之前，更具有深刻的意義。

下一章我們將會談到，夕霧與雲居雁的戀愛，和源氏與玉鬘之間的關係，恰好形成對照。玉鬘的故事進行的期間，一直有夕霧的戀情這條伏線。因此在這個故事裡，在父・女動態的主軸之上，有父・子的互動，再加上源氏與頭中將、紫之上與玉鬘的競爭關係，描繪出宛如近代小說的人物樣貌。

讓我們來看一下故事的發展。聽到右近報告之後，源氏決定接引玉鬘，並且將她託付給六条院的花散里。花散里毫不遲疑地接受了源氏的託付。她實在是不二的人選。花散里完美地和「主婦」的角色合而為一。

源氏見到玉鬘，為她的美怦然心動。源氏告訴紫之上玉鬘的美麗，還說如果讓她住下來，必定會引來好色者聚集，自己還真想看看那幅景象。他又說，剛遇見紫之上的時候，如果有現在的玩心，說不定也會這樣安排。但是自己娶了紫之上為妻，沒能看到那麼有趣的事情。

紫之上聽到源氏那麼露骨地稱讚自己是美人，又害羞又高興，漲紅了臉。但同時，她也感受到源氏不知不覺中流露出的心意：「想要讓玉鬘也成為紫之上一樣的身分」。事實上，源氏的想法愈來愈往那個方向偏去。

和玉鬘見面的時候，源氏發現她雖然面貌神似夕顏，性格上卻有些不同，並且告訴紫之上自己的觀察。與夕顏比起來，玉鬘比較開朗，不會讓人感覺不安。

這是理所當然的。玉鬘繼承了父親頭中將的血液，而頭中將是個與異世界無緣，甚至可以說現實感過於強烈的人。因此在某些方面，玉鬘和夕顏是完全相反的。夕顏和源氏見面後，身心都立刻不由自主地受到他吸引；相對地，玉鬘卻擁有認清現實、站穩立場的力量。因此，她不會輕易地隨著源氏的癡心妄想起舞。紫式部選擇頭中將做為玉鬘的父親，顯示出紫式部傑出的才能。

源氏向玉鬘表白自己的心意，但玉鬘沒有反應。不，應該說玉鬘的態度是拒絕的。源氏努力想要說服她，甚至說他對玉鬘除了深切的親子之情外，還加上更濃烈的想法，這樣的感情是世間上獨一無二的，再也不會有了。真是牽強附會的歪理。

有趣的是，在源氏說了這番話之後，作者加上了自己的評語：「這還真的是不該說出口的父母心啊！」（〈蝴蝶〉）。讓人感覺到，作者正想辦法要阻止源氏脫離她意圖的任性舉動。

源氏甚至說了這樣的話：「即使是對毫不相識的人，照著世間的道理，大家也都是以身相許的。」但最後，他還是只好打消念頭離去。

源氏明明斬不斷對玉鬘的迷戀，但是當兵部卿宮寫信給玉鬘示愛的時候，他卻勸玉鬘回信。對玉鬘來說，源氏這種模糊曖昧的態度，令人難以忍受。《源氏物語》剛開始時的源氏，不管態度曖昧也好、行為荒誕也好，總之女性們都能照著他的願望和他發生關係。

但是，當源氏開始像一個真實的人一樣，想要貫徹自己的意志時，女性們也開始期待源氏具有一個人的人格。於是出現了玉鬘這樣的女性——像這種曖昧的態度，更讓她們無法接受源氏的意圖。

〈螢〉一篇中著名的插曲，也可以看做是源氏因為矛盾的鬱悶所產生的行為。從字面上解讀的話，源氏得意地展示屬於自己的美麗女性，旁觀兵部卿宮為玉鬘意亂神迷的樣子而樂不可支，但我們可以感覺到，「反正自己和玉鬘是不可能了」這種源氏骨子裡自暴自棄的想法。

夕霧的登場，讓源氏執迷的心更為明顯，這一段實在饒富趣味。夕霧的事我們稍後再詳述。不過，從源氏的角度來看，夕霧是他真正的孩子，雖然一直也沒怎麼放在心上，不知不覺中卻已長大成人，開始和父親對立了。

夕霧與雲居雁純真無邪的關係在《源氏物語》全書之中，可以說是特異的純愛故事。相反地，源氏對玉鬘的複雜迷戀，則充滿成年人的臭味，令人難以接受。兩位女性都是頭中將的女兒（圖九），這個事實讓兩者的對比更為明顯。因此，在玉鬘的故事中，源氏與夕霧、源氏與頭中將之間的對抗意識，與親子之情、友情微妙地交錯交纏，賦予了故事深度。

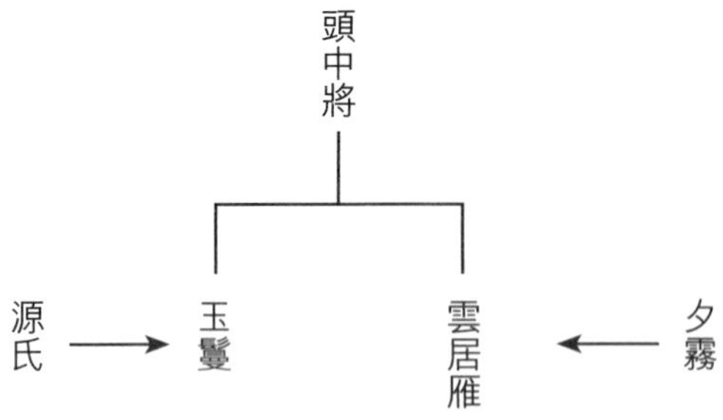

頭中將
夕霧 → 雲居雁
源氏 → 玉鬘

圖九　源氏與夕霧

如果只有這樣的對比，那麼頭中將的立場相對於源氏未免太過有利，但是透過近江姬這個漫畫般人物的登場，整體取得了平衡。雖然玉鬘也是頭中將的女兒，但是在心理層面的脈絡下，源氏—玉鬘、頭中將—近江姬，形成了對比（圖十）。近江姬扮演了襯托玉鬘的角色，這件事過於明白，在這裡毋須贅言吧。

〈野分〉一篇中，詳細描述了夕霧的成長。首先，

頭中將 — 近江姬
源氏 — 玉鬘

圖十　源氏與頭中將

他在偶然的機緣下看到了紫之上。接著，他又從旁看到源氏老著臉皮試圖占有玉鬘。這時候夕霧脫口而出：「唉！真看不下去！」明白地表示他的嫌惡。從他自己對雲居雁的態度來說，這是當然的。

〈藤袴〉一篇中，描述了夕霧詰問源氏的場景。面對夕霧的質問，一開始源氏閃爍其詞、顧左右而言他，還是把他當做小孩子看待。但是夕霧並沒有認輸，問得更具體——內大臣（頭中將）說，源氏想要讓玉鬘成為尚侍，在宮中服務，是為了將她留在身邊、占為己有，這事是不是真的？源氏也不得不明確地回答，他沒有這種想法。

源氏雖然在對玉鬘的迷戀與自制心之間擺盪，但是在兒子直接正面的詰問下，只好決心對玉鬘放手。後來玉鬘出人意料地和鬚黑大將結婚了，但之後的事情沒有任何敘述。對這個故事來說，玉鬘與源氏的關係是最重要的，或許沒有必要再描述她後續的婚姻生活了吧。

嫩妻

男性邁入初老的時候，經常愛上年齡和自己女兒相當的女性，實際上真的結婚的例子也不少。或許是因為預感到自己即將迎向死亡，所以企圖追求充滿生命力的對象吧。

在美國有相當多這樣的例子。和糟糠之妻一起努力了半輩子，一旦名利雙收、累積了財產，就與妻子分手，另尋年齡像女兒般的美女結婚。這樣的事情，俗稱為 Trophy wife，意思是像樹立勝戰紀念碑一樣，獲得了新的妻子。不過，勝戰紀念碑這種東西，要不了多久，就會成為壓在自己身上的墓石，也不是什麼值得羨慕的事。

源氏與女三宮的關係，就像是現代美國 Trophy wife 的先驅。源氏的身旁總是有許多女性。到目前為止，我們將她們分為妻子、母親、娼婦、女兒，依序描述了圍繞著源氏的女性曼陀羅。

源氏雖然與許多女性發生關係，唯獨和相當於女兒的秋好中宮、朝顏、玉鬘（只是心理上的，親生女兒只有明石姬一人），儘管源氏有意，卻無法發生肉體關係。正當讀者以為曼陀羅即將在此完成，源氏不會和「女兒」有性關係的時候，女三宮突然出現，而且和源氏結婚。

女三宮的出現，彷彿位極人臣的源氏晚年的戰利品，但其實她正是消去源氏光芒重要的一個布局（〈若菜上〉）。

朱雀院想要出家，但是對女兒女三宮的未來放心不下，想為她找個可靠的監護人。這時候他想起源氏。源氏雖然位居準太上天皇，地位攀上頂點，但畢竟已經三十九歲了。相對地，女三宮只有十三歲。年齡差距未免太大。與其說是女兒，還不如說是孫女更恰當。

朱雀院也考慮過源氏的兒子夕霧。他的年紀相當，前途也大有希望。只不過，夕霧經過苦戀，成功地和雲居雁結婚，兩人相親相愛，這時候硬把女三宮塞給他，恐怕行不通。從〈野分〉一篇開始，源氏與夕霧的關係，對許多事情都產生了影響，這一點很有趣。我們在討論玉鬘的時候也說過，夕霧專一的愛情，和源氏的好色一直形成對比。夕霧滿足於自己和雲居雁的關係，也覺得自己不會在這種時候為女三宮的事迷失，雖然終究還是有點心動。如果不是嫁給自己，嫁給誰都不太好吧？他甚至這樣想過。

紫式部若無其事地，寫出堅若磐石的夕霧這種內心的動搖，實在是對男人的心觀察入微。這同時也為之後夕霧迷戀柏木的妻子，埋下了伏筆。

朱雀院出家了。源氏一開始還顧忌分寸，表示要以結婚之外的形式照顧女三宮，最後卻答應和女三宮結婚。即使年歲增長，他好色的傾向仍然絲毫未減。

受到這個婚姻打擊最大的，就是紫之上。源氏身邊雖然有許多女性，但紫之上始終相信自己占有特別的位置，而感到自負。而且，源氏始終敬重紫之上，連難以說出口的話，也努力坦白。再加上源氏的年紀，難以想像兩人的關係會有所動搖。

然而意想不到地，源氏和女三宮結婚了。而且，雖然源氏一開始並沒有這樣的意圖，但是在一切以身分為第一考量的當時，形式上女三宮成為正式的妻子，紫之上完全無法反抗。紫之上到了晚年，才突然被驅離了妻子的位置。

聰明的紫之上並沒有為了這件事亂了腳步，表面上保持平靜，甚至會忠告源氏，差不多該到女三宮那裡過夜了。但實際上她是不可能平靜的。源氏去找女三宮，她一人獨眠的時候，總是無法入睡，想起源氏謫居明石的事情。

源氏夾在紫之上與女三宮之間，小心翼翼地照顧雙方的心情過日子。但他忘不了年輕時和朧月夜的過去，又去找她。朧月夜正考慮追隨朱雀院出家。但是曾有一段時間持續拒絕源氏的朧月夜，這時卻答應和他見面，兩人的關係因而恢復。

這件事源氏也沒有瞞著紫之上。看著好像突然回春的源氏，先是女三宮，現在又對朧月夜出手，紫之上「身體彷彿被掏空一般地痛苦」（〈若菜下〉），潸然淚下。原先以為源氏是自己的倚靠，現在卻被他棄而不顧，感嘆自己像被連根拔起，漂浮在半空中。紫之上是作者紫式部最認同的分身，這時候卻經驗了難以復原的巨大悲傷。

讓我們再來揣測一次作者紫式部的意圖——在非人格的存在的源氏周圍，布置安排自己的分身，描繪出一幅女性曼陀羅。這個意圖，說不定原本是應該在玉鬘身上完成的。

然而，作中人物的源氏開始自主地行動，擅自深入與玉鬘的關係裡。雖然最後總算得以自拔，但我們開始看到，這期間源氏與紫之上的關係愈來愈深化，從過去的一對多關係，轉變成一對一的關係而安定下來。

對紫式部來說，紫之上與源氏一對一的關係，似乎就要取代了全體的構圖。但是當她試圖讓故事回到原來的布局時，想法似乎有了改變。她不再透過女性與男性的關係來描寫女性的樣貌，不再以男性的存在為前提，而是就女性自身，來描述女性。

換句話說，光源氏已經失去他的必要性了。同時，紫式部讓朧月夜再度登場，將紫之上與源氏一對一關係的構圖，消融於無形。

而且，就在圍繞著源氏的女性像曼陀羅似乎總算完成的時候，紫式部自覺到一件事——這絕對還不是真正的完成，還需要更進一步的深化。這時候登場的女三宮，促成了這個深化。

對於紫曼陀羅的構築，女三宮扮演的角色非常重要。這角色的核心部分，就是她與柏木的私通。

3「私通」發生的時候

源氏雖然愛上秋好中宮、玉鬘等「女兒」，不過並沒有和她們發生關係。但是，在意想不到的狀況下，卻得以將年齡與女兒相當、而且身分高貴的女三宮，占為己有。攀升到準太上天皇的地位，這世上的事一切都稱他的心、順他的意，但因為女三宮的私通事件，源氏的光芒一舉消散無蹤。

這件事原本就讓我們感覺，它和源氏與藤壺之間的私通相呼應；稍後我們還會詳述。在這個故事裡，「私通」是一個重要的要素；它像一帖引爆劑，推動故事整體向前。

《找回自己的公主》[7]的故事讓我們強烈感受到私通的意義[8]。這個故事中重要的主題之一，是對立的天皇家族與藤原家族如何達成和解的過程；在這個過程緩緩進行之中，發生了私通，成為焦點的事件。

關於這一點，我打算另外為稿談論。不過在這裡，筆者想要舉出另外一個足以相對應的故事，那就是莎士比亞的《理查三世》。在《理查三世》之前還有一系列的作品，全部都是以蘭卡斯特家族與約克夏家族的對立為基礎。這個對立在《理查三世》達成和解，但是在故事中，成為邁向和解重要的一步，是「暗殺」的事件。

《找回自己的公主》和《理查三世》的對比相當有趣。暗殺與私通的共通點，是背叛與隱瞞。「私通」產生意想不到的新事物，「暗殺」則破壞原有秩序，為新事物的誕生做準備。因此，在這些行為的一再反覆中，對立逐漸朝向和解。

當然，並非所有的私通與暗殺都導向和解，也有完全相反的情況。但是它們都具有破壞力，以及為新事物做準備的特性。所有日本的王朝物語都沒有殺人的情節，這是它非常特別的地方。但也因此我們不難理解，為什麼私通是重要的動機，為什麼在大量的物語文學中出現。

私通的再現

頭中將（這時候是太政大臣）的兒子柏木與女三宮的私通，是極為重要的事件，因此紫式部敘述得十分詳細。讓我們來看看其經緯。

源氏難得獲得年輕的妻子，但女三宮實在太年幼。也因為朱雀院的關係，他對女三宮雖不敢怠慢，但畢竟心還是偏向紫之上。夕霧曾經短暫和女三宮交談，而且他們住得非常近，他對女三宮特別在意。

他見到女三宮「身旁的侍女們，成熟穩重的極少，年輕貌美、妝扮華麗的居多，幾乎多得不可勝數」。盛裝美麗的女性聚集在一起，總感覺好像有隙可乘。

這樣的狀況，為後來柏木的驚鴻一瞥鋪下了伏線。夕霧看到女三宮身邊的狀況，想起了先前不經意見到的紫之上。儘管如此，他還是希望有機會能夠一窺女三宮的姿容。畢竟還是年齡作祟吧。

說到年齡，和夕霧同輩的柏木，態度積極得多。柏木一直認為，源氏和女三宮年齡實在不相配，自己才是她合適的對象。他雖然已經和女二宮結婚，但就是忍不住受到女三宮吸引。和夕霧在六条院蹴球玩的時候，他也一直在等待一窺女三宮面貌的機會。

這時候發生了奇妙的事。一隻小貓被大貓追著四處逃竄，扯開了原本用繩子繫住的簾子。那些喜歡打扮卻粗心大意的侍女們，一時反應不過來。因此，女三宮的樣貌清清楚楚地刻印在柏木的心裡。從這時候開始，柏木苦苦思慕女三宮，透過幫手寫信給她，當然沒有回應。柏木更費盡苦心，尋來前述的那隻貓，用疼愛貓來聊以自我安慰。

就這樣經過了一段時日，紫之上突然生病了。一直都沒有好轉的跡象，源氏拼了命地照顧她。源氏將紫之上移到二条院，希望能有些效果，自己也跟著過去。柏木趁著這個空隙，在女三宮乳母的帶路下，硬是與女三宮見了面。

柏木原本打算表達完自己的心意，得到她隻字片語就回去了。但女三宮不如想像中那麼嚴峻冷漠，柏木愈發無法自制。

柏木和女三宮睡了。就在他突然打了個盹的時候，做了個夢。他夢見那隻小貓叫著走了過來，樣子甚是可愛。夢裡他心想，這是自己帶來要送給女三宮的。但是，為什麼要送給她呢？正想著這件事的時候，他醒了過來。或許柏木想要把他和貓之間的感情，獻給女三宮吧。

這一連串跟貓有關的故事，寫得非常好。源氏對女三宮的感情，來自對朱雀院的情誼，也來自對年輕女性的好奇心，欠缺自然。相反地，柏木的感情則全身全心自然流露。貓，是這份自然感情的象徵，同時也象徵了某種不可解的、可怕的事物。雖然由貓引導得來的愛，暫時成功了，但隨後不得不與可怕的命運戰鬥。

紫之上陷入病危，甚至傳出了死亡的誤報，引起莫大的騷動，但她總算是康復了。源氏造訪女三宮，卻發現了柏木捎來的信，明白了一切。而且，她已經懷孕了。女三宮和她那些幼稚的侍女們毫無紀律的生活，帶來了嚴重的後果。

源氏既悲傷又憤怒，正在胡思亂想的時候，憶起了自己與藤壺的事。「故桐壺帝，恐怕也曉得我們的事情，卻故作不知情。想起來，那是多可怕的事！我犯下了多麼大的過錯！」源氏也無法單純只是憤怒而已。

源氏與藤壺，柏木與女三宮，可怕的私通再度出現。人生中，經常反覆著類似的事情。而前者誕生了冷泉帝，後者生下了薰，都是出類拔萃的男性。一般世人不知道這些事實，都讚嘆冷泉帝不愧是桐壺帝之子，薰不愧為源氏之子。但其實說不定正因為不同家族的血統交融，才生出了傑出稀有的人物也說不定。

值得注意的是，薰身體裡混合著女三宮來自皇族的血，以及頭中將那邊藤原家族的血。當頭中將不允許夕霧愛戀雲居雁時，源氏大感意外，曾經對玉鬘說，或許頭中將自豪藤原一族純正的血統，認為源氏雖然來自皇族，卻已經過氣了吧（〈常夏〉）。

這種對立意識總是在他們之間作祟。但就像《找回自己的公主》的例子，透過私通，兩者在不知不覺中混合在一起。從這一點觀察「宇治十帖」中所描述的薰的性格，十分有趣。

父子間的矛盾對立

在柏木私通事件的背後，父子之間力量的拉扯，產生了強大的作用。伊底帕斯情結是佛洛伊德最重視的概念，他認為對於理解人類來說，父子的對立關係占據了核心的位置。但這樣的看法終究只適用於父權社會，而且是心理上父性原理亦占優勢的父權社會。文化人類學家已經指出，在其他的社會中，狀況是不同的。

平安時代要說是雙系社會也可以，總之是父性原理極度微弱的社會。在這樣的社會裡，父子的對立幾乎構不成什麼問題。以源氏來說，他雖然為女兒明石姬設想了各種安排，對兒子夕霧卻不是那麼關心。

然而，隨著夕霧的成長，我們可以看到以他們自己的方式呈現的父子矛盾。〈野分〉中描述夕霧對紫之上的驚鴻一瞥，是衝突的開始。玉鬘的事件使源氏覺得理虧愧疚，因此在這衝突中，夕霧占了上風。但即使有了這樣的經驗，卻沒有演變成父子之間正面的對決，這是日本故事的特色。日本人不喜歡正面的對決。

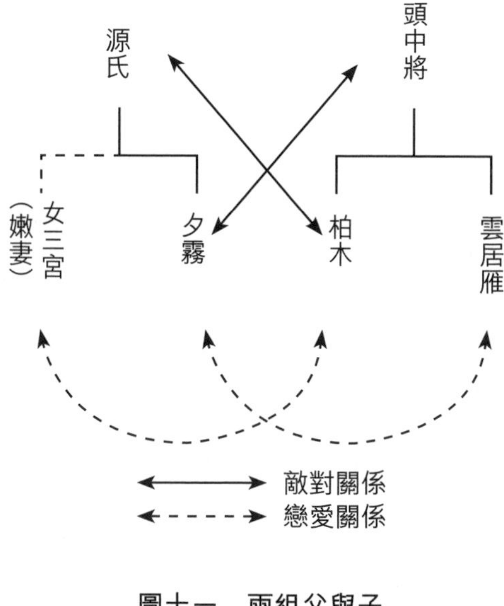

圖十一　兩組父與子

就因為這樣，產生了非常有趣的情形。看看圖十一就可以明白，夕霧與頭中將、柏木與源氏之間，產生了對立（雖然也很難談得上到了對決的地步）。這讓人覺得，夕霧與柏木各自代替對方，與父親進行對決。

不過，雖然我們將他們的關係以對照的方式製成圖表，但女三宮就算是「嫩妻」，卻也是源氏正式的妻子，柏木因而被迫走入悲劇的下場。要和源氏對決，終究是困難重重。

源氏與頭中將的關係，從頭到尾都很

耐人尋味。兩個人之間既是朋友，又是對手；有時對立，有時一體同心。當我們覺得他們在競爭的時候，又發現其實彼此之間有絕佳的默契。如前所述，源氏最初是個非人格的存在，當作者開始給予他人性的氣味時，頭中將大顯身手，他的角色讓源氏成為立體的人。

從這些父子衝突的場合，也可以看到源氏與頭中將這種微妙的關係。我們不妨說，其實把這兩組父子的故事，當做一組父子的故事來看，比較接近現實中的父子關係。我們也可以說，在避免直接對決的日本，的確會發生這樣的情形。

知道了夕霧與雲居雁的關係時，雲居雁的父親頭中將暴怒；他的怒火之激烈，幾乎就像聽到兩人「私通」一樣。從父親的角度來看，這是絕對不能被允許的關係。

這兩人的戀情我們留待下章再討論，現在我們只要知道夕霧與頭中將之間產生了對立就好。之後發生的、源氏與柏木的對立，具有更加決定性的影響。

如前所述，夕霧與頭中將對立的背景，是皇族與藤原家的對立；夕霧的父親源氏，其實是站在夕霧盟友的立場。因此這裡所見到的父子對立是溫和的，隨著時間解消，夕霧與雲居雁得以結婚。

相對地，柏木面對的對立是決定性的。因為他愛戀的對象，是源氏的妻子女三宮。柏木從小侍從那裡得知，源氏已經知道自己與女三宮私通的事，不禁愕然。

不知如何是好的柏木，不要說是對決了，整日心慌意亂。要是就此不再出入六条院，也顯得不自然；因此當源氏邀請他參加為朱雀院五十歲祝壽的樂宴時，他心一橫，就參加了。

正當眾人享受樂舞，宴會正酣的時候，源氏報了柏木一箭之仇。不過其實也談不上字面意義的「對決」。源氏說，上了年紀後，一醉酒就止不住地流淚，「衛督門（柏木）注視著我微笑，實在令我難為情」。他特地指名柏木。接著他又說，能夠自恃年輕也只有現在短暫的時間，年華老去這件事，無人可免。

在周遭的人耳裡聽起來，源氏只是半開玩笑地發牢騷，但對柏木來說，那是有如插在胸口的匕首一般的諷刺。柏木因此而感到不舒服，酒盞傳到他面前時，只是舉杯作狀矇混，並沒有真的喝酒，這一點卻被源氏識破了。源氏硬是逼著柏木喝酒，柏木也愈來愈撐不住。

老人的一擊，帶給年輕人致命傷。柏木在那之後就生病了。女三宮承受不住心中的苦而出家，柏木知道以後又加重了病情。夕霧去探病的時候，柏木告訴他，不知道是什麼樣的誤會，使得源氏憎惡自己。自己完全沒有任何惡意，還請夕霧想辦法為他緩頰。

夕霧不明就裡、一頭霧水地離開，不久柏木就死去。兒子們的聯合軍無計可施，敗給了父親。

日本的王朝物語，真的沒有伊底帕斯出場的機會嗎？好像也不能如此簡單斷定。

這個事件之後，源氏的身邊不再有新的女性出現；接下來的是紫之上之死，以及源氏之死。源氏與女三宮的結婚，導致紫之上的死亡；女三宮與柏木的私通，帶來柏木與源氏的互相傷害。

王朝物語中沒有提到殺人的情節。但難道不能這樣想嗎?它敘述的事件,和殺人一樣可怕。

三角關係的結構

圍繞著女三宮,源氏與柏木的三角關係以大悲劇為終。男女間的三角關係,有許多以悲劇做為終結。不論是兩個男人對一個女人,或是兩個女人對一個男人,都是很難調和的結構。但倒也不是永遠如此。

舉例來說,紫之上與明石君最後就相處得很融洽。當然,這兩人之間並不是完全沒有嫉妒,但就像故事裡所描述的,因為兩位女性的智慧,她們維持了安定的三角關係。那麼,這兩人一直處於忍耐的狀態嗎?好像也不能這麼說。關於這一點,讓我們進一步想想。

白洲正子(隨筆家)曾經舉出一個引人深思的例子[9],顯示出三角關係的一種型態。小林秀雄(評論家)奪走了中原中也(詩人)的戀人長谷川泰子(大家叫她佐規、佐規子)。白洲正子這樣說:「小林秀雄之所以搶走了中原中也的戀人,真正的原因是他愛上了中原,佐規只是恰好也在場而已。」、「男人愛上男人的是『精神』,但只有精神無法構成戀情,所以欲求對方的女人（肉體）。」

這是相當卓越的見解。可以想像，在精神與肉體可以說幾乎沒有分離的王朝時代，更是會發生這樣的事。源氏與源典侍幽會的時候，頭中將帶著刀闖入，就是典型的例子。簡單來說，頭中將無止盡地想要接近源氏（圖十二）。源氏愛上夕顏，背後說不定也有這樣的心理作祟。當然，這裡的確有嫉妒與爭風吃醋，但我們確實可以看到上述的心理，在當事人不自覺的狀況下產生作用。

柏木與女三宮的私通事件中，潛在來說，也可以感覺到柏木與夕霧的友情在背後鼓動（圖十三）。書中不但經常描述兩人的良好關係，而且他們還有一個共通點——兩人都為偉大

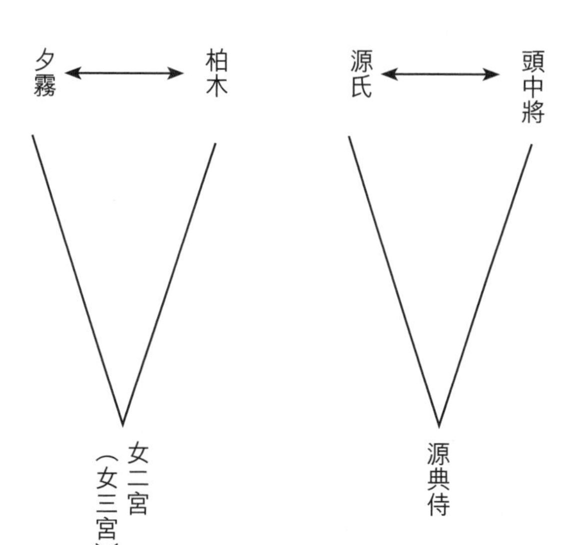

圖十二　二等邊三角關係（源氏與頭中將）

圖十三　二等邊三角關係（夕霧與柏木）

的父親所苦。從反抗父親的觀點來看，原本應該發生在夕霧與女三宮之間的私通事件，在柏木與女三宮之間發生了。

這樣的情形，在柏木死後仍然繼續。夕霧愛上了柏木的妻子女二宮（落葉宮）。從常識的角度來看，夕霧追求女二宮，是對他與柏木友情的背叛，但其實無法如此斷言。因為這樣的事經常發生，使得平安時代的男女關係顯得相當錯綜複雜。

那麼，在兩個女性對一個男性的關係中，也會發生這樣的事嗎？這樣的狀況，比前述的例子更為複雜。因為在兩個女性之間，對抗的意識總是比較強烈，很難達到平衡的狀態。但是，當女性的意志達到某種強度，這種事也是可能的；只不過和前述的場合，狀態有些不同。

紫之上和明石君的情況如何？兩人之間感受到嫉妒之情，那是理所當然的。心理上，紫之上與源氏比較親近，但是生下女兒這一點，使明石君占有絕對的優勢。源氏將明石君生下的女兒，交給紫之上做養女，兩個人也都接受了。就在雙方都為了明石姬的幸福而行動的期間，兩人之間產生了友情。

而源氏總是小心注意，和兩個人都保持適當的距離。三個人在極度慎重的生活方式之上，建立了等腰的三角關係。紫之上和明石君當然都希望自己（而且只有自己）能夠縮短和源氏的距離，但她們都發揮了自制心，保持住平衡。

花散里應該也有過同樣的想法吧。但她受命照顧夕霧與玉鬘，擔任主婦的角色，找到自己的位置而感到安定。住在二条東院的末摘花與空蟬，雖然和源氏距離遙遠，但也都各自找到自己的位置。

還有另一種類型的女性，絕對拒絕這種等腰三角形式的安定，那就是葵姬與六条夫人。但她們兩人都死了，不會威脅到源氏的生活。只不過六条夫人不論生前或死後，其怨靈一直折磨著源氏，以及他周遭的人。

出家的心理

女三宮生下一個男孩（薰）以後，強烈表示出家的意願。源氏努力想要讓她打消念頭。父親朱雀院來探望女三宮，雖然不知道細節，但直覺感到其中有內情，於是答應了女兒出家的想法。這時源氏仍然設法要勸阻女三宮，但徒勞無功。於是女三宮年紀輕輕，二十二、三歲就出家了。

這時候六条夫人的怨靈也再度現身，威脅所有的人。總之對於源氏與其他女性的關係，這個妖靈徹底扮演了嫉妒的角色。它是男女一對一關係信仰的具體化身。

女三宮的出家，不論對源氏或朱雀院來說，都是一件難受的事。但做父親的朱雀院對於女兒又回到自己身邊，私底下其實偷偷地感到喜悅也說不定。對於她的出家，朱雀院的反對少於源氏，可以想像或許是這個原因。不妨說，在這裡也可以看到潛在的、父女結合的力量。

對於出家後的女三宮，源氏仍然表達他的留戀，但她當然不可能有任何回應。女三宮的出家是一道強力的伏筆，接續到紫之上強烈的出家意願與死亡，以及源氏自身之死。這讓我們痛切地感覺到出家這件事的深刻意義。回顧源氏四周的女性，我們會發現，事實上出家的人不在少數。還有一些女性，雖然書中沒有談到她們的出家，卻擁有強烈的出家念頭。為了縱觀全體，我製作了簡單的圖表（表一）。

表一　出家的女性們

與源氏的關係	人物名	出家	早逝	私通
母親	桐壺		○	
	弘徽殿太后			
	大宮	○		
妻子	葵姬			
	紫之上	△	○	
	花散里			
	明石君			

女兒	秋好中宮	△		
	明石姬			
	朝顏	○		
	玉鬘	△		
	女三宮	○		○
娼婦	空蟬	○		○
	六条夫人	○		
	夕顏		○	
	末摘花			
	藤壺	○		○
	朧月夜	○		○

△對出家有強烈的意志

光是從這個表，我們也可以某種程度理解這些女性各自的性格與角色。首先注意到的是，出家與私通的關係之深。有過私通經驗的女三宮、空蟬、朧月夜、藤壺，全部出家了。六条夫人雖然沒有私通，但是她和源氏的關係近似於私通。

藤井貞和賦予出家和私通某種關聯，提出這樣的說法：「所謂出家，是因為今生犯了某種罪行，為了來生，想要多少減輕一點罪愆而做的事」（藤井貞和《物語の結婚》創樹社）。這雖然是值得關注的想法，但其實並不盡然。

大宮、朝顏沒有私通的行為，卻出家了。紫之上、秋好中宮、玉鬘都沒有私通，卻也表明了出家的強烈意志，只不過因為源氏或是孩子們阻止，而沒有實行（朝顏原本就是為了贖罪而出家，才成為齋院）。而若是略過早逝的女性們不談，那些與私通或出家都沒有關係的女性，如弘徽殿太后、花散里、明石君、明石姬、末摘花等，都是和外在現實有深厚聯結的人物。

之前也曾經談論過，我們可以看到後來出家的大宮，她的角色給予源氏莫大的支持。她積極參與此世的事務，也注視著死後的世界，是個極有份量的人。

就算有出家的意願，還是有些力量存在，試圖讓當事人打消念頭。當時的人稱之為「絆」（ほだし）。這個字在以《源氏物語》為首的王朝物語中，隨處可見。原本指的是繫住馬腳，使馬無法行走的繩子，這裡有對自由之束縛的意思。

這個漢字很有趣。現代日本人，稱呼防止孩子誤入歧途的家庭情感為「親子之絆（きずな）」，用法是肯定的。相反地，平安時代的「絆」，則專指妨礙出家意志的事物（雖然不一定就是否定的意思）。這可以讓我們感受到人際關係的微妙之處。即使在現代，雖然父母認為「絆」是為了守護孩子，但有時也會成為妨礙孩子自立的「絆」。

要出家，就必須斬斷牽絆。揮刀的人固然痛苦，被斬斷的人也很難熬。源氏之所以想盡辦法要打消紫之上出家的念頭，就是這個緣故。雖說出家是為了進入超越的世界，但是留下來的人，總是會有「被遺棄」的感覺。

以這一點來說，空蟬、朧月夜、藤壺、六条夫人等人出家時，不但本身必須具有相當的決心，每一次源氏也都有無盡的感慨吧。原本在《源氏物語》一開始的時候，光源氏並不太具有人格的性質，所以這些出家的意義，偏重在各個女性人生的軌跡，並未著墨於源氏的心理。

相較起來，女三宮的出家，在許多方面都是不同的。其他女性私通的對象是源氏，但女三宮出家的契機，則是背叛源氏的私通。關於這一點，我們必須另闢章節來討論思考。

4 深化的曼陀羅之動力關係（dynamism）

近來曼陀羅這個詞語，已經相當廣為人知。根據中村元《佛教語大辭典》[10]的說明，曼陀羅是「①壇。②一種聖壇上描繪了佛、菩薩的圖畫，表示宇宙的真理」。在這個解說之後，作者還加上「顯示密教象徵主義極致的事物」。

現在這個密教的用語，已經在世界上廣泛流傳，其主要原因之一，來自榮格（Carl Gustav Jung）的貢獻[11]。細節我們在這裡不談，簡要來說，榮格從自身的經驗發現，讓精神疾病患者在心中想像基本上是圓形或正方形的圖像，將它畫下來，對自身存在的整合性、安心感有所助益，對於疾病的改善有很好的功效。

雖然這對他來說是非常重要的發現，但因為在西方心理學學會中，不曾有過相關的研究報告，所以他對這件事一直保持沉默。一九二〇年代末期，他知道了東方的曼陀羅，認為自己所經驗過的事情，可以和曼陀羅類比。於是他開始主張曼陀羅圖形對現代人的重要性，但當時並未受到太多注意。

到了一九七〇年代，以歐洲基督宗教為中心的世界觀瓦解，愈來愈多現代人面對強烈的不安，因此注意到榮格所說的曼陀羅的人也增加了。與此同時，逃離中國，流亡的西藏佛教僧侶移居歐美，也努力推廣曼陀羅的思想。忽然之間，一般人也開始認識了曼陀羅。

曼陀羅來自與密教結合的宗教傳統，將人類對世界以及對人類自身的看法，以統合的方式表現為圖像，做為觀想、禮拜的對象。但如果以廣義的方式解釋，表現任何個人自己的世界觀、人生觀的圖像，都可以視為曼陀羅。

因此，筆者在本書中稱之為「紫曼陀羅」的東西，是將紫式部在《源氏物語》中發展出來的人類觀、世界觀，根據筆者個人的思考予以圖像化的結果。這當然是紫式部的東西，但是因為要用圖像來表現以語言敘述的故事，其中必定加入了筆者個人的解釋。如果有人從《源氏物語》中，解讀出不同的曼陀羅結構，亦是筆者所樂見的。

不止於二次元的曼陀羅

圖十四所顯示的，是一直到〈藤裏葉〉為止，《源氏物語》中圍繞著光源氏的眾多女性像所構成的曼陀羅。我們可以想像紫式部這位女性，一方面描述居住在自己內在世界的諸多分身，一方面又試圖將她們全體表現為單一的女性存在。這時候，她在這諸多分身的中心，放置了不具人格特質的光源氏這位男性。我將一個圓形分割為妻子、母親、娼婦、女兒四個區塊，

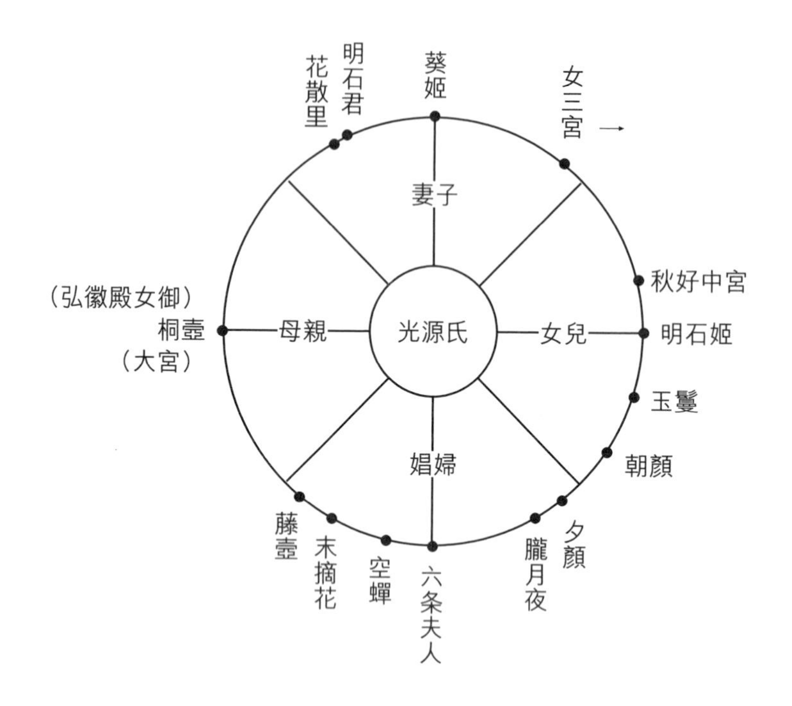

圖十四　女性曼陀羅

再整理歸納先前敘述過的事情，將這些分身配置到圓周上，就形成了圖十四的圖形（我們將在下一個章節專門討論紫之上，因此她不在這個圖形裡）。

從這張圖我們可以看出，這些分身各自具有不同的性格，彼此間有對立，也有相似之處。先前我們藉著畫出各種「輔助線」顯示出她們之間的關聯性，而以全體來說，她們具有某種統合性。能夠如此精彩地在統一之中呈現多樣性，紫式部做為一個人，其豐富性，令人讚嘆。

一面回想我們先前敘述過的種種分析，一面看這張圖，可以清楚看到女性面貌的多樣性。如果把這些全部視為單一女性內在世界的狀態，就多少可以理解其中的動力關係。源氏依序造訪這些女性，有時候描述各個女性的性格，有時候將她們放在一起做比較。可以感覺到在書中的這些地方，紫式部正把這全體視為一個曼陀羅，玩味其中的動力關係。

雖然和我們已經說過的事情有些重複，不過還是讓我們談談其中令人印象深刻的對立與相似。首先看到的是，葵姬與六条夫人之間的連結線非常強烈。這兩人盼望的，不是這樣的曼陀羅，而是男女一對一的關係，這是她們的特徵。將這樣的形象置於貫徹曼陀羅中心的軸線之上，具有深刻的意義。

婚姻做為一種社會性的規則，除了一夫一妻之外，還有各式各樣的型態。從人的內在層面來看，應該大多數人心中的型態是一對多吧。然而在這多數之中，有一些強力主張一對一的人存在，這一點很有趣。一直到葵姬死去為止，年輕的源氏從來就不曾理解她這種態度有多麼頑強；而六条夫人的這種主張，則化身為妖靈，折磨那些與源氏有關的女性。

讓我們從現代的觀點，稍微思考一下妖靈的現象。我們無法像當時的人那樣，真的相信妖靈的存在。那麼，舉例來說，夕顏被妖靈附身，就只能解釋為源氏與夕顏無意識的活動，突然顯現於外在。

源氏對於自己已經與葵姬結婚，卻仍然與夕顏私會，大概並不覺得是多麼嚴重的事。夕顏也是如此；對於自己和頭中將育有一女，還跟源氏在一起，或許並沒有感到良心的苛責。但這難道是不可想像的嗎？——兩人在無意識之中，其實強烈地渴望一對一的關係。這是妖靈出現的最佳條件。

源氏和許多女性發生關係。某方面來說，他和她們和諧共處，但有時候他也會忍不住覺得，一對一的男女關係才是最好的，對自己的行為感到強烈的悔恨。如果我們把妖靈看做是這種想法的化身，不是也很有意思嗎？只不過這個角色完全由六条夫人扛了下來，葵姬似乎沒有出場的機會。那是因為，葵姬至少保有正室的身分。或許這樣的地位，能讓她稍稍感到安心吧。

朧月夜是個不受一夫一妻人生觀拘束，活得完全自由，且樂在其中的人。而處於另一極端的花散里，說不定內心私自相信，自己和源氏的關係是一對一的。極可能在她的眼裡，並沒有看到其他的女性。

我們已經討論過朝顏與夕顏的對比，以及夕顏與玉鬘的對比，這裡就不再贅述。讓我們來看看在這張圖中，另一組對極軸上的人物，藤壺與女三宮。兩人共通之處在於都有私通的行為，最後都出家了，但藤壺處於接近母親形象的娼婦的位置，女三宮則是接近女兒形象的妻子。

出家意味著捨去此世的一切，也就表示遠離源氏。但藤壺是與源氏私通後出家，女三宮則是源氏妻子的身分，與柏木的私通曝光後出家，兩者在這幅曼陀羅中的意義大不相同。女三宮很明顯地脫離了這個曼陀羅。也就是說，這幅曼陀羅圖並沒有完成。

曼陀羅不一定是二次元的圖像。西藏的佛僧會製作三次元的曼陀羅。此外還有一種修行法，是將金剛界曼陀羅與胎藏界曼陀羅懸掛在相對的兩面牆上，修行者坐在中央，在兩者的動力關係中觀想。從這裡我們可以看到深化二次元曼陀羅的種種努力。

雖然紫式部最初的構想，很可能是在這裡完成一幅二次元的女性曼陀羅，但是女三宮的存在，完全打破了這一切。為了完成曼陀羅，還需要新的努力。

女三宮明顯地離源氏而去。我們在先前那些出家的女性們，以及拒絕與源氏發生性關係的女性身上，已經可以看到這個傾向。換句話說，她們產生了反抗與反動，不再透過與光源氏這位異性的關係，來定義自己。在與男性的關係中，自己是妻子？母親？娼婦？還是女兒？紫式部不再這樣思考。她開始追求「做為一個女性」這件事情，而這使得她必須深化她的曼陀羅，別無選擇。

紫之上的人生軌跡

關於曼陀羅的深化，留待最後一章討論。在那之前，讓我們再談一談二次元的女性曼陀羅。被排除在上一節圖十四之外的紫之上，事實上是經歷過這幅圖全部四個領域的女性。因此，在《源氏物語》登場的眾多女性之中，她占據了特殊的位置。她自己也感受到這件事，源

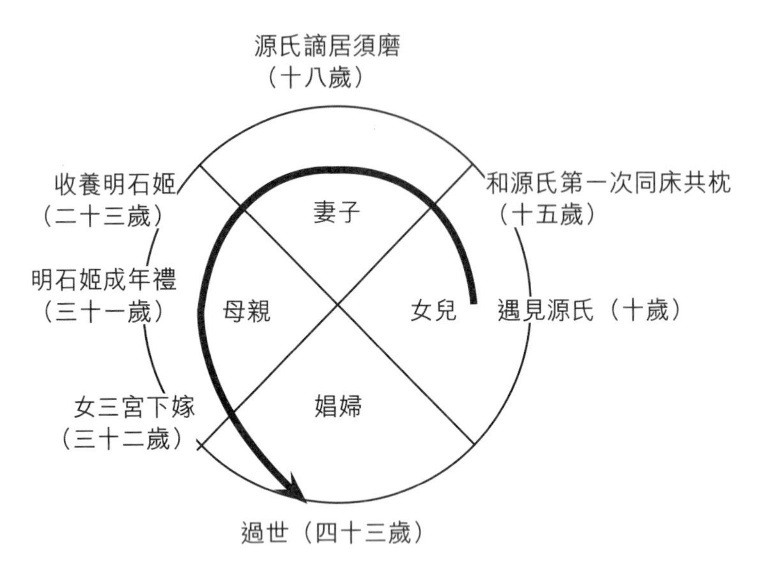

圖十五　紫之上的人生軌跡

氏也只有對她態度特別不同。讓我們來簡單回顧一下她人生的軌跡（圖十五）。

源氏十八歲時第一次遇見紫之上，那時她只有十歲，還是個少女。但是源氏十二歲結婚，在遇到紫之上之前，已經和空蟬、夕顏、六条夫人等人，有過男女關係。紫之上的父親是兵部卿宮（式部卿宮），母親則是按察大納言的女兒，但母親在她幼年時即已過世。她是某種類型的父親的女兒。

後來在源氏謫居須磨期間，紫之上被賦予管理二条院一切事務的重任。再考慮到她沒有生下任何小孩，可以感受到她具有相當強的父性要素。她是藤壺的姪女，源氏初次見到她的時候，看到她和藤壺如此相像，忍不住流下淚來。對源氏來說，她是兼具兩性特質的、永恆的女性。

源氏知道紫之上的父親打算接紫之上去同住的時候，搶先一步將她迎到自己的居所二条院西邊，一間別棟的房子。這等於是強行將她從父親身邊奪走。源氏經常將她抱在懷裡，像「女兒」一樣疼愛她。源氏教她彈琴，心滿意足地陪伴她的成長，紫之上也深信自己是女兒的身分，毫不懷疑。

葵姬死後，源氏第一次和紫之上同床共枕時，對她來說，必定是巨大的打擊吧。雖然源氏備齊三日餅，舉行正式的婚禮以展現誠意，但她的驚嚇不是那麼簡單可以平息的。從女兒到妻子的變化，必須經過內在的死亡體驗。這時候，紫之上十五歲。

假擬的父女關係是很危險的。現代的辦公室戀情，有許多當事人一開始互相接近的時候，相信自己是「父女」的關係。聽到一些男性表示「最初我是以父親對女兒那樣純粹的心境對待她的」，不禁令人苦笑。這樣的人或許認為所有男女的性關係都是不純的，但人間的事情從來就不是那麼單純的吧。不純的父女關係也所在多有。總之，這種隨便的態度，只會帶來關係的破滅。

源氏與紫之上的關係，並沒有破滅。一時間紫之上對源氏感到排斥，這也是理所當然的，但隨著日子過去，她逐漸成長為源氏的妻子。他們和睦相處，逐步建立起夫婦的關係。但就在這時候，發生了源氏謫居須磨的事件。

只要一開始上軌道，就一定會發生什麼不好的事情，可以說這就是紫之上的人生。後來紫之上也一而再、再而三地，反覆同樣的經驗。三十七歲的時候，她回想自己的人生，對源氏這樣說：「我這卑微的身軀在世人眼裡，或許已經享有過多的福分，但內心常纏繞著難忍之悲哀，也只能獨自祈禱罷了」（〈若菜下〉）。

旁人看來過於幸福的人生，心裡揮之不去的，卻是難以忍受的哀傷——這是她真實的感受。「也只能獨自祈禱罷了」，讓我們感覺到她面對人生的態度。

謫居須磨一事，對紫之上來說，並不算太大的打擊。當然，她因此必須和源氏分開兩地生活，源氏的失勢也令人難過，但她反而因此確信源氏對她深厚的信任。

源氏把自己用慣的鏡子寄放在她那兒，將財產託付給她管理，謫居須磨後，兩人也時常通信。她對源氏的愛深信不疑。就在這時候，源氏捎來一封信，暗示明石君的事情。不管這封信寫得多麼委婉、多麼輕描淡寫，紫之上直覺地了悟源氏的心發生了什麼事。她的苦惱深不見底。

源氏回到京都，當然令她高興。但不久後，她就得知明石君為源氏生了個女兒。先前我們已經說過，對當時的上流貴族來說，女兒遠比兒子珍貴重要。紫之上無疑受到很大的打擊，就像妻子的寶座被奪走一般。

這時候的紫之上才二十歲。不管當時的人對年齡的感覺和現在有多大的不同，她的痛苦是超乎想像的。而且，發生事情的時候，她沒有一個可以哭著回去的娘家。儘管有時候感到深沉的怨恨，但她除了和源氏在一起，別無他法。

紫之上忍住痛苦，守著妻子的位置。在源氏的聰明與明石君的讓步下，明石姬成為紫之上的養女。這兩位女性之間，無疑曾燃起嫉妒的烈焰，但她們的智慧拯救了一切，形成安定的等腰三角關係。

收養明石姬，使沒有生孩子的紫之上，有了身為人「母」的體驗。這時候她二十三歲。紫之上心理成長之快速，令人驚訝。當然，她成為的是明石姬的母親，而不是源氏的母親；但是從之後故事的發展我們可以看出，在心理上，她也體驗到如源氏母親般的心境。

源氏不改惡習，又愛上了朝顏與玉鬘。但可以想像，某種程度來說，紫之上或許是以源氏母親般的心情，從旁看著這些事件的發生。她身為妻子、母親的地位，看起來是不可動搖的。

但紫之上人生的苦惱，沒有窮盡的一天。彷彿天上降下的災難一般，女三宮下嫁源氏一事，突然就被決定了。過去雖然為源氏的女性關係受了許多苦，但紫之上身為妻子的地位一直是穩固的。也因為這份自信，她才能容忍其他的女性們住到六条院來。然而，不論心理上如何認定，從當時對身分的觀念來說，女三宮確定成為正室。這表示紫之上被放逐到娼婦的位置。

歷經女兒、妻子、母親各種身分後，她在晚年品嚐到身為娼婦的酸楚。這對她來說當然是難以承受的痛苦。但就像當年知道明石君的事情時一樣，她並沒有被擊垮。至少在表面上，她平靜地接受。紫之上甚至提醒源氏，應適時造訪女三宮的寢殿。

在知道女三宮即將下嫁源氏的那一刻，紫之上心意已決。從那一刻起，與其說她進入娼婦的世界，不如說她已經離開此世。娼婦的世界經常通往神聖的世界。她一個人走了進去。至今為止，再怎麼說源氏都是她的依靠。但是在長年的經驗之後，她無疑感覺到，依靠一個男人生存，是多麼沒有意義的一件事，不論這個男人多麼優秀。她決定獨自一人，前往另一個世界。正因為這樣的決心，明石姬的入宮與其後的生產、源氏晉升準太上天皇等等變化，她都能坦然接受，同時和其他女性們和睦相處，共同生活。

紫之上找到適當的時機，向源氏表達了出家的意願。「到了這個年紀，這世界我已經看夠了。請允許我出家吧」（〈若菜下〉）。話語中充滿她真實的感受。

女性曼陀羅的四個領域，她全部都經驗過了。雖然她懇切地要求源氏讓她出家，但源氏斥為無稽，不肯答應。源氏的藉口是，他才是真的想要出家，只是擔心紫之上會感到孤單寂寞，才遲遲沒有付諸實行。

源氏真正想說的是——「你出家了，我該怎麼辦？」當紫之上了解到，自己不再需要依賴這個男人、可以走自己的路時，真相終於顯露——源氏才是依附著她生存的人。

在那之後，紫之上重病，甚至幾乎就要斷氣。這時候六条夫人的妖靈再度現身，這清楚地顯示源氏與紫之上之間，潛在地強烈渴望著一夫一妻的關係。但那終究只是潛在的想法，在意識的層面上，大病初癒的紫之上，和住在六条院的女性們，相處得比以前更加融洽。四十三歲的時候，她預感自己死期不遠，留下遺言，將二条院讓給明石中宮（明石姬）的兒子匂宮繼承，在源氏與明石中宮的守護下，平靜地嚥下最後一口氣。

這段期間，紫之上也曾再度提出出家的要求，但源氏始終都沒有答應。紫之上死後，他才令夕霧為紫之上舉行落髮的儀式。這裡清楚地顯示出兩種人不同的樣貌——試圖切斷與男性的牽絆、獨立生存的女性；以及沒有女性就活不下去的男性。

對於以全部生命，經驗所有女性曼陀羅世界的紫之上，作者紫式部感覺到強烈的認同，也是理所當然。可以想像在這時候作者已經意識到，描述不透過男性定義自己的女性像，是她接下來的課題。

六条院曼陀羅

紫之上之死，隨即連接到光源氏的死亡。但是在談論源氏的死亡之前，還有一件事必須以曼陀羅的圖像來表示，那就是源氏的宅邸六条院。原先他已經在二条置居，後來又買下了四町的土地（包括本來屬於六条夫人的土地），畫成四個區塊，構築了宏偉龐大的宅邸——六条院。東南方是紫之上與源氏，西南是秋好中宮，東北是花散里，西北則是明石君的住所。末摘花與空蟬則住在二条東院。

我在和三田村雅子、河添房江、松井健兒三位的座談會中[12]，聽到他們指出這種四分割的宅邸結構與「沙遊治療」的關聯，大感驚喜。筆者從事心理治療工作時，經常運用沙遊治療法。讓患者在沙盤中，依據他們的喜好陳設、布置物件，藉以進行治療。沙遊治療的想法之一，是空間具有象徵性；我們觀察患者以什麼樣的方式、使用沙盤空間的哪些部分，並思考其象徵意義。

有時候我們會在沙遊作品中，看到精彩的曼陀羅圖形表現。最近讀到高橋文二的著作《源氏物語的時空與想像力》[13]，其中也有〈「沙遊療法」與「六条院」〉一個章節。這些日本文學研究家見識之廣闊，令人又驚訝、又敬佩。事實上筆者就是在這幾位學者各種看法的刺激下，才開闢了現在的這個章節。我將一方面參考他們的想法，同時提出自己的見解。

六条院的特徵，在於四個分區的房舍，各自以春夏秋冬四季，做為其性格。「東南角堆起高高的山丘，栽種無數屬於春季的花木，池塘的布置也十分雅緻。庭前栽植了五葉松、紅梅、櫻花、紫藤、棣棠、杜鵑等饒富春意的植物，並間以叢叢秋草」（〈少女〉）。書中接著又描寫了四個分區各自的景色。

東南的房舍是「春」，雖然春天的花是主題，但秋天的草木不著痕跡地混在其中。西南的房舍是「秋」，多植以紅葉的樹木，並引水造瀑布，水聲淙淙。東北的住所是「夏」，以夏日的樹蔭為主打造，圍以虎耳草的矮籬。西北是「冬」，精心布置了適合賞雪的松木，以及在初冬早晨結霜的籬菊。

這四處房舍，東南住著紫之上，西南是秋好中宮，東北是花散里，西北則住著明石君。而源氏住在東南的房子裡，偶爾造訪住在其他三處的女性。

玉鬘與夕霧，和花散里同住。明石君雖然生了女兒，但如前所述，讓給紫之上做為養女，所以明石姬住在東南的「春」的房舍。秋好中宮由於是中宮，有自己的官舍，西南的房子是她「回娘家」的地方。

這種住居的區隔，有一種隱然的秩序。但就在這時候，女三宮下嫁源氏，東南的屋舍成為女三宮的住所。可以想像紫之上的震驚與打擊，有多麼巨大。

如何看待這個宅邸曼陀羅，是我們的課題。將宅邸和春夏秋冬聯結在一起，似乎起源於中國。明顯受到中國影響的御伽草子[14]〈浦島太郎〉，描述龍宮城東邊的窗子可以看到春天的景色，南邊是夏、西邊是秋，北邊則是冬天的景色。四季同時並存，顯示龍宮城具有超越時間法則的全體性。

六条院中，雖然四季並非超時間地並存，而是隨著四季的更迭，可以在不同的方位感受季節的情趣，而觀察整個六条院，確實也可以看到一種全體性。但是，雖然兩者都運用了四季，方式卻有微妙的不同。

龍宮城的東南西北依序與春夏秋冬對應，從東邊開始，以順時鐘的方向描述。相對地，六

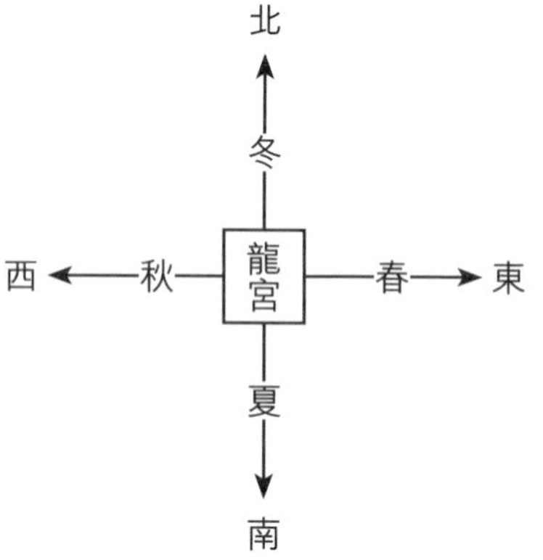

北
冬
西　秋　龍宮　春　東
夏
南

圖十六　四季曼陀羅A

条院以春秋夏冬的順序敘述，建築的方位也和四季的循環不成對應。這是為什麼？

首先可以說的是，兩者的結構完全不同。龍宮城的情況，是以龍宮為中心，四周環繞著四季的庭園；相反地，六条院沒有中心，而是六条院本身根據季節分割成四個區塊。還有一點，對方位的感覺似乎也不同。中國習慣說東南西北，日本則是東西南北。這應該也有關係。

龍宮的四季以東南西北的順序，環繞中心一周。這是以龍宮城為**中心**的四季共存曼陀羅（圖十六）。

相對地，六条院可以說是沒有**中心**的曼陀羅（圖十七）。這是非常有趣的地方。

接下來是方位的問題。中國重視南北軸。在北上南下的縱軸上，交叉以東西向的橫軸，這是中國的空間觀。他們以北極星象徵天子，因此北極星對他們來說非常重要。

日本引進了中國這方面的文化，平城京、平安京的建築，就是依循這樣的觀念建造的。但是因為「日出之國」的想法，日本原先的傳統重視的是東方。日本人強調天皇與太陽的聯結，遠超過北極星。連帶地，日本人的空間觀以東西向為縱軸，南北向為橫軸。或許因此平安時代的日本人，在空間象徵的方面是混亂的。

池浩山在〈《源氏物語》的住居〉[15]中論及，中國宮殿的軸線是南北貫穿的。他指出，「因為儒教是專制君主、父系制社會的思想，對於施行招贅婚的平安前、中期母系制貴族社會來說，中國的住宅形式與禮儀顯得格格不入」。因此在寢殿的設計方面，為了配合日本的制度，「採取了東西向的大門、中門，這種東西軸的折衷方式。可以想像，這是日本寢殿建造方式形成的原因」。

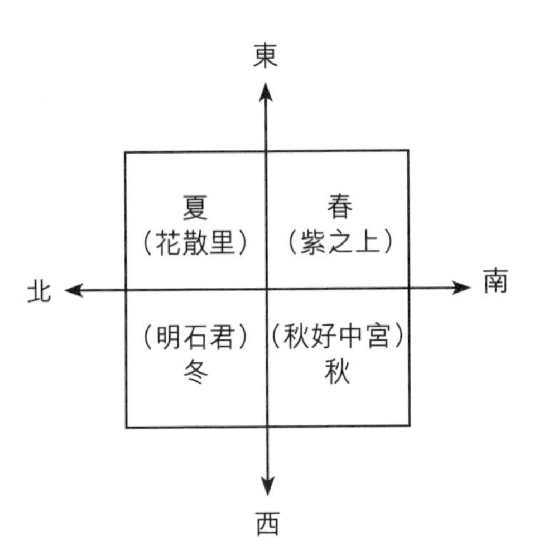

圖十七　四季曼陀羅B

因此在思考六条院曼陀羅的時候，我試著以東上西下、東西軸優先的形式來顯示（圖十七）。於是我們可以這樣看——南側是紫之上與秋好中宮這兩位華麗女性的位置，而北側就好像在背後支持的力量一般，屬於花散里、明石君這兩位樸素的女性。而在季節方面也是如此，春與秋受到較多重視（書中曾經玩心大發地比評春秋的優劣），夏冬始終是從屬的地位。

《源氏物語》的敘述也是依循春秋夏冬

的順序，這些女性們遷居的順序也是如此。明石君比誰都晚，最後才默默地搬過來。

六条院曼陀羅的結構，是一個沒有中心的女性曼陀羅（在這裡是四個人）。光源氏這個存在，要說他重要也可以，說他不重要也可以。居住在這裡的，是紫式部的四個典型的分身，經過作者的深思熟慮，形成了調和的全體。

故事中，光源氏分別造訪各個女性。如同故事所顯示，這些女性以一個男性的存在為前提，確立自己的樣貌。但是，這個調和的曼陀羅因為女三宮突然的侵入而破碎。光源氏也因此失去了存在的價值。

消逝而去的光源氏

紫之上死後的源氏，完全就像一個空殼。雖然還保持了私人的人際關係，卻不和任何與公務有關的人見面。不論看到什麼，都立刻聯想到紫之上，而淚眼婆娑。

源氏並不是完全孤獨的。有時候他和長年熟識的侍女中將君有親密的對話，偶爾也會造訪女三宮與明石君。但這一切人際間的互動都只讓他重新認識到，自己的心是屬於紫之上的。

所有季節的轉換，都讓他想起那亡故的人。不願讓人看到他流淚的樣子，於是源氏不再在人前現身。終於他撕碎了謫居須磨時期與紫之上所有往來的信件，付之一炬。源氏出家的決心愈來愈堅定。

眾所周知，〈雲隱〉一篇對於源氏之死只有暗示，沒有正式的隻字片語。之後的故事，從源氏死後八年開始展開。儘管紫式部那麼仔細地描述紫之上死去的情景，卻完全沒有提到源氏離世的任何狀況。

正如本章開頭所述，紫式部在自己眾多分身的中央，設置了光源氏這個人物；而光源氏逐漸擁有了自主性，開始像一個真實的人那樣，自己行動了起來。同時，源氏雖然追求秋好中宮、朝顏與玉鬘，特別是對玉鬘幾近死纏爛打，結果仍然無法和這三人發生男女的關係。

源氏男女關係的樣態，和故事開始的時候，有了徹底的改變。從這時候開始，源氏與紫之上形成了個人的、私密的、濃烈的情感關係。非常有趣的是，源氏會對紫之上談論他周遭女性們的事；不可告人的神祕他也直言不諱，更在紫之上面前相當坦白地比較、論評這些女性的性格。

當源氏開始略過作者的意圖而自己行動，紫式部在寫作的時候，必定也感到矛盾與衝突。用個奇怪的說法來形容——說不定就在這過程中，紫式部也開始忘記最初賦予他的角色，而愛上了源氏。於是，彷彿紫式部替身的紫之上開始活躍；作者更藉由源氏之口，以向紫之上述說的方式，對自己的分身進行批評。

兩者的關係愈來愈緊密，紫式部最初的構想也逐漸變化。就在這時候，發生了女三宮的下嫁、她與柏木的私通等等劇烈的轉折。也就是說，紫式部沒有讓故事結束在源氏與紫之上的一對一關係中。

紫之上很清楚，不管對方是多麼傑出的男性，都不應該把自己的全部託付予他。而且當她決定走自己的路時，她更了解到，其實是男性對自己有無限的依賴。

紫式部自己，說不定有過這樣的經驗吧。當然，我們無從得知歷史上的事實。只不過以故事來說，若是要描述獨立、不依賴的女性的生存之道，紫之上與源氏的關係發展到這個地步，已經是不可能的了。作者需要新的主人翁。

我想我們已經看得很清楚，雖然二次元平面上展開的女性曼陀羅，暫時收束在一起，卻談不上完成。充分體驗人生的紫之上，離開了這個世界。於是光源氏也失去了存在的意義。他最初出現的時候，不具有人格；他離開的時候，也是一樣。因此，雖然他消逝而去，作者卻無法描述他做為一個個人的死亡樣貌。

我想，恐怕紫式部原先並沒有將〈雲隱〉闢為單獨一篇的想法。一回神，他已經不在了——或許這才是作者的意圖。紫之上死去的同時，他的功用也隨之消失。

話雖如此，就像我們反覆重述的，源氏的樣貌是極其複雜的。有時像是不實的存在，有時又是充滿魅力的男性。不知不覺地消失，太令人惋惜。

本章標題為〈光的衰芒〉，但其實我們的語言裡並沒有「衰芒」這種說法，這是筆者造出來的詞語。

原本我寫的是〈光的衰退〉，但最後還是覺得，衰退這兩個字，不適合光源氏。於是我借用「光芒」的「芒」，造了「衰芒」這個詞。源氏的光即使衰退了，它的殘光仍然拖曳著長長的尾巴。事實上，活躍在下一章的那些人物，都可以看到光源氏的影子。

紫式部或許也有同樣的想法。許久不曾公開露面的源氏，終於在歲末「佛名之日」的儀式中現身。紫式部說他「那一天，初次出現在眾人眼前。其容顏比往昔更增添了許多光彩，看起來氣度恢宏，氣宇軒昂」（〈幻〉）。那就像蠟燭的火在滅去之前，一瞬的光輝吧！

註釋

1 譯註：本居宣長透過對《源氏物語》的剖析指出，「物之哀」（もののあはれ）是平安時代文學，以及創造這些文學的貴族的生活之中心理念。「物」（もの）是客觀對象，「哀」（あはれ）是主觀情感，「物之哀」則是這兩者的一致調和所產生的情趣的世界。一般來說，它代表優美、纖細、沉靜、觀照的理念。

2 原註：河合隼雄《中年クライシス（中年危機）》（朝日新聞社，一九九三年）中提到的日本文學作品，有論及中年危機。

3 譯註：「齋宮」是代表天皇在伊勢神宮侍奉的皇女，由天皇在即位的時候，選拔未婚的皇族女性擔任。

4 譯註：牽牛花在日文稱為「朝顏」。

5 譯註：「齋院」是在京都賀茂神社服侍的女祭司，由皇族中未婚的女性擔任。

6 譯註：「玉鬘十帖」指的是從〈玉鬘〉開始到〈真木柱〉的十個篇章。

7 譯註：《找回自己的公主》（『我身にたどる姫君』）據推測是完成於鎌倉時代、十三世紀後半的擬古物語文學，受《源氏物語》影響很深，作者不詳。大量描述私通、同性戀、近親戀、性暴力，是一部很特別的作品。

8 原註：關於這一點，在以下的對談中有討論。三田村雅子、河合隼雄「我身にたどる姫君」『創造の世界』一一一号、小学館 一九九九年

9 原註：白洲正子『いまなぜ青山二郎なのか』新潮社 一九九一年

10 原註：中村元『仏教語大辞典〔縮刷版〕』東京書籍 一九八一年

11 原註：關於榮格的曼陀羅體驗，在他的自傳中有所描述。

12 原註：河合隼雄・三田村雅子・河添房江・松井健 「源氏物語 こころからのアプローチ」『源氏研究』第四号 翰林書房 一九九九年

13 原註：高橋文二『源氏物語の時空と想像力』翰林書房 一九九九年

14 譯註：「御伽草子」是從鎌倉時代末期到江戶時代出現的短篇故事之總稱，處理過去從未出現過的新題材，並附有插圖。有時也指這種短篇故事的形式。還有更廣義的用法，指稱以室町時代為中心的所有中世紀小說，又稱「室町物語」。

15 原註：池浩三「『源氏物語』の住まい」、五島邦治監修『源氏物語 六条院の生活』青幻舍 一九九九年

｜第五章｜

做為「個體」生存

紫式部在思考自己身為女性的存在方式時，意識到其多樣性與多面性。於是她以光源氏這個男性形象做為中心，將女性的多樣性與多面性，以曼陀羅的方式表現出來。但她無法因此滿足，開始感覺到有更進一步深化的必要。

不透過男性來定義自己的存在方式，做為獨立個體而存在的女性，是什麼樣貌？這是她的下一個課題。光源氏的故事已經無法探討這一點，紫式部必須等待他的死亡，再重寫新的故事。那就是「宇治十帖」。因此，宇治十帖和之前的故事呈現顯著的不同。可以想像，這期間紫式部本身，應該也起了很大的變化吧。

紫式部是否一開始就有了宇治十帖的整體構想，做為源氏死後故事的發展？我們無從得知。不過，〈雲隱〉之後的三篇，讓我們感覺，作者在源氏消失後，失去了方向，不知道接下來該怎麼寫才好。一直到確定以住在「宇治」這個地方的女性為主題，故事才開始向前展開。稍後我們也將提及，紫式部得到靈感，將舞台移往宇治，使故事重新得到發展的動力。

本章要談的就是宇治十帖。在紫式部追求女性嶄新生存方式的同時，光源氏這個男性形象，分裂成薰與匂宮兩個人。不過在談到他們兩人之前，我想要先回頭談談夕霧這位男性。夕霧雖然是光源氏的兒子，但他的女性關係和父親有很大的不同。這可以看做是新女性形象誕生的前兆。

1 男女關係的新方式

從現代的角度來看，平安時代貴族的男女關係是非常特別的。即使是正式的結婚，因為是由父母決定的，女方沒有看過對方的長相是很普遍的事情。當然，結婚之前，男女互相寫歌贈答，可以多少了解對方的教養與喜好；可是因為有找人代筆的情形，所以這一點也不可靠。總之，在女方家長的同意下，即將成為新郎的男性，會潛入女性的房間裡，和她發生關係。由於都是晚上，所以看不到對方的臉。發生關係後的第三天，舉行稱為「露顯」的儀式，雙方才終於見面，分食「三日餅」之後，婚姻就算正式成立了。因為這樣的方式，當天見面嚇一跳，「竟然是這種長相！」也是常有的事。

男方在其他場合瞥見女性的容貌，心生愛慕而熱烈追求的情況也是有的。但即使如此，女性仍然無法事先看到男性的面容。因此，西方中世紀貴族間的「浪漫愛情」，在王朝物語中是看不到的。王朝物語所描寫的男女之愛，和「浪漫愛情」是截然不同的東西。

源氏的女性關係中，事先看過源氏長相的，只有夕顏和藤壺。但兩人都是已經有過男性經驗的女性，而且兩人身處的條件，都使她們的愛情不可能發展為婚姻。實際上，這兩人與源氏的關係，最終都發展成悲劇。

源氏以外的男性也是如此。《源氏物語》中，男女互相知道對方的長相，而且女性出身貴族的，只有夕霧與雲居雁的關係。接下來我們會談他們的事。

從這些情況就可以看出，《源氏物語》中對這兩人戀情的描述，非常值得注目。那在當時是極為稀有的例子。我們不得不說，講出這個故事來的紫式部，真的是個出類拔萃的作者。

兒子夕霧的戀情

夕霧雖然是源氏與葵姬的孩子，但是他一直和葵姬一起生活。葵姬死後也繼續由她的娘家，也就是葵姬的父親（左大臣，後來成為太政大臣）照顧。小孩由母方的家庭養育，在當時並不稀奇。太政大臣死後，葵姬的母親，也就是夕霧的祖母大宮，接下了養育的責任。

然而，大宮家裡還有一個孫女，就是她兒子頭中將（這段故事開始時，官位是右大將）的女兒，雲居雁。頭中將雖然有許多小孩，但雲居雁不是他和正室的孩子。雲居雁的媽媽在生下她之後和頭中將分手，嫁給了按察大納言。因為擔心小孩和繼父同住，日子不好過，所以把雲居雁寄養在祖母家。

當時的人，即使是親戚之間，也十分留意不隨便讓男女照面。但因為夕霧和雲居雁年紀還小，比較能夠自由行動，經常在一起玩耍。夕霧開始懂事之後，對雲居雁產生了愛慕的心，雲居雁也回報以同樣的感情。雖然稚氣未脫，兩人開始書信往返。與他們親近的乳母們都知道這件事，卻也默許。

不久之後，夕霧在十二歲時加冠成人。父親源氏官拜內大臣，就算給予夕霧四位的階級也不足為奇，但源氏認為兒子應該受到嚴格的教育，刻意只給他六位，還送他進大學寮研讀學問。

夕霧雖然不滿，還是聽從父親的話，在大學寮裡取得優秀的成績。這段期間，為了讓夕霧專心讀書，源氏在自己的宅邸裡，為夕霧準備了一個房間。夕霧雖然住在源氏家裡，偶爾會拜訪大宮家，和雲居雁的關係也沒有中斷。

這時候源氏升為太政大臣，頭中將升為內大臣，兩人都權傾一時。源氏謫居須磨期間，頭中將曾甘冒不諱地探望他，這兩人的友情其實非常深，但男人之間終究還是有競爭的意識。頭中將的女兒弘徽殿女御明明很早就入宮，但源氏充做監護人的秋好中宮受到天皇寵愛，反而先立為皇后。頭中將嚥不下這口氣，想要將雲居雁嫁給太子。但就在探訪大宮的時候，他從乳母們那裡聽到夕霧與雲居雁關係的傳聞。

頭中將怒火中燒，甚至出言責怪大宮沒有善盡照顧他女兒的職責。秋好中宮的立后使他胡亂遷怒，硬是把弘徽殿女御召回娘家，再以找人陪她說話為藉口，要把雲居雁接回自己家裡住。頭中將對源氏的競爭心燒得熾熱。這樣一來，雲居雁除了服從父親的命令，別無選擇。

對於雲居雁父親的決定，女性們的反應非常有趣。雲居雁的乳母們全面贊成。她們都覺得，就算夕霧再怎麼優秀，雲居雁也不該屈就「和區區六位的婚事」。她們認為，和皇室的關係還是最重要的。

另一方面，夕霧的乳母們則怒不可遏。夕霧這麼傑出的青年，竟然受到內大臣如此的侮辱，使她們忿忿不平。話雖如此，這些話她們無法直接衝著內大臣說，於是她們去告訴大宮。

這時候大宮採取的態度，完全是個慈愛的祖母。她瞞著頭中將，安排機會讓夕霧與雲居雁見面。夕霧表示，內大臣的舉措令人忿恨。明明有相見的機會，為什麼不讓他們見面？雲居雁回答，自己也有同感。夕霧「問她『對我可有愛戀之意？』雲居雁微微頷首的樣子，仍然稚氣未脫」（〈少女〉）。兩人雖然互表心意，但內大臣前來迎接雲居雁的腳步，卻愈來愈迫近。

夕霧也聽到了雲居雁的乳母對他表示輕蔑的話語，於是他如此歌詠：

淚紅如血濡衣袖，何忍譏嘲誣新綠

六位官的衣服是淺綠色的，夕霧藉以表示雲居雁的乳母不了解自己的血淚心境。雲居雁則這樣回應：

我憂無盡郎君知，此緣因何染中衣

雖然如此表達心意，兩人卻只能急忙忙地分別了，留下夕霧獨自悲嘆。

這裡所描述的男女關係，對當時來說是「新」的東西。年輕男女清楚地看著對方，互訴愛意。讓這樣的戀愛關係發生在源氏兒子夕霧的身上，只能說是紫式部耀眼的文才。

夕霧與雲居雁的戀情，極度接近西洋的浪漫愛情。而社會成見（體現為頭中將）的介入與阻礙，也非常類似。

但是，接下來的發展就和浪漫愛情完全不同了。雲居雁服從父親的命令，乖順地被帶走了。夕霧也只是一味地忍耐，沒有任何積極的行動。「浪漫愛情」的另一個重要元素「戰鬥」（不論是內在的戰鬥，或是外在的戰鬥），在這裡完全付之闕如。

稍後我們將會提及，在這個事件之後不久，夕霧馬上寫了情書給父親的侍從惟光[1]的女兒。就浪漫愛情而言，這是怎麼也說不通的事。

儘管如此，在描述了源氏各式各樣的男女關係之後，紫式部提出一對一關係的樣態，值得特別記上一筆。我們可以看到她摸索男女關係新方式的努力。

關於〈橫笛〉

探索「新」事物，無形中為父子關係帶來某種緊張。

夕霧透過構築新的男女關係，挑戰父親源氏的生活方式。然而，就像第四章〈父與子〉一節所述，父子對立的軸，移向了夕霧與頭中將之間。源氏與夕霧、頭中將與柏木，這兩組錯綜的父子關係，發展出複雜的人間樣貌。

橫笛是交織出這兩組父子樣貌的線索之一。當時橫笛是男性的樂器，女性是不可以吹奏的。也因此，橫笛成為父子關係或男女關係中，男性存在方式的象徵，在許多王朝時代的故事中登場。《源氏物語》也不例外。

首先讓我們看看〈少女〉一篇所描述的，頭中將與夕霧的情形。如前所述，夕霧與雲居雁相戀，但一開始頭中將並不知情。夕霧加冠成人後，搬到父親源氏宅邸的一室，專心致力於學問，但他經常探訪幼年時生活過的大宮的住處。當然，和雲居雁見面，也是他的目的之一。

有一天，對此毫不知情的頭中將，前來拜訪母親大宮。在大宮家，他讓女兒雲居雁彈箏，大宮在一旁撥弄琵琶，頭中將也以和琴[2]相和。家人正和睦地閒談時，夕霧來了。對頭中將來說，夕霧是他的外甥，再加上與源氏的關係，夕霧算是他親近的人。他對夕霧說，努力求學固然是好事，但有品味的嗜好也很重要，同時遞給他一支笛子。這舉動彷彿暗示，「你現在也是個獨當一面的男人了」。

夕霧沒有辜負他的期望，「吹奏出美麗而充滿活力的音色，韻味十足」，頭中將也興致大發，以歌聲相和。夕霧就像融入了他們家族之中。但是當天色暗了下來，侍從端出了湯泡飯與水果時，頭中將突然令雲居雁回到房間裡去。

這是很關鍵的地方。雲居雁與父親、祖母，融洽地合奏時，夕霧來訪。頭中將把笛子交到他手上的行為，顯示出相當的親近感，同時也代表他認可夕霧已經是個成年人了。夕霧不負所望，演奏得很好，頭中將甚至與他相和。

這時候，要是頭中將讓女兒也彈一段箏曲，夕霧與雲居雁的關係也會因此變得更深入吧。不過頭中將突然要雲居雁回房，明確地劃出一條線，表示他和夕霧的親近關係，以此為界。這是難以違抗的嚴父的姿態。民間故事經常出現與女兒的求婚者徹底敵對的父親形象，但頭中將並非如此。他優雅地表示親近，同時卻擁有一步也不退讓的堅強意志。

不過，夕霧的意志力，也不遑多讓。話雖如此，他的意志力不在於戰鬥，而在於等待。夕霧拒絕了所有其他人的提親，足足等了五年，終於成功與雲居雁結婚。這個故事，可以說和他父親光源氏的女性關係正好相反。不過，雖然夕霧與雲居雁之間，可以說是嶄新的男女關係；但它和西洋浪漫愛情不同的地方在於，故事並沒有在這裡結束。還有下一個「橫笛」的故事，正等著夕霧。

夕霧如願結婚了，也謹守一夫一妻的關係。但是，這期間發生了友人柏木悲劇性的戀情與死亡。因為柏木的託付，夕霧拜訪柏木的遺孀落葉宮（女二宮），以及她的母親一条夫人的住居（一条宮）。看來似乎落葉宮剛剛彈過琴。琴就留在原處，也沒有收拾，急忙地回廂房去了；只留下衣襬摩擦窸窸窣窣的聲音，以及一股香氣。

夕霧靠近那和琴細瞧，「看來有人經常彈它，人的氣味都滲到琴裡了，不禁怦然心動」。不過他雖然受到落葉宮人品吸引，卻轉念想：「這種時候，那些好色而不知謹言慎行的人，恐怕要失去自制心而做出見不得人的舉動來吧」。想著想著，他開始彈起琴來。

這裡的描寫實在巧妙。固執的夕霧專注於與雲居雁的關係中，認為自己全然沒有好色心。但是，當他正想著「幸好是自己。要是有好色心的人，面對這種場合應該會無法自制吧！」的時候，不知不覺間手已經開始撥弄琴弦。無意識的動向，透過手表現了出來。

雖然接待夕霧的，一直是一条夫人，但夕霧借琴發揮，藉口懷念故人柏木，希望聽落葉宮彈琴。但畢竟落葉宮婉拒了，夕霧也不好強人所難。只是到了月升起、雁高飛的夜裡，落葉宮的心意也動搖了，隔著簾子彈起了箏。

夕霧更加傾心，也拾起琵琶與之相和，並要求落葉宮賜予隻字片語，終於兩人以歌應答。夕霧表示叨擾已久，約定擇日再訪，「但望不改此琴音律，待來日重逢。世事難料，我心甚念」——留下意味深長的話語，打算就此告辭。

這時候一条夫人遞給他一把橫笛，告訴他，據聞這把笛子頗具由來，埋沒此處也實在可惜。的確，橫笛是男性的樂器，在全是女人的住家裡，確實是用不著。夕霧取過笛子試著吹奏，但途中戛然而止，說道，自己終究是不該吹奏這把笛子。

樂器的合奏，再加上笛子的贈與。頭中將與一条夫人，分別贈送笛子給夕霧的這兩個小插曲，事實上傳達了豐富的訊息。想必當時的人，就在這舉手投足，或是隻字片語之中，看出了許多意義。有時從自己不假思索的行為，或是脫口而出的話語中，了解到自己的內心。又或者，產生誤解與偏見。

從一条夫人那兒收到橫笛回家的那個夜裡，夕霧夢見了柏木。柏木吟了這樣的歌：

風吹竹笛揚清音，願付子孫永流傳

接著表示，收到這把笛子的人，並不是自己想要交付的人。夕霧從歌裡知道，柏木希望自己的子孫能夠繼承這把笛子，而不是他。但夕霧一直以為，柏木並沒有留下任何子嗣，因此無法了解夢的意義。

隔天，夕霧到六条院探望父親源氏。這時候他見到了女三宮的兒子，薰（他原本以為是女三宮與源氏的小孩）。他發現薰的容貌酷似柏木，對他來說，所有的謎題突然解開了。同時他又想，「這怎麼可能！」

夕霧的心情非常複雜。他告訴源氏，一条夫人送他笛子的事，也說了前一夜所做的夢。源氏立刻察覺，柏木應該是希望把笛子傳給自己的兒子薰，但他避開這個話題，反而細數那把笛子的由來，並且要夕霧把笛子交由他保管。

夕霧認為這是個好機會，於是把柏木臨終之際的遺言，一股腦兒全說了出來——柏木告訴夕霧，源氏對自己（柏木）似乎有所誤解。夕霧希望藉此追出真相，但老練的父親狡獪地顧左右而言他，夕霧也沒有再追問下去。

圍繞著這橫笛的親子對決，就這樣不明不白地被避開了。但或許透過這件事，夕霧終於認識到，自己已經是能夠與父親對抗的成人了。

苦惱的男人

西方（特別是美國）的現代人推崇浪漫愛情，到了近乎「信仰」的地步。由於無法超脫這樣的信念，而衍生出許多問題。關於這一點，我們在第二章介紹過的榮格分析師強生這樣說：「西方人的社會，尚未學會如何處理浪漫愛情的可怕力量。我們運用這份力量所製造出來的，並不是永續的人際關係，而是悲劇與疏離。」

這番話表現出他對現代美國的絕望，也道出了真相。只要看看在信奉浪漫愛情的美國夫婦之間，有多少的離婚悲劇，有多麼強烈的疏離感，就可以明白。

如前所述，紫式部描繪出極度近似浪漫愛情的戀愛風貌，這在王朝物語中是非常罕見的。但同時她也非常清楚，浪漫愛情幾乎必然會帶來「悲劇與疏離」。柏木的情況是悲劇，夕霧的場合則是疏離。柏木對女三宮的愛以悲劇收場，夕霧與雲居雁相思相愛的關係，則轉變為「疏離」。

我們不難發現，西洋的浪漫愛情故事，大多以悲劇或婚姻做為結局。如果浪漫愛情在結婚後仍然繼續，總有一天會發生「悲劇與疏離」。紫式部在敘述完夕霧與雲居雁可喜可賀的結婚後，並沒有讓故事結束。她以清醒的眼繼續注視著兩人的關係，冷靜地敘述。她的精神力量既柔軟，又強韌。

夕霧收下一条夫人贈與的橫笛，回到自己的家。紫式部以銳利的筆鋒，描繪出之後的情景。雲居雁直覺地感受到夕霧為落葉宮動了心，很早就上了床，假裝已經睡著。夕霧心情浮動，拉開窗子，低聲叫喚雲居雁：「如此美月，你不想觀賞嗎？」但雲居雁不理不睬。孩子們醒了過來，睡眼惺忪地散坐在四處。不久前在一条宮感受到的寧靜，彷彿另外一個世界。

夕霧試著吹了幾聲笛子，心裡飄過各種念頭。希望能見落葉宮一面、話說回來，妻子雲居雁的個性還真是彆扭……。紫式部精準地捕捉到，相思相愛的夫婦進入中年後，心念的動搖

（〈橫笛〉）。

夕霧寫了信給落葉宮，但沒有收到回信。也曾強人所難地借宿一条宮，但落葉宮始終堅拒。這期間，一条夫人誤以為夕霧與落葉宮已經發生關係，憂心成疾而撒手人寰。夕霧為了她的葬禮盡心盡力，對落葉宮也益發窮追不捨。雲居雁察覺夕霧的變心，既哀傷，又憤怒。

這中間的細節，我們就略過不談，不過有一件事一定要提出來討論。我覺得作者紫式部透過這件事，表明了她自己對這種男女關係的看法。源氏聽到夕霧與落葉宮的傳聞，十分痛心。他對紫之上表示，看到落葉宮喪夫的例子，使他不免對自己的身後感到不安。

紫之上聽了他的話，心裡想：「世上再沒有如女人這般持身困難，可悲可憫的生物了」（〈夕霧〉）。紫式部講述紫之上內心的聲音，但其實那是作者本身對女性生存之道的想法。

紫之上又繼續想下去。「若是對哀傷與快樂皆視而不見，一味地韜晦自閉，又何以品嚐浮生之繁華，聊慰此世之無常徒然？」

接下來的話，把焦點放在父母，十分有趣。紫之上思忖，如果成為一個不辨人世情趣的女性，無疑違背父母養育自己的本意。最後她下了這樣的結論：「明知孰善孰惡卻埋藏心底、默而不語，未免無趣。雖然我心由我，但如何才是恰到好處？」

這些話的背面，隱含著對那些不知「孰善孰惡」，只知道作威作福的男性之尖銳批判。話雖如此，若是女性單方面地主張自我，也是沒有意義的，這一點她很清楚。「恰到好處」是何等困難！她苦心思索。

在那之後，夕霧硬是讓落葉宮，搬到修繕過的一条宮。落葉宮雖然頑強抵抗，甚至躲到倉庫裡，但夕霧費盡苦心，終於得逞。苦的是原本相信自己和夕霧兩情相悅的雲居雁。她以「避沖」為名目，暫時搬回父親家。

夕霧不知如何是好，寫了信過去，也沒有回音。於是他決心親自去找雲居雁，說服她回家，但完全沒有效果。夕霧死皮賴臉地住了下來。雖然讓孩子們睡在身旁，一顆心卻怎麼也定不下來。「『到底是什麼樣的人，會覺得這種事有趣？』心裡頭十分懊悔，只覺得再也不敢了。」

苦惱的男人在這裡登場——雖然樣子有點滑稽。這種態度，和光源氏「我啊，不管做什麼，大家都容許」的囂張，正好是兩種極端。不過說到苦惱，光源氏脫離作者的意圖，擅自開始行動的時候，在與玉鬘的關係中，也可以說吃了不少苦頭。那時同時進行的，還有夕霧與雲居雁被禁止的戀情。漫長等待的兩人，也曾經相當痛苦吧。而對夕霧來說，這一次嚐到的苦惱，和當時的滋味完全不同。

對愛情執著的柏木，也受了很多苦。當然，做為他們對象的女性們，更是苦不堪言。話說回來，人要是不受苦就不會改變；巨大的變化總是伴隨著痛苦。追求嶄新男女關係的夕霧，必須經歷痛苦煎熬，也是理所當然的。

從這個痛苦的過程中，他找到了解決的方法（〈匂宮〉）。夕霧升任右大臣之後，為了不讓源氏遺留下的六条院荒蕪，要落葉宮住進六条院東北角，從前花散里住過的房子（夕霧小時候也在這裡），雲居雁則住在夕霧原來的宅邸三条殿。以「一邊各十五日，輪流在兩邊過夜」的方式，圓滿結束了紛爭。

這距離雲居雁一怒之下回娘家、夕霧苦惱不已的那時候，已經過了十年。他們究竟經歷了什麼樣的過程，才走到這個結尾？書裡沒有說。透過平等地輪流造訪兩位女性以解決衝突，的確像是循規蹈矩的夕霧會有的做法（雖然夕霧還有一個女人——惟光的女兒藤典侍，兩人也生下了孩子，但因為身分懸殊，雲居雁和落葉宮都沒有把她當做問題）。

落葉宮
雲居雁
夕霧

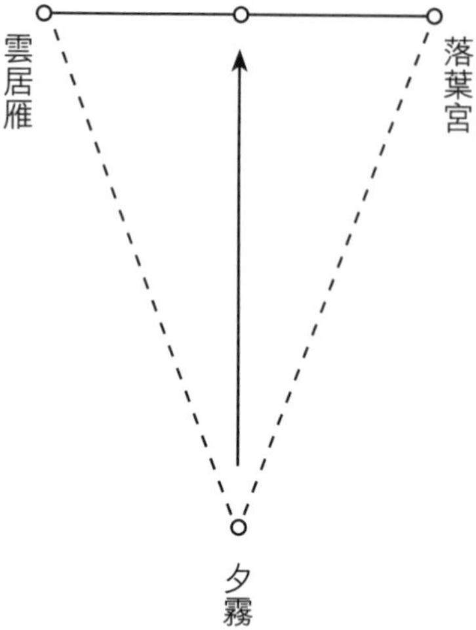

圖十八　夕霧的女性關係

以先前提過的等腰三角形來說，因為夕霧處在聯結雲居雁與落葉宮的直線正中央，可以說找到了某種安定（圖十八）。

從源氏到夕霧，世間的樣貌已經改

變。想要從中發掘新型態男女關係的作者，這樣的解決方式並不能令她滿意。她還想尋找不同的關係——或者應該說，女性不同的生存方式。故事繼續。為了徹底改變事物的標準，紫式部把故事帶離京都，在宇治重新設置了舞台。

2 擁有「Genius Loci」的場所

和光源氏的男女關係相比，兒子夕霧的男女關係已經有了相當大的變化。但是紫式部無法因此而滿足，她需要更劇烈的變革。前一節我們曾經描述，當紫之上從源氏那裡聽到了夕霧與落葉宮的事，對於女人的生存方式產生了種種想法，而那正是紫式部的心聲。

女性即使擁有十分充足的判斷力，似乎也不應因此消極退縮——描述完紫之上的這種種想法，作者最後表示，紫之上之所以有這些想法，是因為掛慮她照顧養育的女一宮（明石中宮的女兒）。這段文字或許可以解讀為紫之上的心願——自己的世代已經無可救藥，她把希望寄託在下一個世代。

事實上，接下來在故事中活躍的，就是夕霧之後的世代，薰與匂宮。故事的重點，則是圍繞在他們四周女性們的生存方式。為了描述這樣的變化，紫式部將舞台從京都移往宇治，展開了「宇治十帖」的故事。為什麼選擇了宇治這個地方？要回答這個問題，我們必須思考「Topos」（編按：可譯為傳統主題）這個概念。

近代人重視人的主體性。近代人認為，即使擁有主體性的個人在空間內四處移動，不管人移動到什麼地方，因為空間是均質的，一切由做為主體的人的存在方式決定。但是，古代的人並不這樣想。他們認為，每個特定的場所，都有其固有的特性。

拉丁文有一個說法叫「Genius Loci」，一般翻譯成「場所的精靈」或「土地的精靈」。「Genius Loci」是一個場所所具有的精神上的氛圍，是文化的形成，以及文化活動的重要因素。日本所說的「有來由的土地」（由緒ある土地）就是這個意思。不單是地理上的場所，而是擁有「Genius Loci」的場所，我們稱之為「Topos」。

宇治這個 Topos 本身即具有某種精神性；它的精神性和京都這個 Topos 是不同的。因此可以想像，在宇治發生的人際關係，和發生在京都的人際關係，有不一樣的意義。

自古以來，日本人稱呼和歌裡經常歌詠、引為典故的名勝為「歌枕」。這樣的名勝，正是具有 Topos 重量感的場所。宇治當然是一個很重要的「歌枕」。因此在討論「宇治十帖」之前，我們必須先談談做為 Topos 的宇治。

聖俗交錯

如果想就《源氏物語》的整體來探討 Topos 論，需要另外一整本書的篇幅，因此在這裡，我打算只把焦點放在宇治。對於想要以整體的角度思考這個問題的人，角田文衛、加納重文合編的《源氏物語的地理》[3]非常具有參考價值。雖然正如標題所示，這是一本研究「地理」的書，但是它並沒有忽視Topos的觀點。作者之一的奧村恒哉，探討了從京都到宇治的地理。他這樣說：

「土地這種東西，特別是著名的場所，具有該土地特有的氛圍。那不只是自然的環境，同時也是歷史所形成。《源氏物語》充分活用了這種氛圍。」他又說：「那些被稱為『歌枕』的土地，光是指出其地名，就能讓聽到的人產生特有的感動。」

這談的完全就是Topos。《源氏物語》中描述的土地，各自有其做為Topos的特性。對當時的人來說，只要聽到某片土地的名字，只要告訴他那是「歌枕」，「就能讓聽到的人產生特有的感動」。紫式部在撰寫她的故事時，當然意識到這件事。

前述《源氏物語的地理》一書中，加納重文推測當時巨椋池的大小，繪製成「源氏物語地圖（京外）」[4]，我們將它轉載在這裡。

（參考資料：角田文衛、加納重文合編的《源氏物語的地理》思文閣出版，一九九九年。）

源氏物語地圖（京外）

從這張地圖，可以推測出宇治這個 Topos 的性質。宇治位於京都的南邊，大道開闊，和北方的群山連綿完全不同。但是，宇治的大道是當時的人前往奈良長谷寺朝拜經常走的路，具有前往神聖世界的中途點之性格。如果我們把京都看做世俗的世界，那宇治就是半聖半俗之地。住在宇治的八宮[5]被稱為「俗聖」，正好和此地的性格相呼應。

的確，當時要從京都到宇治並不容易。但是根據增田繁夫的說法，當時從京都到宇治「坐牛車大概不到兩個小時，馬的話又更快一些」，以某種意義來說，也可以說在首都圈之內。地處這個微妙的位置，是宇治的特徵；宇治十帖巧妙地活用了這個特性。

這張地圖也可以看做是表現《源氏物語》世界的另一幅曼陀羅。地圖中平安京的一角，有源氏所居住的六条院，其本身就具有曼陀羅的結構，這一點我們已經討論過。以六条院為中心，平安京內還有二条院、夕顏的房子，以及朝顏的桃園邸。現在讓我們轉而看看城外的布置。

我們已經談過宇治。平安京西邊明石君的宅邸和東邊夕顏的山寺遙相成對。與南邊的宇治相對的，是北邊的小野，做為宇治十帖結束之地，讓人覺得恰如其分。位於小野的尼庵山莊，比夕霧造訪的落葉宮的山莊，在山的更深之處，具有很深的含義。

夕霧在落葉宮的山莊體驗到的寂靜，和平安京內自宅的嘈雜所形成的對比，使他感到痛苦。儘管如此，他仍然把落葉宮從山莊帶回到平安京。反觀薰，薰想要把浮舟帶離山莊，卻沒有成功。據推測，源氏第一次見到紫之上的「北山某寺」的位置，應該是更為北邊的地方。這個安排顯示，紫式部對紫之上的感情非比尋常。

這個曼陀羅的結構，以「俗」為中心，四周布置了神聖的世界。曼陀羅研究者賴富本宏指出，曼陀羅除了從中心到周邊發展出去的能量，同時還有從周邊向中心的作用力。兩者的相互動力關係，是曼陀羅的特色[6]。

這張地圖也是如此。以平安京為中心，各式各樣的人物往返於各個場所之間，充分顯示出這幅曼陀羅充滿動力的性格。在聖俗交錯之處，產生了微妙的趣味。宇治正是典型的這種場所。

明石與須磨兩處土地，遠離具有某種程度整合性的這幅曼陀羅，幾乎可以說是完全不同的天地。從這張地圖我們可以看出，源氏謫居須磨具有多麼大的意義，而明石君搬到京都，又需要多麼大的決心。

明石上邸位於這張地圖中，京都西部大井川的附近。從這個地理位置的選擇，可以看出她的細心。同時也可以看到，後來她搬到六条院，對六条院曼陀羅的完成具有多麼深刻的意義。

分裂的男性像

為了讓故事產生劇烈的變化，紫式部將舞台遷移到宇治這個 Topos。在這裡登場的，是薰與匂宮兩位男性。雖然這兩人的關係，也可以視為源氏與頭中將關係的再版，但是考慮到薰與匂宮極度錯綜複雜的女性關係，我認為源氏這個男性像（雖說他不能給人一種真實的人的感覺）在這裡分裂成他們兩人。

稍後我們還會詳細描述他們二人。簡單來說，薰的個性內向；匂宮則是外向型的人。薰即使再三思量，也無法付諸行動，匂宮則先有行動才開始思考。源氏雖然有諸多樣貌，但若是要將他一分為二，那就是這兩人。

接續源氏軌跡的夕霧，雖然追求和父親不同的男女關係，但是他處在兩位女性中間，經歷了幾乎要被撕裂的困難。最後他隔日輪流與兩位女性見面，以這種妥協的方式取得了某種安定，但這不能使作者感到滿足。於是，紫式部從故事新發展的一開始，就設定了分裂成兩人的男性像。

源氏死後的第一篇〈匂宮〉，從「光芒隱去之後，能夠承繼其影子的，子孫之中一個也沒有」這樣一段文字開始。紫式部先從結論說起——沒有人能夠繼承源氏的「光」。在這個前提下，她接著敘述，冷泉院（源氏和藤壺所生）是天皇太過尊貴避過不談，今上帝的第三子匂宮（與明石中宮所生），以及女三宮與源氏（事實上是柏木）的兒子薰，兩人都以氣質高貴、容貌俊美為世人所稱道。

然而，紫式部沒有忘記但書——這兩人「事實上都談不上光輝耀眼」。非此世應有（近乎神）的源氏，一旦顯現在人間，就不得不分裂成兩個人格，而且他們都不如源氏那麼「光輝耀眼」。因此，他們做為凡人的苦惱，也就變得更深沉。

話雖如此，薰的人望高，自尊心也強，幾可與源氏匹敵。也說不上他的才德氣量有什麼過人之處，「只是總覺得他優雅高貴，心思深不可測，跟誰都不像」。內心深處有某些無人知曉的東西。

以某種意義來說，這也是理所當然的。雖然大家都認為薰是源氏的兒子，但他本人總覺得有什麼不對勁。但是，也不知道要問誰才好。

不清不楚的事，要問誰去？這不知始終的我啊。

薰對於自己存在的根本感到不安。母親年紀輕輕就出家為尼，也讓他感覺其中必有什麼祕密。

薰的特色是身上有一股特有的香氣。「薰的體香不像任何此世的氣味。不可思議地，只要他身體一動，香氣就能隨風飄到遠方，即使百步之遙也能聞到」。這是很罕見的事。讓人感覺，他似乎有些不屬於此世的資質。

〈東屋〉一篇中，薰到二条院拜訪匂宮。某個侍女聞到薰的體香，說道：「佛曾在經書裡這麼說，香氣是崇高珍貴的東西，果真如此。薰就是自幼勤習佛道啊。」其他的侍女聽了這番話，說：「應該前世就是位德行高尚的人吧！」人們認為薰的體香，和他總是心繫佛法有關。因為競爭的心理，匂宮鎮日焚香，努力讓自己身上沾染香氣，以不負他「匂宮」的名字7。儘管如此，和薰天生的體香，還是無法相比。

這兩人對女性關係的態度，恰恰相反。匂宮非常積極，薰則是消極的。薰要是和女性發生關係，就擔憂是否會對出家造成阻礙。做為光源氏的外孫，匂宮則繼承了外祖父虛華的態度，與明目張膽的女性關係。比起來，匂宮更像源氏。薰則有些像是背負了源氏黑暗面的部分。考慮到他出生的祕密，這也可說是理所當然的。讓相形之下較陰暗的薰有著與生俱來的體香，這讓人不得不佩服作者的巧思。

這兩人在「宇治」這個地方，展開了極富戲劇性的故事。首先打開宇治通道的是薰。宇治住著八宮這位皇族。他雖然是源氏同父異母的弟弟，卻和兩個女兒一起，過著彷彿被世人遺棄般的生活。八宮跟從住在附近的阿闍梨學習佛法，被稱為「俗聖」。雖然一心想要遁世出家，但掛心兩個女兒，而一直無法遂願。

阿闍梨拜訪冷泉院的時候，聊到八宮的佛道修行等話題。剛好在場的薰，因此對八宮產生了孺慕之意，互通書信之後，決定親身前去拜訪。為了追求佛道而走訪宇治，卻讓薰走進了意想不到的世界，人生真的是難以預料。

知道了薰的情形後，八宮表示一般人產生厭世的心境，都是在遭遇不幸的時候。薰在這世上隨心所欲、沒有任何欠缺，卻能一心向佛，這讓他對薰讚賞有加。

八宮會這樣想，的確很自然。但他不知道的是，比起「落魄潦倒」之類的事情，薰懷抱的不安遠遠更為根本。奇妙的是，薰開始走訪宇治之後，在偶然的機會下知道了自己出生的祕密。

薰為八宮傾倒，「一段時間不見，就強烈地感到思念」（〈橋姬〉）。薰的這個心境中，混雜著對父親的仰慕。

源氏已經過世，沒有父親的薰，總覺得「父親」這件事裡面藏著祕密。因此對他來說，八宮就是他心中「良父」的形象吧。在這種情況下，薰對八宮的女兒們產生興趣，也是很自然的事。話雖如此，薰和這兩位公主開始有互動，距離他初次造訪宇治，已經是三年後的事了。

有一次薰來到宇治的山莊時，八宮正好不在。薰無意間聽到兩位公主的樂器合奏。紫式部對於那時候樂音與香氣錯綜交纏的描寫，非常生動有趣，但這裡且略過不談。總之，薰隔著簾子向她們問安。公主們與侍女們都不知所措，狼狽倉皇中，一位領班的年長侍女出來試著收拾場面。

這位老侍女名叫弁君，其實是柏木的乳母，知道薰出生的祕密。薰直覺感到這位老侍女似乎知道些什麼。同時，倉促瞥見的公主們的美貌，也深深留在他心裡。從此他想要去宇治的動機，除了求道的心，還多了點別的。

後來薰去拜訪匂宮，說起了宇治的美麗公主們。匂宮立刻被激起了興趣，結果演變成匂宮也來到宇治的場面。這是薰的弱點，他無法一個人行動。有關宇治的公主們，後來又發生了許多讓他後悔的事。「那時候要是我那麼做就好了……」他不斷反覆悲嘆。

薰乍看之下思慮深遠，其實一點都不。事實上，如果薰和匂宮巧妙地組合在一起，或許會成為理想的人物，但也很可能成為像源氏那樣缺乏現實性的角色。現實，真的是難以捉摸的東西。

要不要經過「性的迴路」？

聽到薰說的話，興致勃勃的匂宮前往長谷寺參拜，中途在宇治停宿。薰也出現在這裡，同伴們撥弄管弦以自娛。匂宮一行人留宿在八宮山莊河對岸夕霧的別邸，但樂音飄過河面，傳到八宮山莊來，雙方遂差遣信差渡河，以書信互通消息。

薰即刻就前往八宮山莊探訪，匂宮則礙於身分不宜輕舉妄動，留在夕霧別邸。但是他折了花枝，連同歌一起，讓薰帶去給公主們做禮物。公主們為了如何回覆，傷透腦筋。但大君（八宮的大女兒）生性謹慎，不願意參加這種遊戲。

八宮感覺到女兒們的命運即將改變，同時也感到危險。雖然心有不捨，希望在自己死後，將女兒們託付給他認為可以信賴的薰。薰在允諾的同時，對於大君愈來愈傾心。

之後八宮決定入山，跟隨阿闍梨專心念佛。出發前他苦口叮嚀，要女兒們絕對不可聽信男人的花言巧語。與其為男人所騙，不如深鎖在這個山莊裡度過一生。

八宮做為父親的態度，和明石入道比較起來，特徵非常明顯。明石入道千方百計要讓源氏與自己的女兒結合，相信那才是女兒的幸福所在。明知道這麼做有多麼危險，他還是硬著頭皮執行自己的計畫。相對地，八宮雖然語焉不詳地暗示薰和自己的女兒結婚，但回過頭對女兒們所說的話，卻彷彿是對婚姻的否定。他內心真正希望的，或許是徹底拒絕外人的侵入，讓父女的關係永遠持續吧。而大君，則在心裡牢牢刻下了父親的意志。

八宮對女兒們留下嚴厲的話語，遁入山林，就在那裡死去。薰遵守承諾照顧兩位公主，對大君的愛慕也愈來愈強烈，只是她始終不願接受。終於薰侵入大君的閨房，但她的態度仍然不變。兩人共處一夜，但直到天明，都沒有發生性關係。

這時候大君對薰說的話，值得注意：「相隔以物的問答，內心才真的沒有隔閡」（〈總角〉）。換句話說，男女不要有性的關係，守住彼此分際交往，心靈才能真正相通。大君又說，希望薰與中君（八宮的二女兒）結婚，自己從旁守護就好。

薰並沒有就此放棄。以弁君為首的侍女們，心裡也有盤算。她們認為如果大君與薰結婚，自己的生活也必然會改善，因此都希望促成這個婚姻。對大君來說，要守身愈來愈困難。

薰又請求弁君幫忙，再度潛入大君的臥房。原本與中君共寢的大君事先察覺，躲了起來，因此薰進到臥房時，只有中君一個人在。薰知道對方是中君後非常失望，但那一夜和中君純粹聊天，沒有發生任何事就離開了。

這個場面再現了空蟬那時候的情景。但是，當時源氏明知道眼前的人不是空蟬，而是她的繼女軒端荻，還是跟軒端荻發生了關係。相反地，薰一直到離開為止，碰都沒有碰中君。這是非常明確的差異。從這個插曲可以看得很清楚，薰所追求的男女關係，和源氏不同。他一心一意，想要的只是大君一個女性。相對地，大君也絕對不是討厭他。他們兩人，難道不能如侍女們所願般結婚嗎？不論相貌、品味或嗜好，他們難道不是非常契合的一對嗎？

這兩人最終還是沒有結合。重要的是，大君不但不討厭薰，反而對他有相當的好感。但是，大君想要與薰結合的方式，和薰對大君的冀求，完全沒有交點。

對薰來說，身體的結合是非常重要的。話雖如此，他並非只在意「性」這件事。從兩人間的對話或歌的贈答之中，也可充分看出精神層面的東西。但是在他的意識裡，若是要有深度的結合，性關係是最重要的迴路。然而大君想要的，是不經過性迴路的深刻關係。對她來說，伴隨著性的關係中，沒有她所渴望的永恆性。

她想著，「這時候覺得喜悅的人，之後必定會痛苦。我企求的是，不讓自己、也不讓別人失望幻滅，不忘初心，可以持續到最後的關係」。若是以性的結合為中心，就算現在覺得喜歡，將來也一定會變心。如果能避開性，活在心與心的相連之中，就能夠永恆。這是大君的想法。

可惜薰不能理解大君的心。因為大君一直催促他和中君結婚，薰假意答允，卻把匂宮引進中君的臥房，結果匂宮與中君結合了。他盤算的是，這樣一來，大君或許就會和自己結婚。膚淺的男人，膚淺的算計。這樣做換來的，只有大君的輕蔑而已。

匂宮雖然繼續造訪中君，但畢竟皇子的身分有許多限制，無法自由行動。大君早就料到這一點，知道匂宮終究是無法信賴的。她病倒了，幾乎無法進食。儘管薰在病榻旁照料她，還是死去了。

做為「歌枕」的宇治（uji），因為與「憂傷」（ushi）諧音，被賦予憂傷的Topos性。這個故事正是悲傷與痛苦的連續。作者雖然將薰與大君描述為天生一對，卻沒有讓他們形成新的男女關係。

但是，我還感受到一些事情。面對難能可貴的、薰誠懇的求婚，大君卻一逕地拒絕。我彷彿看到葵姬、空蟬、紫之上等等女性對源氏的反感、憤怒與憎恨，濃縮在她的身影裡。

面對男性的強制，大君堅強地貫徹自己的意志，絲毫不屈服。但是在這個意志的根本之處，明顯可以看到「父親的意志」。這真的是來自她本身的意思嗎？她的態度讓人覺得過於偏執頑固，難道不是因為欠缺自然嗎？

那麼，匂宮與中君的關係，就合乎理想嗎？他們走的路，就像先前一再反覆的男男女女一樣。匂宮把中君安置在京都的二条院，中君也滿心歡喜。但才一眨眼，就聽到匂宮與夕霧的女兒，六君的婚事。中君當然很失望。薰出現了，在這萬事皆休的時候才終於表示，自己才是應該和中君結婚的人。

事過境遷之後才懊悔地改變主意，這是薰的個性，和匂宮正好形成對比。匂宮和薰若是能夠綜合在一起，或許會成為理想的人物。但正如前述，在現實的世界中，如此相對立的要素要置放在一個人的人格之中，可以說是不可能的。

面對任性霸道的男性，紫式部藉著紫之上的口，說出了女性的立場：「明知孰善孰惡卻埋藏心底、默而不語，未免無趣。雖然我心由我，但如何才是恰到好處？」（〈夕霧〉）。源氏死後，紫式部將舞台移往宇治，描繪出斬釘截鐵、從頭到尾徹底拒絕男性求愛的大君，這位前所未有的女性。但是，紫式部還是不能滿足。

為了提出做為個體的女性形象，她還需要新的女性。

3 致命的被動性

背負著作者的期待，最後登場的是浮舟。這部漫長的故事，經由她迎向了終點。在思考自己做為女性的生存之道，描繪出這麼多女性形象之後（她們各自具有自己的魅力），紫式部的心中誕生了浮舟這樣的女性，具有深遠的意義。

假使大君與薰結婚了（思想不俗、明辨是非、出身高貴卻落魄潦倒的公主，以及含著金湯匙出生、一帆風順的男性，而且兩人都不贊同舊有的男女關係），那將會是淺顯易懂的大團圓。但紫式部拒絕接受這樣的大團圓。不，說不定那是因為她讓作品中的人物自由行動，所產生的結果。宇治十帖的作者，和這部故事前半的作者，有很大的差異，幾乎可以說是不同的人。也難怪有人主張，《源氏物語》後半的作者另有他人。而瀨戶內寂聽在與筆者的對談[8]中，則以她文學家的直覺指出，這部分是紫式部出家之後撰寫的。

雖然無法確認歷史上的事實究竟為何，但筆者也覺得紫式部在敘述源氏之死的當下，至少心理上是出家了。因為有了如此不同的心境，作者才能塑造出浮舟這樣的人物來。

當無勝於有

浮舟的登場，就像牌局的最後一張牌。這個人物的形象讓人覺得興味無窮。她的身分不高（之所以提到這一點，是因為這在當時是決定性的負面因素），但這一點和她的特性無關。重要的是，她和大君非常相像。

浮舟是個沒有父親的孩子。雖然母親非常用心地養育她，但繼父對她並不怎麼關心。依照一般的判斷，這是個沒有任何魅力的女性。讓這樣的女性做為最後一位登場人物，讓人感覺到紫式部這個人的深度。她很清楚，在人心的深處，有時候無勝於有。

讓我們簡單地看看這個故事。匂宮和夕霧的女兒六君結婚的時候，雖然可有可無、態度消極，但結婚後卻深受六君的美貌吸引，長時間冷落中君。薰去探望的時候，進到她房裡，睡在她身旁，但什麼事都沒發生就離開了。之後，雖然薰對中君的愛慕愈來愈強烈，但中君並沒有任何回應。

某一日的對話中，薰提到他去了一趟宇治，那裡沒有任何人。他提議做一個代替大君的人偶，請僧侶來誦經祈福。中君從「人偶」這個詞聯想到，她們有一個同父異母的妹妹浮舟，和大君容貌非常相像。雖然很久沒有聯絡，但剛好最近來訪，果然很像大君。

薰到宇治探訪出家為尼的弁君，知道了浮舟的身世。她是八宮和侍女中將君所生的，但八宮沒有承認這個女兒。後來中將君帶著浮舟，嫁給了陸奧的地方官。他後來轉任常陸介[9]，最近剛好來到京都。母親帶著二十歲左右的浮舟，來拜訪中君。

薰聽了以後表示，如果是和大君有關的人，就算必須到陌生的地方，也想去探訪她，請弁君幫忙引介。這期間，薰和今上帝的女兒女二宮結了婚，迎娶回自己的宅邸。女二宮氣質高雅、容貌美麗，薰雖然也很高興，但對大君的感情卻始終沒有改變。

薰升任權大納言，兼任右大將。不但地位高，生活所有的方面都令人稱羨。但他的內心始終執著於大君，再加上對中君的思慕，過著鬱悶不樂的日子。

這時候薰去了一趟宇治，遇見了浮舟一行人。他從格子門的孔洞，窺見了浮舟。「看上去並不是多麼耀眼的人，卻難以就此離去，只想一直看著她。真是奇妙的心情」（〈宿木〉）。紫式部精彩地表現出薰初次見到浮舟，心動的樣子。

不久後，有一位左近少將向浮舟求婚。但是，當他知道浮舟不是常陸介的親生女兒，就轉而向常陸介的親生女兒、浮舟的異父姊妹求婚。中將君非常憤怒，向中君乞求庇護，讓浮舟住到中君的宅邸。

不過，匂宮偶然撞見了浮舟，惡習不改，又想染指。浮舟和周遭的侍女們都不知如何是好，幸好這時明石中宮生病，召喚匂宮回宮，浮舟才逃過一劫。不管三七二十一立刻行動，這是匂宮的作風。

中將君知道了這事，感覺到危險，急忙帶走浮舟，讓她暫時住到自己在三条的小屋。薰知道以後去探望她們，和浮舟共度一夜。薰很罕見地迅速行動，與浮舟攜手同遊宇治，在宇治度過了快樂的時光。

到目前為止，浮舟再怎麼看也不像是個「新女性」。一切照著母親的意思，只是配合著環境的變動而活著。有人求婚也好，婚事破局也好，只是隨波逐流。這些時候，浮舟是高興？悲傷？還是生氣？書裡完全沒有任何描述。

薰和浮舟共度一宿之後，覺得浮舟個性乖順，卻過於大而化之，讓人無法安心。他想起大君，雖然有些孩子氣，但心思細膩。雖然浮舟的外表神似大君，但性格則迥然不同。大君從頭到尾拒絕與薰的關係，浮舟卻對薰唯唯諾諾、言聽計從。她的「新」的一面，要到後來才會顯現。

迷惘的心

〈浮舟〉一篇的開頭，描述了匂宮對浮舟的迷戀。「宮，沒有一刻忘記看見她的那個傍晚」，怎麼也忘不了從自己指縫間逃走的浮舟。而且，浮舟突然就失去蹤影，於是他責備中君，到底是怎麼回事？中君很清楚匂宮只要盯上了一個女人「就不顧身分，即使是人家的故鄉，也要窮追不捨的惡劣習性」，不知如何回答，只是保持沉默。

薰完全不知道這件事，好整以暇地以為浮舟好好地在宇治等他。考慮到自己身分的問題，也不能輕率行動，雖然想著還要再去找她，日子卻這樣一天一天過去。這是他和急性子的匂宮不同的地方。於是，他掉入了意想不到的陷阱。

另一方面，匂宮發現了從宇治寄給中君的信當中知道了浮舟的行蹤。他立刻行動。輾轉知道了浮舟與薰的關係後，心想：浪得「正直」虛名的這傢伙，竟然做著這見不得人的事！他忿忿不平，坐立難安。

匂宮偷偷地直奔宇治，甚至打破圍牆侵入山莊內，四處窺探。他發現了女人的身影，無疑就是上次看到的女性。氣質高雅而貌美，與中君有幾分相似。這時候匂宮採取了蠻橫的行動。他巧妙地模仿薰的聲音，讓浮舟打開了門，強行進入她的房間。浮舟無力抵抗，只能任他擺布。

浮舟想到自己竟然和庇護人中君的丈夫發生了這樣的關係，哀傷哭泣。沒想到匂宮也哭了；「這不上不下的關係，想到此後見面不易，不禁淚下」。男女的眼淚意義完全不同。

匂宮霸道地決定，第二天還要留下來。知道了這件事的一位侍女右近，覺得事已至此，最重要的是不能讓其他人發現。於是她偽裝成來人是薰的樣子，保護這兩人。這裡有一件必須注意的事——經過了這樣的一夜，對於粗暴地侵犯她的匂宮，浮舟也感到心動。

原本她認為像薰這樣的美男子世間難有，這時卻覺得匂宮「情愛深濃、光輝奪目，無出其右」。匂宮也完全耽溺其中，覺得世上再也沒有這麼好的女人。不過作者並沒有忘記客觀的描寫。她先說浮舟的美貌不如中君，也比不上如盛開花朵的六君，才寫下匂宮的主觀想法。兩人一整日浸泡在熱戀的世界中，匂宮留下千萬個不捨，回到京都。

不久後薰來到宇治。浮舟因為和匂宮之間的事情，思緒紛亂。看到這樣的浮舟，薰還覺得她成熟了，由此可見薰的善良。薰提起他打算為浮舟在京都建一個家，浮舟則想起匂宮信裡所說的，為她找到了一處幽靜的住所。浮舟一方面覺得，說到將來的依靠，還是薰比較值得信賴；但想起前日匂宮的樣貌，又不願留下遺憾。不禁厭惡起自己來。

匂宮按捺不住，又來到宇治。這一次他在山莊對岸準備了一間房子，帶著浮舟過去。在乘船渡河的時候，匂宮看到名叫「橘島」的小島上茂密的常綠樹，吟了一首歌，說自己的心意就像那綠樹一樣，經過再多年也不會改變。浮舟則以這樣的歌回應：

縱令橘島色不變，身如浮舟何處行

「浮舟」的名字就是這樣來的。這充分表現出她不安的心情。兩人在那房子裡「幾乎見不得人地鎮日戲耍」，度過了兩日。渡河回山莊的時候，匂宮也緊抱著浮舟不肯放手，說：「你所重視的那個人，對你不會這麼好。你可明白？」浮舟也點頭。確實，薰不會有這麼強烈的愛的表現。話雖如此，浮舟也無法直奔匂宮的懷抱。

匂宮回京後，苦苦思念浮舟而生病了。薰和匂宮都捎來信，要浮舟搬到京都；讀了這些信，浮舟的心更是迷惘。雖然看到匂宮的信，一顆心就向著他飛去；然而想到最初結合的薰，體貼善良的人品也使她難以割捨。浮舟為了排遣苦悶，寫了這樣一首歌：

若以里名喻此身，山城宇治無以居

「里名」的典故，來自《古今集》中一首知名的歌：

結庵都南鹿為伴，世人謂我欲蟄隱[10]

我們可以感覺到，做為歌枕的「宇治」（憂傷）這個 Topos，深深影響著浮舟。她的苦惱夾在薰與匂宮之間，浮舟陷入動彈不得的狀況。但這也是因為浮舟過於消極被動，沒有抗拒任何事物的力量。她雖然與大君容貌神似，性格卻是相反的。

大君雖然對薰有十足的好感，但就算薰已經睡在她身旁，還是堅拒男女之事。相較之下，浮舟與男性的關係，則完全隨風飄蕩，毫無反省地接受一切。一方面和薰有男女的關係，心裡也覺得他是個可以依賴的人；而雖說一開始她無力阻止匂宮的侵犯，但之後卻耽溺於與匂宮的關係之中。

決心投水

浮舟雖然處於匂宮與薰之間，卻無法形成二等邊三角關係的平衡。浮舟對兩人都毫無抗拒地接受，距離縮得太短，沒有足以形成平衡的空間。尤其匂宮是個偏執莽撞、不顧後果的人，而薰雖然行事穩重，內心的執拗卻不亞於匂宮。

有趣的是，書裡完全沒有提到浮舟的內心，有任何試圖在匂宮與薰之間做出選擇的努力，或是後悔自己沒有做出抉擇。她是個徹底消極被動的人；她的消極被動，將自己逼入死路。

對此事毫不知情的母親中將君，來探望浮舟。她與弁君閒話家常的時候，聊到宇治河流湍急，非比尋常。侍女們也提到，前幾天渡夫的孫子沒有撐好船櫓，掉到河裡去了；在這條河川裡落水的人，是別想活命的。浮舟假裝睡著，其實卻聽著她們的談話。她一邊聽一邊想著，要是自己跳進河裡行蹤不明，母親、薰、匂宮，不知做何感想？

關於投水，先前其實已埋下伏筆。大君死去，悲傷的薰與弁君見面談話的時候，弁君詠了這樣的歌（〈早蕨〉）：

若將此身投淚川，後人之悲何須嚐

要是自己投水，就不會發生像現在這樣比大君晚死而有的悲傷事吧。薰告訴她，自殺者罪孽深重，無法前去彼岸佛的國度。接著他以這首歌回答：

即以此身投淚川，我心悠悠無盡時

就算跳入河裡，也忘不了對大君的愛戀——薰對弁君這樣說。薰雖然常常說些話讓人覺得他一心向著來世，不在乎此世的一切，但真的有什麼事情的時候，要離開這個世界其實是很難的。那個時代實際上有多少人自殺？筆者不知道。不過從這樣的對話也可以看出，浮舟投水的決心，是很不容易的事。

不久後，薰知道了匂宮與浮舟的關係，既悲又怒。他想起，兩人一直是好友，他還特地陪著匂宮去宇治，將他和中君送作堆；又想著，自己儘管愛慕中君，卻因為顧慮匂宮而克制自己。薰怒不可遏。但是，不要說是因此流血了，這兩人甚至完全沒有發生衝突，這是王朝時代的特色。

薰寫了充滿譴責的歌，送去給浮舟，發洩他的怒氣——一心以為你會等著我，你卻變了心，讓我成為世人的笑柄。浮舟不曉得薰到底知道多少事實，不知如何回覆才好。於是她回道，我想這信寄錯人了。平安時代的感情糾紛，要說優雅，還真是優雅。

浮舟的侍女右近偷偷看了薰的來信，感覺事態嚴重，拉著一個知道全部內情的侍從，一起向浮舟說了右近姊姊的事。

右近有個住在常陸的姊姊，同時愛上了兩個男人。但漸漸地，她的心意偏向了新情人，原先的情人因為嫉妒，殺死了後來的情人，結果男與女都陷入不幸。說完以後，右近忠告浮舟，同時和兩個男人牽扯不清，不是件好事，最好從中決定一個。

侍從力勸浮舟，乾脆選擇匂宮。但是浮舟的心，沒有那麼簡單就可以做決定。但想到若是像侍女們說的那樣「發生了不好的事情」，該怎麼辦？「我，還是想辦法死去吧！」尋死的念頭愈發強烈。

不過，右近姊姊的故事是值得注意的。因為就像先前所說的，薰雖然為匂宮的背叛感到憤怒，「卻沒有發生爭執」，所有的王朝物語裡，都沒有殺人的事件。

平安時代，是個不可思議的時代。有人說，平安時代沒有留下任何死刑的紀錄。在這樣的時代背景中，這裡講述了一個殺人的故事。於是我們知道，平安時代也會發生殺人事件；但以這個場面來說，或許兩位侍女是因為感覺到事態的急迫，而編造了這樣的故事也說不定。

動念尋死的時候，浮舟分別想起了薰、匂宮，還有母親。這時候母親捎來了一封信，說她夢見浮舟發生了不好的事情，十分擔心，於是布施給宇治山莊鄰近的寺廟，要他們為浮舟誦經，以祈求無事息災。

母親雖然擔心浮舟，但因為另一個女兒即將臨盆，無法離開家門。

浮舟心想，是時候了。給母親寫了回信：

期待不久後的相見，莫為此世之夢迷惑。

表面上她要母親別為了凶夢擔心，她們還會再見面，但事實上信裡說的是來世的再會，充滿了訣別之意。

鄰近的寺廟接受了母親的布施，很快就開始讀經，鐘聲隨風傳來。聽到這鐘聲，浮舟詠道：

鐘聲絕處續哭聲，我命已絕傳母親

母親祈福的鐘聲啊！請和我的哭聲一起，告訴母親我的生命已經結束──浮舟就在母親守護她的鐘聲中，跳進了河裡。

浮舟之死與大君之死，恰好形成對照。大君是「父親的女兒」，浮舟則是「母親的女兒」。大君雖然對薰有好感，卻忠實地貫徹父親的意志，堅拒男女之事，甚至延伸為拒絕進食，因而離開了人世。

相對地，浮舟極度地消極被動。明知會走向不幸的結局，卻同時接受兩位男性。像她那樣耽溺於與匂宮的關係，這種事大君是絕對不會接受的。

然而不管怎麼想，否定自己的「身體」，人是無法生存的。而雖然說浮舟完全順著身體性活著，但因為她太過於偏向缺乏父性的身體性（她沒有父親這一點是一個象徵），結果被逼向否定身體的自殺之路。身體性本身，就包含了這樣的弔詭。

浮舟選擇了投水做為自殺的手段，或許是想要回歸母胎中的羊水吧。

4 「死與再生」的體驗

浮舟並沒有死去。不，應該說她死而復生了。

浮舟是漫長的《源氏物語》這個接力賽，擔任最後一棒的女性。在思考她這個人之前，讓我們簡單地回顧在她之前的選手們。

光源氏的身旁圍繞著許許多多的女性。她們在各自與源氏的關係中，定義自己的存在。雲居雁希望能夠和源氏的兒子夕霧，活在一對一的關係裡。儘管如此，後來夕霧背叛了她的期望，將落葉宮這位女性拉了進來。

女性們雖然還是辛苦，但總算以隔日輪流相處的方式，暫時安定了下來。不過，作者紫式部不能滿足於這樣的情況。於是，接下來她讓男性像分裂，引進了薰與匂宮這一組對照性的人物。浮舟同時和兩人有很深的牽扯，在痛苦的盡頭，選擇了投水自殺之路。

這時候產生了重要的反轉。浮舟不僅倖免於死，而且轉變為和過去完全不同的女性。身為心理治療師的我們，大多看過苦惱尋死的人在自殺未遂之後，發生戲劇性的轉變，找到活下去的新道路。我們可以說，他們以象徵的方式體驗到了「死與再生」。

有一位自殺未遂後人格發生急遽變化的女性這麼說：「若不是曾經淹沒在瀕死的邊緣，我不會有任何改變。」浮舟是如何走過這過程的？又轉變為什麼樣的女性？接下來讓我們看看。

在能夠表示自己的意志之前

浮舟失蹤後，那些認定她投水自殺的人們，採取了什麼樣的行動？〈蜻蛉〉一篇中有所描述，在這裡讓我們省略。我們來看看〈手習〉一篇中，她獲救以後的事情。

救起浮舟的，是住在比叡山橫川的僧都。僧都帶著超過八十歲的母親，以及五十歲左右的妹妹，到初瀨寺參拜。回家的路上，母親生了病，因此暫時在宇治停留，在這個機緣下，遇見了失神蹲在樹下的浮舟。路人騷動不安，懷疑浮舟是狐或是鬼；僧都制止他們，讓浮舟避開人群，暫時在蔽蔭處躺下休息。

僧都的妹妹尼君知道後，想起自己在初瀨寺所做的夢，欲見浮舟。看到浮舟的樣子後，她說：「就像我那苦苦思念的女兒回來了。」尼君女兒有個已經過世，浮舟就像那女兒的投胎轉世。於是他們帶著浮舟，回到了橫川。話雖如此，因為橫川這個地方，女性是不能進去的，所以他們將浮舟安頓在橫川附近的小野，尼君的住處。

浮舟得到僧都的救助，有許多偶然的因素巧妙地加在一起。要是一般人，大概會怕麻煩而避開，但僧都是個有德的修行人，又因為妹妹尼君的夢，所以決定救助浮舟。僧都滯留在宇治的理由，是他的母親；尼君對浮舟的關心，則是因為死去的女兒。

這些偶然的因素，都和「母親」有關。浮舟走出家門、決心投水的時候，寺廟接受了她母親的委託，正在為她誦經，這又是另一個「母親」的元素。尼君說，浮舟是「初瀨的觀音送給我們的」。她的重生，超越了此世的人際關係，和存在的根源有深深的連結。

浮舟剛獲救的時候，失去了記憶，在尼君細心的呵護照料下，才逐漸恢復。這時候，尼君死去女兒的丈夫，中將來訪。他立刻對浮舟產生興趣，寫歌送給她。浮舟當然沒有那個意思，但包括尼君在內，周遭所有的女性似乎都想將他們送作堆。中將來訪得愈來愈頻繁。

浮舟覺得「實在很煩吶！男人的心真是強人所難」。她想起匂宮，不禁感嘆男人真是強勢的東西。這和從前紫之上聽聞夕霧與落葉宮的關係時，所說的「世上再沒有如女人這般持身困難，可悲可憫的生物了」（〈夕霧〉），有異曲同工之意。

男人只要知道有哪個女人是單身的，就忘了善惡對錯，立刻撲過來。落葉宮雖然也覺得厭煩，結果還是屈服了。但浮舟不一樣。她一直到最後，都沒有向中將靠過去，出家的意志堅定不移。

尼君告訴浮舟，她打算去初瀨參拜。雖然女兒的死令她傷心，但觀音賜給她浮舟做為補償，因此她想去向觀音菩薩道謝，希望浮舟也跟她一起去。浮舟想起自己的母親與乳母，也都為了她去初瀨參拜，卻沒有產生任何作用，因此拒絕了。這時候我們可以看到，浮舟的意志力愈來愈強。然而，中將知道尼君不在，留守在庵裡的人數也減少，認為機不可失，立刻趕了過來。浮舟為了逃避他，躲到從未進去過的大尼君（僧都的母親）房裡過夜。老人的打鼾聲震天價響，浮舟不但無法入眠，甚至害怕自己會不會被這老太婆吃掉。

這裡的描寫實在非常精彩。結果保護浮舟的，既不是初瀨的觀音，也不是年長的「母親」。這時候，浮舟做為個體生存的意志，愈來愈強大。

僧都在往京都的途中，順道來訪。浮舟以堅定的決心，向他表示出家的意願。僧都聽了以後，並沒有馬上同意；對於一個看過人間無數悲歡離合的人來說，這也是理所當然的。發願的時候以為自己心意已決，卻經不起歲月的考驗——僧都心裡，或許浮現了許多前例吧。

然而，在知道浮舟心意堅決的時候，僧都這樣想：「不可思議吶。如此器量容貌之人，何以厭世？前幾日收服的妖怪，也有厭世之言。」僧都告訴浮舟，那麼出家之日，就決定在他從京都回來的七日後。

僧都非常慎重。他希望將日期延後，以確定浮舟的心意是否會改變。但如果不是立刻出家，待尼君回來，必定會制止她的。浮舟激動哭泣，懇切哀求，終於僧都同意了。

這裡的對話也很重要，顯示出浮舟的決心並非一時的衝動。當然，出家的人很多，但不是每個人的出家決心，都有到像體驗死亡那樣的程度。〈匂宮〉一篇中敘述，薰看到母親女三宮出家後的模樣，所產生的想法：「雖然朝夕勤習佛法，但悟性無限魯鈍的女人，想要悟得如蓮上露珠般的清明，就像琢磨玉石般困難」。

出家努力誦經，不保證就通往開悟之道——這應該是紫式部觀察當時的出家人，所產生的想法。很明顯地，作者並不打算套用「出家等於成佛」這種單純的公式，來描述浮舟的行為。因此，她需要設法顯示浮舟的堅定意志。

出家後，浮舟終於感受到「心情輕鬆愉快」。「毋須行過此世以為必經之路，實是可喜可賀之事，心胸為之敞開」。翌日，浮舟在隨身的筆記上寫下這樣的一首歌：

人我皆捨猶死物，更棄此世如敝履

我們也可以說，浮舟經歷了兩次的「死與重生」。正因為如此，她最後才能顯示出強大的意志。

重生後尋得的境地

薰聽到了傳聞，得知浮舟還活著，並且住在小野的尼庵。他雖然高興，可也半信半疑，於是為了求證，前去橫川拜訪僧都。回程本來想直接去小野，最後還是當天就回到了京都。浮舟的異父弟弟小君是薰的隨從，於是薰委託僧都寫信，自己也寫了信，差遣小君送去給浮舟。

薰與隨從們，燃亮火把、浩浩蕩蕩回京都。行經小野的時候，浮舟看到了他們的隊伍，也聽到路人們「這是源氏大將的出巡啊！」的品頭論足，甚至連隊伍中隨從侍衛的交頭接耳，都清楚可聞。但是，對「更棄此世如敝履」的浮舟來說，那已經是與她毫無關係的世界了。

翌日，小君帶著信來到小野。僧都的信敘述大將（薰）來訪，同時自己已經向大將說明了事情的始末。接著說道：

「大將曰：深愛之人反目，於此粗陋山居出家，反而要讓諸佛責怪。貧僧聞言，不勝惶恐。事已至此，還望重修宿緣，以贖愛執之罪。一日出家，功德無量，可賴終生。」（〈夢浮橋〉）

僧都勸浮舟還俗，回到薰的身邊，好減輕薰執著於愛戀的罪過。還說，出家一日的功德可終生受用，此時還俗亦無妨。

薰的信裡所說的，當然也是想要再續前緣。而且帶信的信差，還是浮舟自己的弟弟。儘管如此，浮舟的心沒有絲毫動搖。尼君等人也希望他們重修舊好，但浮舟始終嚴詞拒絕。

薰左盼右盼，但小君帶回來的答覆，令他大失所望。結果，他升起了疑心：「該不會是哪個男人把浮舟藏起來了吧？」整部《源氏物語》，就在這裡落幕。

紫式部明確地指出，浮舟這位女性最後到達的地點，和薰這個男人（不管他和其他男性比起來，有多麼傑出優秀）的立足之處，距離是如何地遙遠。這部故事的結局，只能說神妙非凡。

我想稍微談一下，做為故事終點，小野這塊土地的Topos性。福嶋昭治曾經就「兩處的小野」進行比較考察，也就是——夕霧造訪過的、一条夫人山莊所在的小野，以及浮舟藏身的尼庵所在的小野。細節請讀者直接參閱福嶋的論述，在這裡想說的是，後者遠比前者，在山的更深處。

夕霧造訪的小野，在京都近郊。他在這裡所遇見的落葉宮，雖然也有某種程度的抗拒，最後還是同意搬到京都居住。但是，浮舟不但拒絕京都，甚至拒絕了與薰的關係。作者明白地表示，浮舟和京都裡的男性，立身於完全不同的處所。

福嶋昭治另外還指出了重要的一點。落葉宮的小野，離延曆寺[11]東塔的根本中堂不遠，而浮舟的小野，則靠近橫川。關於這一點，福嶋這樣說：

「僧都這個人物，顯然以源信[12]做為模型。眾所周知，橫川正是源信的根據地。東塔原本是比叡山的信仰中心，但或許由於此地長年的積弊陋習，源信捨棄了東塔，移到山北邊境之地橫川，傳布淨土信仰的新教義。作者紫式部或許是在源信身上，看到一縷足以拯救命運多舛的浮舟之光明吧。然而身為女性，浮舟雖然在離橫川這個救贖之地很近的地方，圓了出家的心願，但對她來說，此地終究不是她安心立命的處所。」

關於小野的Topos性，這真是卓越的見解。

如果我們歸納本書的論述，將《源氏物語》所描述的、作者紫式部的個性化過程製成簡單的圖，應該就是圖十九的樣子吧。

在與男性的關係裡，自己屬於母親、妻子、娼婦、女兒之中的哪一個角色？當女性不願意再以這個方式為自己定位，而追尋自己做為個體存在的根源時，她需要圖十九所顯示的內在體驗。紫式部讓浮舟，體現了做為個體的女性形象。但特別值得一提的是，一開始作者賦予她的，是完全消極被動的態度。

正如本書第三章所述，紫式部與母親的連結淡薄，同時具有勝過男性的能力。正因為如此，這部故事出現了許多「父親的女兒」，甚至還有像大君那樣，徹底拒絕男女關係的女性登場。

雖然一開始浮舟讓人感覺是大君的對比，但實際上她是大君的後繼者。故事的最後，我們清楚地看到她堅強的意志力。但是，為了獲得這樣的力量，她必須無限地下降到超越個人母子關係的母性世界。她的堅強，和「父親的女兒」是不同的。

我認為，紫式部本人真的有過這樣的體驗。寫作進行到宇治十帖的時候，經歷了心理上的出家（雖然現實上如何，不可得知），她徹底改變了故事前半的態度，放棄自己的意圖，任由浮舟行動——換句話說，紫式部自己成為無限被動的作者。許多人指出，宇治十帖和之前的文體有相當大的不同，或許就來自作者態度上的劇烈改變。

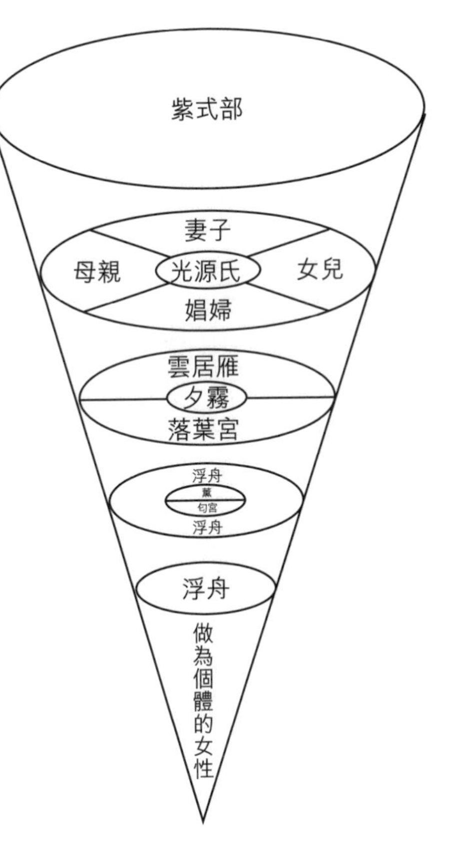

圖十九　紫式部的個體化

浮舟對於命運賦予的一切，只是一味地接受。在與薰和匂宮的關係中，自己想要成為什麼樣的人？她連思考這種問題的意志力都沒有。她甚至沒有能力在與男性的關係中定義自己，只是消極地接受一切，甚至是死亡。

重生後的浮舟，其堅決的態度令人敬佩。薰也好，小君也好，與這些人的關係不再是她的考量。她以自己內在的聲音為依據，以個體的身分生存。連異於當時其他男性、自以為一心向佛的薰，也無法理解這樣的態度。而且，身為出家人的僧都也是一樣。他不能理解浮舟達到的境地，還因循世俗的幸福觀規勸浮舟還俗，卻遭到她的拒絕。不禁令人感嘆，連橫川的僧都，也不過如此。正如福嶋昭治所指出，雖然以當時的狀況來說，浮舟不得不採取出家的形式，但那並不是對特定的宗教或宗教人士的依賴。浮舟到達的境地，是宗教性的境地。但世間的事實讓她知道，只要是有組織的特定派別，只要有男性牽扯其中，宗教就無法成為她的支柱。

先前我們說過，「不論男女」，男性的英雄故事對近代人都具有意義。同樣地，這種做為個體的女性的「故事」，對於現代人，「不論男女」，也具有重大的意義。

紫式部殫精竭慮，描繪出「做為個體的女性」。如果這樣的女性，遇見了「做為個體的男性」，會發展出什麼樣的關係？在紫式部之後，經過千年歲月的今日，這恐怕將是跨越下一個世紀的課題。

註釋

1 譯註：惟光是源氏乳母的兒子，也是源氏的侍從。在源氏的許多女性關係中，特別是夕顏，扮演了重要的角色。

2 譯註：「和琴」（わごん）是日本雅樂所使用的六弦琴，日本最古老的傳統樂器。

3 原註：角田文衛．加納重文編『源氏物語の地理』思文閣出版　一九九九年

4 原註：加納重文〈源氏物語の地理II〉，收錄在『源氏物語の地理』一書。

5 譯註：八宮（八の宮）是《源氏物語》卷末登場人物之一，桐壺帝的第八皇子，朱雀帝、源氏的異母弟弟，浮舟的父親。

6 原註：賴富本宏『密教とマンダラ』日本放送出版協会　一九九〇年

7 譯註：日文的「匂う」是發出香氣的意思。

8 原註：收錄於『続．物語をものがたる　河合隼雄対談集』小学館。

9 譯註：「陸奥」、「常陸」都是日本古地名。「介」是一種輔佐性質的行政官。

10 譯註：這首和歌，據說是俗稱六歌仙之一的喜撰法師所作。大意是：京都東南的宇治人煙稀少，隨處可見野鹿。我在這裡結庵而居，圖的就是這份靜謐，世人卻以為我厭世逃遁。

11 譯註：延曆寺位於日本滋賀縣大津市坂本本町，是日本最重要的寺廟之一。被視為佛教重地的比叡山全域，都屬延曆寺境內。因此延曆寺也被直接稱為比叡山或叡山。

「延曆寺」並非單獨堂宇的名稱，而是境內「東塔」、「西塔」、「橫川」等三個區域，約一百五十處堂宇的總稱。據說在最盛時期，延曆寺共有超過三千所寺社。根本中堂是延曆寺的總本堂。

12 譯註：源信是平安時代中期天台宗的僧侶，被尊稱為惠心僧都。淨土真宗視他為七高僧的第六祖，尊稱為源信和尚、源信大師。

後記

撰寫本書的動機，就如〈前言〉所述。雖然自知莽撞無謀，但我覺得關於《源氏物語》的這些觀點，對現代人來說是有意義的，於是硬著頭皮出版了。接下來的，就只有靜待讀者們的評價。

〈前言〉中也提到，對於這個領域已有的研究，我沒有足夠的知識。為了避免貽笑大方，我設想了一些預防錯誤的方法。

同時，在本書校正的階段，也邀請到國際日本文化研究中心的日本文學研究者、光田和伸助教授，檢查是否有過分的謬誤。實際上我聽從他的忠告，也的確改正了一些地方。我謹在此，向光田和伸先生致上由衷的謝意。

當然，我並沒有以上述這些事情，來逃避自己文責的意思。相反地，我希望賢明的讀者們能夠指出本書的問題，讓我改進。我歡迎直接的、毫無顧忌的批判。

本書中關於《源氏物語》的引用、篇名、登場人物名，全部根據「日本古典文學全集」（小學館）。雖然小學館叮囑我盡快完稿，但由於種種始料未及的公務接踵而來，進度比預定的時間延遲許多，造成了他們不小的困擾。只不過，執筆的這段期間，正是迎向二十一世紀的前夕，刺激了筆者從各式各樣的角度，思考日本人的生存方式。這對於本書的執筆，應該有某些正面的影響。因此，這樣的延遲或許不完全是壞事。

《紫曼陀羅》這樣的書名（收錄在講談社文庫時，改為《源氏物語與日本人》）可能讓某些人感到奇怪。之所以採用這樣的標題，是因為想要突顯本書的思考方式。過去一般的「研究書」，多半以直線式的邏輯做為主軸；相對於此，本書則以「曼陀羅」式的思考撰寫。關於曼陀羅以及曼陀羅式思考法，本書中已有論述，這裡就不再贅述；但有一件事，我想加上一筆。

那就是——雖然由於我個人的知識系譜，本書的論述以榮格的學說為基礎，但是我國的學者南方熊楠，早在一九〇三年，即已論及曼陀羅式思考的重要性。身為日本人，我對這一點備感光榮，遺憾的是，不論在東西方，他的思想並沒有引起任何學者的注意。

一直到最近，我才發現鶴見和子女士注意到了南方熊楠的卓見，並且將她的觀察寫成《南方曼陀羅論》一書（八坂書房，一九九二年）。我從鶴見和子女士的著作中，學習到很多。因此本書的方法論，也屬於這個方向。

雖然我直接的知識基礎，來自榮格的學說，但或許可以說在基因（？）方面，繼承了南方熊楠的系譜。不知不覺中，我接受了許多人的幫助。

正如〈前言〉所述，本書的出版需要許多準備。這方面的安排，特別受到小學館前芝茂人、森岡美惠兩位編輯很大的幫助，我要在此誠摯地向他們道謝。本書是在許多人的支持下完成的，希望它的價值，足以回報大家的善意。

二〇〇〇年四月

河合隼雄

〔解說〕

臨床心理學家詮釋下的《源氏物語》

河合俊雄

雖然本書（日文版）以電子書的形式，仍然在市場上流通，但紙本書已經絕版一段時日了。因此，它能夠做為「物語與日本人的心」選輯的第一冊重新出版，我感到非常高興。其實，這篇解說若是由日本文學研究者來撰寫，說不定更為合適。這樣做或許能讓我們知道，從日本文學專家的角度來看，著者河合隼雄對於《源氏物語》的大膽詮釋，有何種程度的劃時代意義，或者反過來說，有什麼樣的侷限或問題？筆者曾經長年與赤坂憲雄、三浦佑之等多位民俗學者、古代學專家、臨床心理學家，共同組成《遠野物語》的閱讀研究會，並將我們的研究成果集結成《遠野物語：遭遇與安魂》（岩波書店，二〇一四年）一書出版。在研究會上，我們從臨床心理學或心理治療立場的解讀，有時候能夠為民俗學者與古代學專家，提供新鮮的觀點與嶄新的詮釋。而民俗學者與古代學專家們，也經常指出我們極為初步的錯誤，或是提出文獻學上的反證。因此，以這一次的重新出版為契機，我非常期待日本文學專家對本書的評價。

不過，由同樣是臨床心理學家的筆者來撰寫解說，或許無法發現著者在文獻學上的不足之處，但是卻可以近距離掌握到，著者如何以臨床治療師傾聽患者話語的方式，傾聽《源氏物語》這部故事，同時像對夢進行解析一般，解讀如夢似幻的源氏物語世界。

女性的故事與曼陀羅

本書的第一章，從「《源氏物語》不是光源氏的故事。它是紫式部這位女性的故事。」這樣的一段話開始。一般人應該會覺得，《源氏物語》描述的是光源氏這位理想的男性吧；或者從榮格心理學的觀點，認為它是紫式部這位女性作家，描繪自己理想中的男性像。但著者指出，光源氏不能讓人感覺到一個真實人物的存在感，無法成為故事的中心人物。他並且提出這樣的結論——《源氏物語》這部作品的重點，是透過與一名男性的關係，描寫紫式部內在各式各樣的女性生動逼真的樣貌。

紫式部的內在（或許所有女性的心中都是如此）存在著母親、女兒、妻子、娼婦等等各式各樣的女性。在《源氏物語》中，她們以桐壺、明石姬、葵姬、六条夫人等人的樣貌登場。比方故事開頭的〈桐壺〉篇，就出現了象徵母性的各種女性。其中有大宮那樣的慈母，也有弘徽殿女御那樣的惡母。相對地，葵姬則被描寫為妻子的形象。著者原本就是個擅長說故事的人。他在分析各個女性存在方式的同時，以自己的語言重新敘述《源氏物語》的故事，並且在講故事的過程中，隨處插入心理學觀點的註解。他的註解並不會過度地「心理學化」，而是能夠幫助讀者重新閱讀、理解《源氏物語》，成為具有現代意義的故事。這可以說是心理學角度下的、《源氏物語》的現代語譯本。有了這樣的註解，我們能夠更興味盎然地閱讀古典文學。

為了給予這許多女性的樣貌一種整體感，需要光源氏這一位男性——這是著者對源氏的理解。這些性格各異的女性分布在光源氏的四周所形成的關係，著者稱之為曼陀羅。這是非常有趣的理解方式。如果是西方的思考習慣，必定要將這種種不同的女性形象統合為一；而曼陀羅雖然在整體中為每個要素找尋各自的位置，卻不會將它們完全統合。此外，著者以「故事」做為中心的同時，解讀其結構的傾向也相當強烈。故事必定會隨著時間流動、消逝，著者卻能夠在其中，看到像曼陀羅那樣堅實的結構，這可以說是他視點的特徵。曼陀羅並非靜態的，而是充滿動力的關係，著者將這一點巧妙地運用在他的分析中。

中空與女性的意識

位於曼陀羅中心的光源氏是空洞的，沒有存在感。因此，這個曼陀羅可以說是個中空的曼陀羅。這使我想起著者所主張的、日本神話的中空結構論。天照大神、素盞嗚尊與月讀尊，是日本三位重要的神祇，但是在絕大部分的日本神話中，幾乎都沒有談到月讀尊。月讀尊是空洞的存在。著者發現，日本的神話有許多三神的組合，其中必定有一位神祇是無為的，這樣的結構和日本人的心理結構相呼應。著者本身進行心理治療的基本態度也是如此：抹消、騰空自己的存在感，使對方的世界與多樣性變得輪廓鮮明；由於什麼都不做，反而讓患者的世界得以展開。在這個意義下，著者對《源氏物語》的解讀，和他做為心理治療師的經驗有很大的關係。我們也可以看到，著者就是從這一點出發，將《源氏物語》詮釋為具有現代意義的故事。

除了著者做為心理治療師的視點，我們也必須同時指出他的西方視點。著者透過與浪漫愛情的比較，以及與西方自我的比較，突顯日本的「心」與「故事」的獨特性。為了做到這一點，他使用西方的「心」與「故事」，做為參照的框架。同時為了深化他的《源氏物語》研究，他特意長時間居留在普林斯頓大學，這一點也很有趣。這強化了著者的「西方眼光」。我認為著者許多傑出的作品，比方他有關日本神話的榮格研究所的資格論文、艾拉諾斯演講集[1]（《了解日本人的心》岩波現代文庫，二〇一三年）、為美國 Fay Lecture Series[2] 所準備的講稿《佛教與心理治療藝術》等等，都是在與西方交接之處，在強烈意識到西方的狀況下產生的。《源氏物語》描繪了許多不同的女性，但其意義並不止於對實際女性的描寫。相對於以男性英雄為中心的西方民間故事，著者河合隼雄在《日本人的傳說與心靈》一書中，透過以女性像為焦點的閱讀方式，為日本的民間故事找到了共通的骨幹。日本的民間故事所描寫的，與其說是實際的女性，不如說是女性的意識。因此本書中對各式各樣女性所進行的描寫，不只描寫具體的女性，更表現出女性意識的存在方式，以及從女性視點所看到的心靈。

做為個體的女性

如同著者所言，當時的男性貴族，通常依循著「出人頭地」這種定型的「故事」生存，女性則相對較能擁有精神上的自由。這解釋了為什麼《源氏物語》這樣的物語文學，作者多為女性。在這個意義下，當時的女性比男性，更能夠擁有其個人的「故事」。這件事對現代來說，也具有相當大的意義。然而著者也指出，《源氏物語》不只是以光源氏為空洞的中心來描繪女性像。紫式部進一步超越了這點，產生了個體的意識。

首先，作品中人物的「源氏開始擁有某種程度的自主性，擅自行動」。伴隨著這個變化，源氏失去了他的光輝，逐漸走向衰亡，這一點很有趣。著者認為源氏的變化，和他開始大量繪畫，並且做了很多夢，是有所關聯的。這可以說是心理治療師的觀點。

著者也指出，就像朝顏拒絕源氏的求愛，當源氏開始違反作者紫式部的意圖自己行動的時候，故事中的女性們也開始擁有自己明確的意志。

這個「做為個體的女性」之主題，在源氏死後的宇治十帖中開始發展。最後登場的，是浮舟這位女性。一開始，浮舟完全消極被動地夾在匂宮與薰這兩位男性之間，沒有任何嘗試做出選擇或決定的努力，也因此被迫走向死亡。但自從她奇蹟似地獲救，浮舟有了堅決的出家意願，決心脫離男性而生存。榮格心理學重視異性像，許多時候將男女的結合，理解為人格統合的象徵。但是在決意脫離男性生存的浮舟身上，著者看見了她「以自己內在的聲音為依據，以個體的身分生存」之身影。他得到一個結論——先前我們說過，「不論男女」，男性的英雄故事對近代人都具有意義。同樣地，這種做為個體的女性的「故事」，對於現代人，「不論男女」，也具有重大的意義。

浮舟這種從被動狀態中突然覺醒的姿態，在《日本人的傳說與心靈》最後一章〈有自我意志的女性〉中，也可看到。《理解日本人的心》第一章引述了「煤炭富翁」的故事，也是同樣的道理——原本完全消極被動的主人翁，突然覺察到自己的主體性。「從被動狀態中覺醒的主體」，說不定正顯示了日本人的心靈，也說不定與心理治療中創造性的解決有關。

就像先前我們所說，以空洞的源氏為中心所描寫的女性，不必然是字面意義下的女性；著者也明確地指出，「做為個體的女性」的故事，並非只屬於女性。那是心理學上的女性意識與主體，對男性來說同樣具有意義。著者為本書下了這樣的結語——以這個方式誕生的「做為個體的女性」，與「做為個體的男性」之間，將會誕生什麼樣的關係？著者為我們留下了這個「恐怕將跨越下一個世紀」的功課，也是我想要繼續追尋的課題。

註釋

1 譯註：「艾拉諾斯（Eranos）會議」是在瑞士定期舉辦，包含宗教學、神話學、深層心理學、神祕主義等學門的跨領域國際學術會議。每次為期八天，已有六十年以上歷史。

2 譯註：「Fay Lecture Series」是美國休士頓榮格中心定期舉辦，由各國分析心理學家擔任講師的心理學講座。

發刊詞

岩波現代文庫最早發行的河合隼雄選輯，是包含《榮格心理學入門》與《佛教與心理治療藝術》等等在內的「心理治療」系列。對於以心理治療為專業的河合隼雄來說，這樣的選擇應該是非常適合的。接下來的「孩子與幻想」系列，也考慮到河合隼雄最主要的工作與孩子有關，同時，「幻想」也是榮格心理學中重要的概念。然而在從事心理治療工作的基礎上，河合隼雄達到了自己思想的根本，而這根本的關鍵字就是「故事」。因此，該系列收錄了《日本人的傳說與心靈》和《神話與日本人的心》等主要著作。

在心理治療中，治療師傾聽患者所敘述的故事。但是河合隼雄之所以重視「故事」，其意義不止於此；因為河合隼雄在心理治療中最關心的，是存在於個人內在的 realization 之傾向。這裡刻意使用了 realization 這個英文字，是因為它同時具有「實現某種事物」與「知道、理解某種事物」雙方面的意義。而就像故事有其劇情，能在「理解的同時逐漸實現」的，就是「故事」，不是別的。正因為如此，故事非常重要。故事究竟是什麼？在河合隼雄人生的最後，

他和小川洋子對談的標題「生命就是創作自己的故事」（生きるとは、自分の物語を作ること），如實地呈現了這個問題。

故事在河合隼雄的人生中，具有重要的意義。首先，河合隼雄從小生長在豐富的大自然環境之中，但他很喜歡看書，特別是故事書。有趣的是，他喜歡閱讀故事，卻對所謂的文學感到格格不入。雖然小時候、年輕的時候，吸引他的都是西洋的故事，這套選輯卻如標題「物語與日本人的心」所示，主要探討的是日本的故事。戰爭的經驗，使他厭惡日本的故事與神話，但後來他之所以不得不面對它們，和他經由夢等等分析自身的經驗有關。在日本從事心理治療工作的經驗，迫使他認識到日本故事的重要性——對日本人的心來說，日本的故事就像來自遠古的歷史沉積。這樣的認識，促使他完成了許多關於日本故事的著作。

這套選輯中的《日本人的傳說與心靈》（決定版），是透過民間故事分析日本人心靈的作品。在那之前，河合隼雄一直扮演的，是將西方的榮格心理學介紹給日本的角色。一九八二年他以這部作品，首次向世界提出自己獨創一格的心理學，不但得到大佛次郎獎，更可以說讓河合隼雄超越了心理學的領域，獲得了屹立不搖的名聲。和這本書比肩的是《神話與日本人的心》。這部作品的原型是他一九六五年取得榮格派分析家資格時，以英文撰寫的論文；經過將近四十年的醞釀發酵，再加上「中空結構論」與「蛭子神論」[1]，於二〇〇三年，七十五歲的時候執筆而成。以某種意義來說，這是他集大成的作品。

關注故事的過程中，河合隼雄注意到中世，特別是中世的物語文學，對日本人心靈的重要性，於是他開始致力在這方面。《源氏物語與日本人》以及探討《宇津保物語》、《落窪物語》等中世物語文學的《活在故事裡：現在就是過去，過去就是現在》（《物語を生きる：今は昔、昔は今》），就出自這樣的脈絡。

相對地，《民間故事與現代》（《昔話と現代》）與《神話心理學》（《神話の心理学》）則把焦點放在故事的現代性。收錄在「心理治療」系列中的《生與死的接點》，因為篇幅的關係，將第二部分的〈民間故事與現代〉獨立出來，再加上探討「片子」[2]的故事（河合隼雄認為它承繼了姪子神的傳說）的一章做為壓卷，就構成了《民間故事與現代》一書。《神話心理學》原本連載於雜誌《思考者》（《考える人》），如原先的標題「眾神的處方箋」所示，聚焦在人類心靈的理解，以之解讀各式各樣的神話。

這個選輯，幾乎網羅了河合隼雄關於故事的大部分作品。未能收錄在這個系列的重要作品，大概還有《換身男與女》（《とりかへばや、男と女》，新潮選書）、《解讀日本人的心：走入夢、神話、故事的深層》（《日本人の心を解く：夢・神話・物語の深層へ》，岩波現代全書）、《故事的智慧》（《おはなしの智慧》，朝日新聞出版）等等，還希望讀者能夠互相參照閱讀。

藉著這個出版的機會，我要向同意出讓版權的小學館、講談社、大和書房，以及當時負責這幾本書的猪俣久子女士、古屋信吾先生致謝。還有在百忙之中慨允為各書撰寫解說的各位、擔任企劃、校閱的岩波書店的中西澤子女士，以及前總編輯佐藤司先生，致上深厚的謝意。

二〇一六年四月吉日

河合俊雄

註釋

1 譯註：根據《古事記》記載，「蛭子神」（ヒルコ）是創造日本的神祇伊邪那岐、伊邪那美之間所生的第一個孩子。因為身體畸形殘缺，被放在蘆葦編成的船上，丟棄到海上漂流。

2 譯註：「片子」是日本各地自古相傳的民間故事中，鬼與人類之間生下來的、半人半鬼的孩子。片子從鬼島回到日本後，生活困難，在大多數故事的結局中，最後自殺了。

Master 059

源氏物語與日本人：女性覺醒的故事

源氏物語と日本人－紫マンダラ

作者：河合隼雄　譯者：林暉鈞

出版者—心靈工坊文化事業股份有限公司
發行人—王浩威　總編輯—王桂花
特約編輯—陳慧淑　責任編輯—黃心宜
內頁排版—李宜芝
通訊地址—10684台北市大安區信義路四段53巷8號2樓
郵政劃撥—19546215　戶名—心靈工坊文化事業股份有限公司
電話—02）2702-9186　傳真—02）2702-9286
Email—service@psygarden.com.tw　網址—www.psygarden.com.tw

製版・印刷—中茂製版印刷股份有限公司
總經銷—大和書報圖書股份有限公司
電話—02）8990-2588　傳真—02）2990-1658
通訊地址—248新北市五股工業區五工五路二號
初版一刷—2018年6月　ISBN—978-986-357-124-7　定價—400元

"MONOGATARI TO NIHONJIN NO KOKORO" KOREKUSHON
Ⅰ: GENJI MONOGATARI TO NIHONJIN: MURASAKI MANDARA
by Hayao Kawai, edited by Toshio Kawai

Originally published in 2009 by Iwanami Shoten, Publishers, Tokyo.
This complex Chinese edition published 2018
by PsyGarden Publishing Co., Taipei
by arrangement with Iwanami Shoten, Publishers, Tokyo

國家圖書館出版品預行編目資料

源氏物語與日本人：女性覺醒的故事 / 河合隼雄著；林暉鈞譯. -- 初版. -- 臺北市：心靈工坊文化, 2018.06
面；　公分. -- (Master ; 059)
譯自：源氏物語と日本人：紫マンダラ

ISBN 978-986-357-124-7(平裝)

1.源氏物語　2.研究考訂

861.542　107009154

廣　告　回　信
台北郵局登記證
台北廣字第1143號
免　貼　郵　票

台北市106 信義路四段53巷8號2樓

讀者服務組　收

（對折線）

加入心靈工坊書香家族會員
共享知識的盛宴，成長的喜悅

請寄回這張回函卡（免貼郵票），
您就成爲心靈工坊的書香家族會員，您將可以──

⊙隨時收到新書出版和活動訊息

⊙獲得各項回饋和優惠方案